de Hoffmann y que su autor no solo fue un literato extraordinario, sino también compositor y crítico musical, pintor, director de ópera y gerente de un teatro, además de participar activamente en política.

Poco puede decirse que no sepan ya los amantes de los cuentos sobre Antón Chéjov, maestro indiscutible del género y uno de los mejores dramaturgos del siglo XIX. «Mártires del Año Nuevo» (1886) nos permite atisbar su vertiente más cómica apiadándose de los funcionarios que con el comienzo del año deben agasajar a sus benefactores.

«Lo que los Reyes traían» (1912), uno de los más de setecientos cuentos que escribió nuestra excelsa Emilia Pardo Bazán y uno de los setenta y dos que dedicó a la Navidad y a los Reyes Magos, pone el broche final a esta antología, de cuya lectura esperamos que disfruten tanto como nosotros hemos disfrutado con su elaboración.

NURIA SALINAS VILLAR

A esta bella e ingeniosa historia popular en la que se combinan realidad, fantasía y una socarronería mordaz subyace una rotunda crítica al ocultismo, la desigualdad de la sociedad zarista y la cuestionable moralidad de las autoridades eclesiásticas.

Alphonse Daudet, precursor en muchos sentidos de la narrativa del siglo xx, incluyó «Las tres misas rezadas» (1869) en el volumen *Cuentos del lunes* unos años después de crear al personaje que lo consagró, Tartarín de Tarascón. Este relato, cómico e irreverente, desprende la afabilidad, la compasión y la ternura que caracterizan toda su obra.

«Felices» (1897), de Władysław Reymont, también galardonado con el Nobel en 1923, nos ofrece la cara más devota y sensiblera de la Navidad. Su protagonista brega con el sentimiento de soledad que nos invade a muchos en estas fiestas, y que a menudo carece de fundamento, pues, como él descubrirá, basta con mirar alrededor y abrirse a lo desconocido.

En «El banquete de Navidad» (1844), Nathaniel Hawthorne ahonda en las profundidades de la mente y el espíritu con su aguda percepción de la condición humana y su extraordinario dominio del lenguaje mostrándonos a un personaje que, pese a, en apariencia, tener todo cuanto una persona puede desear en la vida, es el ser más desgraciado del mundo, y el motivo nos dará mucho que pensar.

Con su habitual virtuosismo narrativo, Fiódor Dostoievski ambienta «Un árbol de Navidad y una boda» (1848) en la vertiente social de las celebraciones navideñas, retratando (y denunciando con sutileza y elegancia) las diferencias de clase de su tiempo y la mezquindad de la que adolecían las más acomodadas.

En «Las aventuras de la noche de San Silvestre» (1815), E. T. A. Hoffmann revive y otorga un papel secundario a uno de los personajes más injustamente olvidados de la narrativa romántica alemana, Peter Schlemihl, el hombre que perdió su sombra. De su mano, este genio de la literatura fantástica parte del profundo dolor del protagonista por un amor imposible para bucear en el sentido de la identidad, la pérdida y la transformación, otro de los elementos más omnipresentes en la literatura navideña. Cabe destacar que en este relato se basó un acto de la ópera de Offenbach *Cuentos* en palabras de Stefan Zweig) no solo vuelve a regalarnos una estampa del verdadero espíritu navideño, sino que además nos sorprende con un giro argumental que demuestra, una vez más, que nada es lo que parece y que todo depende de los ojos con que se mire.

A continuación, «Navidad en Thompson Hall» (1876), de Anthony Trollope, un hilarante relato al más puro estilo de la comedia anglosajona, ilustra la trascendencia familiar de estas fechas en la sociedad victoriana por medio de las desventuras de un matrimonio en su empeño por llegar a tiempo a la cena de Nochebuena, un empeño que el destino parece obcecado en obstaculizar. El creador del ficticio condado de Barsetshire, donde enmarcó buena parte de su obra, fue contemporáneo de Dickens e igual de prolífico y respetado en su época como fiel retratista social.

Con «El regalo de Navidad» (1930), Grazia Deledda, galardonada con el Nobel de Literatura en 1926, convierte en cuento una de las frases que pronunció en su discurso de aceptación del premio: «Todos los caminos llevan al corazón humano», y nos asoma a la tradición sarda en una atmósfera invernal y genuina de blanca Navidad.

Conan Doyle publicó «Una Nochebuena trepidante» (1883) en la revista *The Boy's Own Paper* unos años antes de dar vida al archifamoso detective Sherlock Holmes, pero en él ya se vislumbra su magistral dominio del misterio y la tensión, así como su peculiar jocosidad; este es otro de los relatos que nos arrancará más de una sonrisa y nos hará compadecernos de su protagonista, el doctor Otto von Spee, cuya Nochebuena, que él pretende pasar felizmente confinado en el laboratorio en el que lleva a cabo sus experimentos científicos, se ve trastocada con la irrupción en su casa de un misterioso personaje.

No menos nos atrapará el siguiente cuento (casi una novela breve, por su estructura y extensión): «Nochebuena» (1831), que Nikolái Gógol escribió en Didanka, un pueblo ucraniano donde vivió una temporada (en uno de sus múltiples exilios huyendo de la crítica y el acoso por sus sátiras de la corrupción política rusa). Los lugareños, supersticiosos en sumo grado y fieles a creencias y costumbres atávicas, inspiraron su volumen de ocho cuentos *Veladas en un caserío de Didanka,* que incluye el que aquí reproducimos.

del pariente pobre», que Charles Dickens publicó en 1852 en el suplemento navideño de *Household Words,* semanario que él mismo editaba. Hacía ya casi una década que el autor había marcado un antes y un después con la exitosa publicación de su «Canción de Navidad» (1843), con la que instauró el «auténtico» espíritu de la Navidad rescatándola de la lobreguez en que la había sumido la Reforma protestante. Fueron muchos los autores que se adhirieron a dicho espíritu, y la producción de narrativa navideña para leer en voz alta y compartir al amor de la lumbre proliferó, dando lugar a relatos de notable calidad literaria.

En estas páginas recogemos algunos de ellos. Si bien, por su naturaleza, todos comparten cierta esencia del canon victoriano, abarcan diversas tradiciones occidentales (anglosajona, germánica, rusa, francesa, sarda, polaca, española). Del mismo modo, aunque la mayoría gira en torno a la alegría, la cohesión familiar, la exaltación espiritual y el altruismo tan propios de estas Fiestas, no hemos querido dejar de lado otros que incorporan elementos que sin duda apelarán a muchos lectores y que están igualmente presentes en ellas, como la melancolía, el sentido del humor, la crítica social, los enredos e incluso la fantasía. Con la intención de convertir su lectura en un paseo, los hemos dispuesto en orden cronológico, desde la anticipación de la Nochebuena hasta nuestros entrañables Reyes Magos.

Comenzamos, pues, con la venerada noche que inaugura las celebraciones navideñas y que ha inspirado un sinfín de cuentos tan variopintos como sublimes. Y lo hacemos con un autor sorprendentemente poco conocido, William Sidney Porter, que publicó toda su obra con el seudónimo de O. Henry y está considerado uno de los mejores cuentistas norteamericanos de todos los tiempos. «No quedan historias navideñas que contar», afirma el autor al comienzo de «Cumplidos navideños» (1906), para después deleitarnos con un impactante, elaborado y divertido relato en el que reúne a personajes procedentes de estratos sociales opuestos en un embrollo que enfrentará al lector con sus propios prejuicios. Es, sin duda, toda una muestra de la brillantez y el ingenio de O. Henry.

Le sigue «El cuento del pariente pobre», que ya hemos mencionado, con el que Dickens («el genio que convirtió en poesía la prosa banal de la vida»,

PRÓLOGO

Pocas tradiciones y festividades despiertan emociones tan intensas e incluso tan encontradas como la Navidad; todas las posibles, nos atreveríamos a decir, salvo una: la indiferencia. Y es que, aun siendo una época que todos asociamos en mayor o menor medida a la alegría, los buenos sentimientos y la celebración familiar, no deja de tener sus detractores (hoy, quizá, más que nunca, impúdicamente mercantilizada como está). En esta antología hemos pretendido recuperar su esencia más pura y clásica sin renunciar a la asombrosa variedad de enfoques, estilos y registros que suscitó en la literatura europea de los últimos dos siglos, en la que se encuentra muy presente. A ello contribuyó en gran medida una práctica que se popularizó en las últimas décadas del siglo XIX y que pervivió hasta mediados del XX, cuando los periódicos y las revistas empezaron a ofrecer (entre sus páginas o en forma de suplemento) material de lectura al margen de la información periodística, sobre todo cuentos, justo en la época en que el género estaba en pleno desarrollo. Estas publicaciones especiales solían aparecer en fechas señaladas, en su mayoría de cariz religioso, aunque también de corte profano, como el Carnaval. No obstante, de todas esas efemérides, la Navidad fue la más prolífica en este tipo de relatos, que los lectores acogían con entusiasmo y los autores solían acabar reuniendo en volúmenes compilatorios. Es el caso, por ejemplo, de uno de los que incluimos en esta selección: «El cuento

ÍNDICE

© de esta edición:
Editorial Alma
Anders Producciones S.L., 2024
www.editorialalma.com

@almaeditorial

Diseño de la colección: lookatcia.com
Diseño de cubierta: lookatcia.com
Maquetación y revisión: LocTeam, S.L.

ISBN: 978-84-10206-06-9
Depósito legal: B-14850-2024

Impreso en España
Printed in Spain

El papel de este libro proviene de bosques gestionados de manera sostenible.

Cuentos de Navidad clásicos

Prólogo y selección de
Nuria Salinas Villar

Ilustrado por
Estefania Zorita

CUENTOS DE NAVIDAD CLÁSICOS

ALMA CLÁSICOS ILUSTRADOS

CUMPLIDOS NAVIDEÑOS

O. HENRY

No quedan historias navideñas que contar. La ficción está agotada, y la narración periodística, la mejor alternativa, la elaboran articulistas jóvenes e ingeniosos que llevan poco tiempo casados y tienen una visión encantadoramente pesimista de la vida. Por consiguiente, para solaz de estas fechas señaladas, nos vemos obligados a acudir a fuentes muy cuestionables: los hechos y la filosofía. Empezaremos con... Llámenlo ustedes como quieran.

Los niños son unas criaturas cargantes con quienes debemos bregar en una desconcertante variedad de condiciones. Especialmente cuando las aflicciones infantiles los abruman, son capaces de llevarnos al borde de la desesperación. Se nos agota el escaso repertorio de palabras de consuelo y los mandamos a dormir, llorosos, tras una azotaina. Luego, nos postramos en un polvo milenario mientras preguntamos a Dios por qué. Es nuestra manera de escapar de la ratonera. En cuanto a los niños, nadie los entiende, salvo las solteronas, los jorobados y los perros pastores.

Ilustraremos los hechos con el caso de la muñeca de trapo, el vagabundo y el 25 de diciembre.

El 10 de dicho mes, la hija del millonario perdió su muñeca de trapo. Había muchos sirvientes en el palacio, situado a orillas del Hudson, y fueron estos quienes se encargaron de registrar la casa y los jardines de arriba abajo, si bien no dieron con el tesoro perdido. La niña, de cinco años, era una de esas bestezuelas perversas que a menudo hieren la sensibilidad de unos padres ricos depositando sus afectos en un juguete vulgar y barato en lugar de en automóviles incrustados de diamantes o faetones tirados por ponis.

La niña estaba sumamente acongojada, algo inexplicable para el millonario, a quien el mercado de las muñecas de trapo le suscitaba el mismo interés que la Bay State Gas, y para la señora, la madre de la niña, que era todo apariencias; o, mejor dicho, casi todo, como se verá.

La niña, cada vez más ojerosa, escuchimizada y, en muchos otros sentidos, corykilvertiana,[1] no hallaba consuelo. El millonario sonrió y le dio unas palmaditas a sus arcas con gesto confiado. Lo más excelso de la producción de las jugueterías francesas y alemanas llegó a la mansión por correo exprés de inmediato, pero Rachel rechazó aquel consuelo. Lloraba por su niñita de trapo e impuso un elevado arancel proteccionista a toda tontería extranjera. A continuación, llamaron a los médicos con los mejores talantes y manómetros. Uno tras otro recomendaron inútilmente peptomanganato de hierro, travesías por el mar e hipofosfitos, hasta que sus cronómetros demostraron que sus apuestas a diagnóstico ganador les pasarían factura. Luego, ya como hombres, aconsejaron que se encontrase la muñeca de trapo lo antes posible y se le devolviese a su doliente madre. La niña rehusaba los tratamientos con desdén, se chupaba el pulgar y lloriqueaba por su Betsy. Mientras tanto, no dejábamos de recibir cablegramas de Santa Claus anunciándonos que llegaría pronto e instándonos a imbuirnos de un verdadero espíritu cristiano y dar descanso a las casas de apuestas, las obligaciones tontinas y cualquier actividad que implicara compadreo lo suficiente para procurarle una buena bienvenida. El espíritu navideño lo permeaba todo. Los bancos denegaban créditos, los

1 Cory Kilvert fue un ilustrador de libros infantiles. *(N. de la t.)*

prestamistas doblaban sus plantillas, la gente te golpeaba la espinilla por la calle con sus trineos rojos, Thomas y Jeremiah[2] borbotaban en las barras de los bares mientras esperabas apoyado en un solo pie, los escaparates de las tiendas se adornaban con coronas de acebo y quienes las tenían lucían sus pieles. Era tal la profusión de esferas —las que identificaban las casas de empeño, las burbujas, las de alcanfor, las de nieve— que muchas veces no sabías por cuáles decantarte. No era un buen momento para perder la muñeca de trapo ni el ánimo.

Si hubieran llamado al amigo investigador del doctor Watson para que resolviera la misteriosa desaparición, quizá este habría visto un ejemplar de *El vampiro* en la pared del millonario. Tal hallazgo habría sugerido rápidamente, por inducción: «Un trapo, un hueso y una madeja de pelo». Flip, un terrier escocés, y segundo depositario de los afectos de la niña, retozaba por los pasillos. ¡La madeja de pelo! ¡Ajá! La muñeca de trapo representaba la equis, la incógnita que debía despejarse. Pero ¿y el hueso? Bueno, cuando los perros encuentran un hueso, lo... ¡Ya estaba! Examinar las patas delanteras de Flip sería una tarea sencilla y fructífera. ¡Mire, Watson! Tierra, tierra seca entre las almohadillas. El perro, elemental... Pero Sherlock no estaba allí, y por lo tanto esa labor recaería en algún otro. Aunque para ello habrían de intervenir la topografía y la arquitectura.

El palacio del millonario ocupaba un lugar majestuoso. Frente a la fachada se extendía un césped tan bien rasurado como el rostro de un irlandés dos días después de afeitarse. A uno de los lados, recorrido por otra calle, había un jardín formal de setos primorosamente podados, además de la cochera y las cuadras. El cachorro escocés había raptado la muñeca de trapo del cuarto de juegos, la había arrastrado hasta un rincón del jardín, había cavado un hoyo y la había enterrado al modo de un descuido impropio de un empleado negligente de las pompas fúnebres. Misterio resuelto, sin necesidad de firmar y arrojar al oficial de policía ningún cheque para el endovenoso mago de las libras esterlinas. Luego vayamos al fondo del asunto, fastidiosos lectores: la esencia navideña del asunto.

---

2 Se trata de una forma ampulosa de llamar al Tom y Jerry, una bebida caliente y espumosa muy navideña. *(N. de la t.)*

Fuzzy estaba borracho; no sin remedio, ni de manera vocinglera o locuaz, como podría sucedernos a ustedes o a mí, sino de forma decente, apropiada e inofensiva, como es preceptivo en un caballero con su suerte.

Era un soldado de mala fortuna. Las carreteras, los pajares, los bancos de los parques, las puertas traseras, el amargo paseo por los albergues de caridad y sus camas con ducha incorporada, los hurtos menores y el acopio innoble de la magnificencia de las grandes ciudades conformaban los capítulos de su historia.

Fuzzy se dirigía hacia el río por la calle que bordeaba uno de los costados de la casa y la propiedad del millonario cuando, como si se tratara de la pista de una novela de misterioso liliputiense, vio que una pierna de Betsy, la muñeca de trapo extraviada, asomaba de su prematuro sepulcro, situado en un rincón del jardín, junto a la valla. Desenterró de un tirón a la maltratada criatura, se la colocó bajo el brazo y prosiguió su camino tarareando una canción aprendida con sus cofrades de carretera que ninguna muñeca criada entre algodones debería oír. Mejor para Betsy que careciera de orejas. Y mejor aún que no tuviera por ojos sino unos círculos negros, pues Fuzzy y el terrier escocés se parecían como si fuesen hermanos, y no hay corazón de muñeca de trapo que pudiera soportar caer dos veces presa de tan temibles monstruos.

Quizá no lo sepan, pero el Grogan se encuentra cerca del río, al cabo de la calle por la que descendía Fuzzy. La alegría de las fiestas ya se había adueñado del local.

Fuzzy entró con la muñeca. Acariciaba la idea de ganarse una invitación a un trago de ponche navideño, como un pantomimo en una saturnal.

Colocó a Betsy sobre la barra y se dirigió a ella con gracia y voz estentórea, aderezando su parlamento con lisonjas y palabras cariñosas exageradas, como cuando se quiere entretener a una amiga. Los haraganes y borrachines que pululaban por allí se percataron de la farsa y prorrumpieron en carcajadas. El barman lo invitó a un trago. Ah, muchos llevamos encima muñecas de trapo.

—¿Y para la dama? —sugirió Fuzzy sin el menor pudor, y se echó otra contribución al arte entre pecho y espalda.

Empezó a ver potencial en Betsy. La noche del estreno había sido un éxito, y la idea de llevar a cabo un circuito vodevilesco por la ciudad asomó en su mente.

Cerca de la estufa se reunían McCarthy el Pichón, Black Riley y Mike Una Oreja, muy conocidos, y no por sus buenas referencias, en el duro y paupérrimo barrio que deslucía la orilla izquierda del río. Los muchachos se pasaban un periódico entre ellos. La noticia que señalaban con sus enérgicos y toscos índices era un anuncio encabezado con «cien dólares de recompensa». Para hacerse con ella, había que devolver la muñeca de trapo desaparecida, extraviada o robada de la mansión del millonario. Por lo visto, el desconsuelo seguía asolando, incontrolado, el corazón de la amantísima niña. Flip, el terrier, brincaba y meneaba sus absurdos bigotes delante de ella sin conseguir distraerla. Ella lloraba por su Betsy ante los rostros de Mabelles y Violettes que caminaban, hablaban, decían «mamá» y cerraban los ojos. El anuncio era el último recurso.

Black Riley rodeó la estufa de perfil y se acercó a Fuzzy describiendo su parábola habitual.

El pantomimo navideño, eufórico por el éxito, se había colocado a Betsy bajo el brazo y estaba a punto de partir para cumplir con las citas improvisadas en algún otro lugar.

—Eh, compadre —le dijo Black Riley—, ¿dónde has pescado a esa muñeca?

—¿Esta? —preguntó Fuzzy, tocando a Betsy con el índice para cerciorarse de que se refería a ella—. Fue un presente del mismísimo emperador de Baluchistán. Tengo setecientas más en mi casa de campo de Newport. Esta muñeca...

—Déjate de monsergas —lo interrumpió Riley—. O la has birlado, o la has pillado en la casa de la colina que... Bueno, eso da igual. Te doy cincuenta céntimos por ese andrajo; venga, antes de que me arrepienta. Se la llevaré a la cría de mi hermano para que juegue con ella. ¿Qué, eh?

Sacó la moneda.

Fuzzy le lanzó una risotada insolente y medio estrangulada de alcohólico a la cara. Acudan al despacho del representante de Sarah Bernhardt y propónganle que la deje libre una noche de función para que entretenga al público del liceo y del Círculo de Lectura de Villacateto. Oirán una risa idéntica.

Black Riley se apresuró a medir a Fuzzy a ojo de buen fullero, como lo hace un luchador. Rabiaba por emular a los romanos y arrebatarle la sabina de trapo al bufón espontáneo que, sin saberlo, estaba encarnando a un ángel. Pero se contuvo. Fuzzy era alto, robusto y corpulento. Más de siete centímetros de corporeidad bien alimentada, defendidos de los vientos invernales por unos harapos de hilo, mediaban entre el chaleco y los pantalones. Las incontables arrugas, pequeñas y circulares, que recorrían las mangas de la chaqueta y las rodillas garantizaban la calidad de sus huesos y músculos. Sus ojillos azules, empañados de una humedad altruista y ebria, recaían sobre uno con afabilidad, aunque sin arredramiento. Era vivaz, bigotuda y rollizamente formidable. De modo que Black Riley trató de ganar tiempo.

—Entonces, ¿cuánto pides por ella? —preguntó.

—El dinero no puede comprarla —contestó Fuzzy con ronca firmeza.

Estaba embriagado con las dulces mieles del primer éxito del artista. Sentar en una barra de bar a una muñeca de trapo de un azul desvaído y manchada de tierra, mantener un remedo de conversación con ella y descubrir su corazón henchido tras unos aplausos merecidos y la garganta ardiente tras unas libaciones gratuitas servidas en su honor... ¿Acaso iba a permitir que el vil dinero le arrebatara sus laureles? Como habrán advertido, Fuzzy tenía temperamento.

Se marchó con los andares de un león marino adiestrado en busca de otros bares que conquistar.

A pesar de que la oscuridad del anochecer aún no era plena, las farolas empezaban a adornar la ciudad con lentejuelas, como palomitas de maíz estallando en una sartén. La Nochebuena, esperada con impaciencia, asomaba al filo de la hora. Millones de personas se habían preparado para su celebración. Las ciudades estarían festejando. Ustedes mismos habrán oído los cuernos y esquivado las cabriolas de los participantes de las saturnales.

McCarthy el Pichón, Black Riley y Mike Una Oreja sostuvieron una conversación apresurada frente al Grogan. Aquellos mozalbetes pálidos y enclenques no suponían amenaza alguna a cielo abierto, pero sus artes marciales eran más peligrosas que las del más temible de los turcos. Fuzzy, en una batalla ordenada, habría podido con los tres. En una batalla campal, estaba condenado.

Lo abordaron cuando Betsy y él se disponían a entrar en el casino Costigan. Lo desviaron de su camino y le colocaron el periódico bajo la nariz, pero Fuzzy solo sabía leer... y mucho más.

—Muchachos, vosotros sí que sois amigos de verdad. Dadme una semana para que me lo piense.

La pasión de un verdadero artista no se apaga con facilidad.

Los chicos señalaron con prudencia que los anuncios no sabían de pasiones y que quizá el mañana no supliera las carencias del presente.

—Cien dólares, contantes y sonantes —murmuró un ablandado Fuzzy, con aire pensativo—. Muchachos, sois unos verdaderos amigos. Iré a reclamar la recompensa. El mundo del espectáculo ya no es lo que era.

La noche caía con decisión. Los tres se le pegaron como unas sombras y así fueron hasta el pie de la colina en la que se alzaba la casa del millonario. Llegados allí, Fuzzy se volvió contra ellos con ánimo enconado.

—¡Sois una panda de perros sarnosos! —bramó—. ¡Fuera de aquí!

Y se fueron... no muy lejos.

El bolsillo de McCarthy el Pichón contenía un trozo de tubería de gas, de dos centímetros y medio de grosor y veinte de largo, cegada por un extremo con un tapón de plomo y con otro encajado en la mitad. El espacio entre ambos estaba lleno de viruta compacta. Black Riley llevaba un rompecráneos, al modo del matón tradicional. Mike Una Oreja contaba con un par de puños americanos de bronce, una reliquia familiar.

—¿Por qué hacer de recadero cuando puede encargarse otro? —observó Black Riley—. Que nos lo traiga él. ¿Qué, eh?

—Y lo tiramos al río con una piedra atada a los pies —añadió McCarthy el Pichón.

—Qué cansinos sois —protestó Mike Una Oreja, apenado—. ¿Es que nunca os da por innovar? Lo rociamos con un poco de gasolina y lo dejamos tirado en el camino, ¿sí?

Fuzzy cruzó la verja del millonario y avanzó trazando eses hacia la entrada de la mansión, tenuemente iluminada. Los tres golfos se acercaron a la verja y esperaron, apostados uno a cada lado y otro en la acera de enfrente, mientras acariciaban el metal frío y el cuero, confiados.

Fuzzy llamó al timbre con una sonrisa bobalicona y ensoñada. Un instinto atávico lo empujó a tocarse el botón del guante derecho. Pero no llevaba guantes, así que bajó la mano izquierda con gesto abochornado.

El sirviente cuyo cometido consistía en abrir puertas a sedas y encajes dio un respingo de buenas a primeras, pero tras un segundo vistazo reparó en el pasaporte, la tarjeta de admisión, el salvoconducto de Fuzzy: la muñeca de trapo extraviada de la hija de la casa colgando debajo del brazo.

Lo hicieron pasar a un gran salón, iluminado débilmente por unas luces ocultas. El mercenario se fue y regresó con una criada y la niña. La muñeca le fue restituida a su desconsolada dueña, que estrechó contra el pecho a su perdido y reencontrado amor; luego, con el egoísmo y la franqueza desmedidos de la infancia, pataleó y lloriqueó llena de odio y miedo hacia el ser detestable que la había rescatado de los abismos de su dolor y desesperación. Fuzzy adoptó como pudo una pose congraciante y tanteó con la sonrisa idiota y la charla balbuciente e insustancial que supuestamente prefiere el intelecto en ciernes de los pequeños. La niña berreó y se la llevaron de allí, abrazada con fuerza a su Betsy.

Acto seguido, apareció el secretario de la casa, pálido, aplomado, pulcro, apenas pisando el suelo, devoto partidario de la pompa y la ceremonia. Contó los diez billetes de diez dólares a medida que los depositaba en la mano de Fuzzy; luego, hizo recaer su mirada en la puerta, después en James, el custodio de esta, a continuación de nuevo en el repulsivo ganador de la recompensa y se alejó como flotando de regreso a regiones secretariales.

James envolvió al vagabundo en su propia mirada imperiosa y lo arrastró con ella hasta la puerta de entrada.

Cuando el dinero tocó la sucia palma de Fuzzy, el primer impulso del hombre fue poner pies en polvorosa, pero una breve reflexión evitó que cometiera ese error de etiqueta. Era suyo; se lo habían dado. El dinero... ¡Ah, qué Elíseo se abría en su mente! Fuzzy había bajado a trompicones la escalera; no tenía qué llevarse a la boca, ni un techo, ni amigos, ni más ropa que harapos, ni modo alguno de entrar en calor, siempre yendo de aquí para allá; pero empuñaba la llave que le franquearía las puertas de ese paraíso de placeres decadentes que tanto ansiaba. La muñeca, cual hada madrina, había agitado una varita con su mano rellena de trapo y, a partir de ese momento, allá adonde fuera tendría acceso a los palacios encantados de reposapiés relucientes y mágicos líquidos rojos contenidos en recipientes de cristal destellantes.

Siguió a James hasta la salida del salón.

Esperó un momento mientras el lacayo abría la gran puerta de caoba para que él pasara al vestíbulo.

Al otro lado de la verja de hierro forjado, en la oscura carretera, Black Riley y sus dos compinches paseaban con aire despreocupado, acariciando bajo sus chaquetas las armas mortales de necesidad que les valdrían la recompensa por la muñeca de trapo.

Fuzzy se detuvo en la puerta del millonario y recordó algo. Como ramitas de muérdago en un árbol muerto, unas imágenes vívidas y lozanas empezaron a adornar su mente confusa. Estaba muy borracho, ténganlo en cuenta, y el presente empezó a desdibujarse. Esas coronas y guirnaldas de acebo con sus bayas escarlata que animaban el gran salón..., ¿dónde las había visto antes? En algún lugar había conocido los suelos pulidos y el aroma de las flores recién cortadas en invierno, y... y alguien estaba cantando una canción que no era la primera vez que oía. Cantando y tocando el arpa. Claro, era Navidad... Fuzzy pensó que debía de estar muy achispado para no haber caído en la cuenta.

Y entonces abandonó el presente, y un pequeño fantasma olvidado, errante y de un blanco puro regresó a él desde un pasado irrevocable, desvanecido e imposible: el espíritu de «la nobleza obliga». Hay ciertas cosas que se esperan de un caballero.

James abrió la puerta de entrada. Un torrente de luz se derramó sobre el camino de grava hasta la verja de hierro. Black Riley, McCarthy y Mike Una Oreja se percataron y estrecharon su siniestro cordón relajadamente.

Con un gesto de una imperiosidad que nunca empleara el patrón de James, Fuzzy le ordenó que la cerrara de nuevo. Hay ciertas cosas que se esperan de un caballero. Sobre todo, en Navidad.

—Es cos-costumbre —le dijo al desconcertado James— que cuando un caballero hace una visita en Nochebuena, felicite las fiestas a la señora de la casa, ¿comprende? No daré ni un paso hasta que no haya felicitado las fiestas a la señora de la casa, ¿comprende?

Entablaron una discusión. James perdió. Fuzzy alzó la voz, que resonó por toda la casa con ecos desagradables. No he dicho que fuera un caballero. Se trataba de un mero vagabundo recibiendo la visita de un fantasma.

Sonó una campanilla de plata. James acudió a contestar la llamada y dejó a Fuzzy en el vestíbulo. El lacayo dio explicaciones a alguien en alguna parte.

Cuando reapareció, acompañó a Fuzzy a la biblioteca.

La dama entró poco después. No había cuadro que la superara en belleza y virtud. La mujer sonrió y dijo algo sobre una muñeca. Él no lo entendió; no recordaba nada acerca de una muñeca.

Otro lacayo les llevó dos pequeñas copas de vino espumoso en una bandeja de plata grabada. La señora cogió una y a él le ofrecieron la otra.

Cuando Fuzzy cerró los dedos sobre el fino pie de cristal, olvidó sus penurias por un instante. Irguió la espalda, y el tiempo, tan poco amable con la mayoría de nosotros, retrocedió para complacerlo.

Olvidados fantasmas navideños más blancos que la barba falsa del opulentísimo Kris Kringle despertaban al calor de los vapores del *whisky* del Grogan. ¿Qué tenía que ver la mansión del millonario con un salón alargado con zócalo de madera de Virginia, en el que unos jinetes se reunían en torno a una ponchera de plata para celebrar el brindis tradicional de la casa? ¿Y por qué el repiqueteo de los cascos de los caballos enganchados al cabriolé que esperaba en la calle helada estaría en modo alguno relacionado con el sonido de las monturas ensilladas que piafaban bajo la terraza occidental? ¿Y qué relación tenía Fuzzy con todo aquello?

La dama lo miró por encima de la copa y su sonrisa condescendiente se desvaneció cuando apenas despuntaba. Su mirada se volvió grave. Había

visto algo bajo los harapos y los bigotes de terrier escocés que escapaba a su comprensión. Pero tanto daba.

Fuzzy levantó su copa y sonrió con gesto ausente.

—Dis-disculpe, señora —dijo—, pero no podía irme sin felicitar las fiestas a la señora de la casa. Es algo que un caballero no puede permitirse.

Y empezó a recitar el saludo tradicional desde los tiempos en que los hombres lucían volantes de encaje y pelucas empolvadas.

—Que el nuevo año bendiga... —Le falló la memoria.

La señora lo ayudó a seguir:

—... este hogar...

—... a sus invitados... —balbució Fuzzy.

—... y a la... —continuó ella, alentándolo con una sonrisa.

—Oh, déjelo —le espetó él con grosería—. No lo recuerdo. He bebido bastante.

Fuzzy había lanzado su flecha. Apuraron sus copas. La señora volvió a esbozar la sonrisa de su casta. James lo recogió y volvió a conducirlo a la puerta de entrada. La suave música de arpa continuaba sonando en algún lugar de la casa.

Fuera, Black Riley se sopló las manos ateridas y se abrazó a la verja.

—Me pregunto quién... —dijo la señora para sí misma, pensativa—. Aunque han pasado tantos por aquí... No sé si la memoria es una maldición o una bendición para quienes han caído tan bajo.

Fuzzy y su acompañante estaban a pocos pasos de la puerta.

—¡James! —lo llamó la señora.

El hombre regresó a grandes y solícitas zancadas, haciendo esperar a un Fuzzy que apenas se sostenía en pie, tras haberse extinguido la breve chispa de fuego divino.

Fuera, Black Riley pateó el suelo con los pies ateridos y asió con más firmeza el trozo de tubería.

—Acompañe abajo a este caballero —pidió la dama—. Y dígale a Louis que saque el Mercedes y que lo lleve adonde él quiera.

El cuento del pariente pobre

Charles Dickens

Era muy reacio a tener prioridad sobre tantos miembros respetables de su familia, a inaugurar la ronda de cuentos que todos relatarían sentados en un nutrido círculo junto a la lumbre navideña, y sugirió modestamente que sería más correcto que «John, nuestro querido anfitrión», por cuya salud pidió brindar, tuviera la gentileza de ocupar ese primer lugar. Él, dijo, estaba tan poco acostumbrado a llevar la batuta que... Pero en este punto todos pidieron a voces que empezara él y convinieron al unísono en que podía, debía y tenía que empezar él, por lo que dejó de frotarse las manos, sacó las piernas de debajo del sillón y se dispuso a narrar su historia.

—No me cabe la menor duda —dijo el pariente pobre— de que sorprenderé a los aquí presentes, y en particular a John, nuestro querido anfitrión, con quien tan en deuda estamos por la gran hospitalidad que nos brinda en este día, con la confesión que me dispongo a hacer. Pero, si me concedéis el honor de sorprenderos con algo que proceda de un pariente tan irrelevante como yo, solo puedo decir que seré escrupulosamente fiel a la verdad en todo cuanto refiera.

»No soy lo que parezco. Soy algo muy distinto. Pero quizá, antes de proseguir, será mejor que eche un vistazo a lo que se supone que soy.

»Se supone, a no ser que esté en un error, los miembros de nuestra familia aquí reunidos me corregirán si lo estoy, lo cual es muy probable —el pariente pobre miró con gentileza a su alrededor por si alguien lo contradecía—, que no soy enemigo de nadie salvo de mí mismo. Que nunca conocí éxito alguno en nada. Que fracasé en los negocios porque era poco profesional y muy crédulo al no prever los intereses egoístas de mi socio. Que fracasé en el amor, porque me confié, ingenuo, al considerar imposible que Christiana pudiera engañarme. Que frustré las expectativas que mi tío Chill había depositado en mí no siendo tan avispado en los asuntos mundanos como él habría deseado. Que, por lo general, a lo largo de la vida me vi maltratado y defraudado. Que hoy soy un soltero de entre cincuenta y nueve y sesenta años, que vive con unos ingresos magros en la forma de asignación trimestral, a la que veo que John, nuestro querido anfitrión, prefiere que no vuelva a aludir.

»Mis hábitos y mis actividades actuales son, se supone, las que siguen.

»Vivo en una casa de huéspedes de Clapham Road, una habitación trasera muy limpia de un hogar muy respetable, donde se espera que no me halle durante el día, a menos que enferme, y de donde suelo salir a las nueve en punto de la mañana fingiendo ir a trabajar. Desayuno mi panecillo con mantequilla y mi media pinta de café en un viejo cafetín que hay cerca del puente de Westminster, y después voy al centro, no sé por qué; me siento en el Garraway y en la lonja, deambulo y visito varias oficinas y contadurías donde parientes o conocidos son tan amables de aceptar mi presencia y donde me quedo de pie junto al fuego si hace frío. De este modo paso el día hasta las cinco, y luego ceno por alrededor de tres peniques. Como aún me queda algo de dinero para mi entretenimiento vespertino, vuelvo al viejo café de camino a casa y me tomo una taza de té y tal vez una tostada. Después, cuando la manecilla grande del reloj marca la misma hora que por la mañana, regreso a Clapham Road y me acuesto en cuanto llego a la casa de huéspedes, pues el fuego es caro y la familia declina prenderlo porque, según dicen, da trabajo y ensucia.

»En ocasiones, alguno de mis parientes o conocidos tiene la gentileza de invitarme a cenar. Suele ocurrir en días festivos, en los que voy a pasear al parque. Soy un hombre solitario y rara vez camino al lado de alguien. No es que los demás me eviten por mi aspecto andrajoso, ya que mi aspecto nunca lo es; siempre llevo un traje negro de muy buena calidad, o gris oscuro, que tiene la misma apariencia que el negro y sienta mucho mejor; pero me he acostumbrado a hablar en voz baja y más bien poco. Además, no suelo estar muy animado y soy consciente de que mi compañía quizá no sea grata.

»La única excepción a esta norma es el hijo de mi primo hermano, el pequeño Frank. Siento una estima especial por ese niño, que me trata con mucho afecto. Es un crío cohibido por naturaleza; me atrevería a decir que una muchedumbre lo arrollaría y lo olvidaría. En cualquier caso, congeniamos de maravilla. Tengo la impresión de que con el tiempo la pobre criatura ocupará mi peculiar puesto en la familia. Aunque hablamos poco, nos entendemos. Paseamos de la mano y, sin apenas intercambiar unas palabras, él sabe qué quiero decir y yo sé lo que quiere decir él. De hecho, cuando era muy pequeño, lo llevaba a los escaparates de las jugueterías y le mostraba los juguetes que había dentro; y es asombrosa la rapidez con que supo que yo le habría hecho grandes regalos si mi situación me lo hubiese permitido.

»El pequeño Frank y yo vamos a contemplar el monumento, a él le encanta el monumento, y los puentes, y todas las panorámicas por las que no hay que pagar. En dos de mis cumpleaños, cenamos ternera *à-la-mode* y fuimos a mitad de precio al teatro, que nos interesó muchísimo. En una ocasión, iba con él por Lombard Street, que frecuentábamos porque yo le había contado que allí vivía gente muy rica, a él le encanta Lombard Street, cuando, al pasar por mi lado, un caballero me dijo: "Señor, a su hijito se le ha caído un guante". Les aseguro que, y disculpen que les cuente una anécdota tan trivial, esta mención casual al niño como mi hijo me conmovió en lo más hondo e hizo que unas ridículas lágrimas aflorasen a mis ojos.

»Cuando envíen al pequeño Frank al internado en el campo, no sabré qué hacer con mi tiempo, pero tengo la intención de ir allí andando una vez al mes y de verlo alguna tarde que no tenga clase. Me han dicho que entonces estará jugando en el Hampstead Heath y, si pusieran reparos a mis visitas, si estas lo perturbaran, podré verlo desde la distancia sin que él sepa que estoy allí, y después volver andando. Su madre procede de una familia sumamente refinada y me consta que le disgusta que pasemos mucho tiempo juntos. Aunque sé que el carácter retraído del muchacho no mejorará conmigo, creo que, si nos separasen por completo, me echaría de menos, más allá de la emoción del momento. Cuando yo muera en Clapham Road, no dejaré en este mundo mucho más de lo que me llevaré de él, pero tengo una miniatura de un niño de rostro alegre y pelo ensortijado, con una camisa abierta cuyas chorreras descienden ondulantes sobre el pecho (mi madre la encargó para mí, pero no puedo creer que alguna vez nos pareciésemos), que no valdría nada al cambio si se vendiera y que suplicaré que le sea entregada a mi querido Frank. Le he escrito una carta breve en la que le explico todo esto y en la que le digo que lamento mucho separarme de él, aunque también me veo obligado a confesarle que no conozco motivo para seguir aquí. En ella le doy asimismo un pequeño consejo, el mejor del que dispongo: que se cuide de las consecuencias de no ser enemigo de nadie salvo de sí mismo; y trato de consolarlo en lo que temo que sea un triste duelo haciéndole ver que yo solo era alguien insignificante para todos excepto para él, y que, no habiendo sido capaz de encontrar mi lugar en esta gran congregación, es preferible que no esté en ella.

»Así —prosiguió el pariente pobre, aclarándose la garganta para subir un poco el tono de voz— es como todo el mundo me ve. Ahora bien, una notable circunstancia da forma y sentido a mi historia: todo lo anterior es falso. Esa no es mi vida y esos no son mis hábitos. Ni siquiera vivo en Clapham Road. En términos relativos, apenas piso esa calle. Resido la mayor parte del tiempo en un, casi me avergüenza pronunciar la palabra de tan pretenciosa como puede parecer, castillo. Con esto no quiero decir que sea una antigua residencia señorial; aun así, sigue siendo un edificio que todo el mundo ha conocido siempre como "castillo". En él se preservan los detalles de mi historia, que son los siguientes.

»Cuando me asocié con John Spatter, que había sido mi empleado, en un tiempo en el que yo era aún un hombre joven de no más de veinticinco años y residía en la casa de mi tío Chill, que había depositado grandes expectativas en mí, me atreví a proponer matrimonio a Christiana. Hacía mucho tiempo que la amaba. Era muy hermosa y encantadora, en todos los aspectos. Yo desconfiaba de su madre viuda, pues su mente me parecía conspiradora y mercenaria, pero, por Christiana, traté de tenerla en la mejor consideración que pude. Nunca había amado a ninguna otra mujer, y desde la infancia ella había sido todo mi mundo; ¡oh, mucho más que todo mi mundo!

»Christiana aceptó mi proposición con el beneplácito de su madre, lo que me hizo sumamente feliz. Mi vida en casa del tío Chill era austera y anodina, y mi dormitorio, en la buhardilla, frío, sobrio y lóbrego, como una celda en el desván de alguna despiadada fortaleza del norte. Pero, teniendo el amor de Christiana, nada más deseaba en la tierra. No habría cambiado mi suerte por la de ningún otro ser humano.

»La avaricia, por desgracia, era el principal vicio del tío Chill. Aunque era rico, garrapiñaba y arañaba y acumulaba todo cuanto podía, y vivía de forma miserable. Dado que Christiana carecía de fortuna, durante un tiempo me aterró confesarle nuestro compromiso, pero al cabo le escribí una carta refiriéndole toda la verdad. La dejé en su mano una noche justo antes de acostarme.

»La mañana siguiente bajé la escalera, tiritando en el frío aire de diciembre, más frío en aquella casa sin caldear que en la calle, donde el sol invernal brillaba de cuando en cuando y, en cualquier caso, las caras y las voces alegres animaban el ambiente, y me dirigí apesadumbrado al salón del desayuno, alargado y de techo bajo, donde estaba sentado mi tío. Era una estancia grande con una chimenea pequeña y un imponente ventanal saledizo que la lluvia había moteado durante la noche como con las lágrimas de vagabundos. Daba a un patio descuidado, con grietas en el empedrado y verjas de hierro oxidado medio arrancadas, desde donde una edificación anexa que en un tiempo había sido una sala de disección, cuando el gran cirujano hipotecó la casa a mi tío, la miraba.

»Siempre nos levantábamos muy temprano, y en aquella época del año desayunábamos a la luz de una vela. Cuando entré en el salón, mi tío estaba tan encogido y tan arrebujado sobre sí mismo en la silla a causa del frío, detrás de la débil luz de una vela, que no lo vi hasta que me acerqué a la mesa.

»Al alargar una mano hacia él, mi tío agarró su bastón (siendo frágil y enfermizo, siempre se desplazaba por la casa con un bastón), me golpeó y me dijo:

»—¡Ah, majadero!

»—¡Tío! —le contesté—. No esperaba que se enojara de tal modo. —Y era cierto, no lo esperaba, aunque él era un anciano severo e irritable.

»—¡No lo esperabas! —me replicó—. ¿Cuándo has esperado tú algo? ¿Cuándo has calculado o previsto algo, perro despreciable?

»—¡Sus palabras son duras, tío!

»—¿Que mis palabras son duras? ¡Plumas para lanzarle a un necio como tú, eso es lo que son! —dijo—. ¡Mira, Betsy Snap! ¡Míralo!

»Betsy Snap era la anciana ajada, macilenta y poco agraciada, nuestra única sirvienta, que a esa hora de la mañana se empleaba siempre en frotar las piernas de mi tío. Al ordenarle que me mirase, mi tío posó una débil mano en su coronilla, ella estaba arrodillada a mi lado, y le giró la cara hacia mí. Un pensamiento involuntario que relacionaba a ambos con la sala de disección, como debía de haberlo sido en los tiempos del cirujano, cruzó mi mente mientras la ansiedad me atenazaba.

»—¡Mira a este gallina llorica! —dijo mi tío—. ¡Mira al bebé! Este es el caballero que, según dice la gente, no es enemigo de nadie salvo de sí mismo. Este es el caballero incapaz de decir no. Este es el caballero que obtiene tantos beneficios con su negocio que hace unos días tuvo que asociarse. ¡Este es el caballero que va a casarse con una mujer que no tiene un penique y que cae en las manos de unas Jezabeles que especulan con mi muerte!

»En ese momento fui consciente de la magnitud de la ira de mi tío, porque casi tenía que estar fuera de sí para atreverse a pronunciar esa última palabra, a la que profesaba tal repugnancia que jamás se verbalizaba ni se insinuaba en su presencia bajo ningún pretexto.

»—¡Con mi muerte! —repitió como desafiándome al desafiar su propia abominación de la palabra—. ¡Con mi muerte, mi muerte, mi MUERTE! Pero yo pondré fin a esa especulación. ¡Toma tu último bocado bajo este techo, endeble miserable, y ojalá te atragantes con él!

»Aunque, como supondréis, no me apetecía mucho probar el desayuno al que me invitaba en esos términos, me senté en mi sitio habitual. Comprendí que mi tío acababa de repudiarme de por vida, pero con el corazón de Christiana de mi lado podría sobrellevarlo bien.

»Él dio cuenta de su cuenco de pan y leche, como tenía por costumbre, con la salvedad de que esta vez lo posó en su regazo con la silla de espaldas a la mesa a la que yo estaba sentado. Una vez que acabó, sopló la vela con cuidado, y el nuevo día, frío, desdichado y del color de la pizarra, nos recibió.

»—Y, ahora, señor Michael, antes de que nos separemos, quisiera tener una charla con esas damas en tu presencia —dijo.

»—Como desee, señor —contesté—. Pero se engaña, nos engaña a todos cruelmente, si cree que de este contrato participa algún sentimiento que no sea el amor puro, fiel y desinteresado.

»A esto él se limitó a contestar con una única palabra:

»—¡Mientes!

»Nos encaminamos por entre la nieve semicongelada y la lluvia semihelada hacia la casa donde vivían Christiana y su madre. Mi tío las conocía bien. Cuando llegamos, ambas desayunaban sentadas y se sorprendieron al vernos allí a aquellas horas.

»—A sus pies, señora —le dijo mi tío a la madre—. Me atrevería a decir que ya habrá adivinado el propósito de mi visita. Tengo entendido que estas paredes encierran un mundo de amor puro, leal y desinteresado. Me alegra traer lo que precisa para estar completo. Aquí tiene a su yerno, señora, y usted a su esposo, señorita. El caballero es para mí un perfecto extraño, pero espero que este acuerdo les procure felicidad.

»Me gruñó al marcharse y jamás volví a verlo.

»Sería un completo error —continuó relatando el pariente pobre— suponer que mi querida Christiana, influida y persuadida por su madre, se casó con un hombre rico y que las ruedas de su carruaje, en estos tiempos tan distintos, me arrojan tierra al pasar por mi lado. No, no. Se casó conmigo.

»El modo en que llegamos a casarnos bastante antes de lo previsto fue el siguiente. Arrendé un alojamiento modesto, y estaba ahorrando y planeándolo todo cuando, un día, ella me habló con sumo fervor:

»—Querido Michael, te he entregado mi corazón. Te he dicho que te amaba y me he comprometido a ser tu esposa. Soy tan tuya en lo bueno y en lo malo como si estuviéramos casados desde el día en que nos hicimos esa promesa. Te conozco bien y sé que, si algo nos separase y rompiera nuestra unión, toda tu vida se ensombrecería, y que aquellos aspectos de tu carácter que, incluso ahora, podrían fortalecerse por el conflicto con el mundo... ¡quedarían debilitados por su sombra!

»—¡Que Dios me asista, Christiana! ¡Llevas razón!

»—¡Michael! —dijo tomándome de una mano, con toda su recatada devoción—. No sigamos separados por más tiempo. No hace falta que te diga que me contentaría con los medios de que dispones, y sé que tú eres feliz. Hablo de corazón. Deja de luchar solo, luchemos juntos. Mi querido Michael, no está bien que te oculte algo que tú no sospechas, pero que perturba mi existencia. Mi madre, sin tener en cuenta lo que has perdido, lo que has perdido por mí, y con la certeza de mi lealtad, está poniendo todo su empeño en los ricos, conminándolos a que me cortejen, para mi desgracia. No lo soporto, pues soportarlo supone serte desleal. Preferiría compartir tu lucha a ser una mera espectadora. No quiero hogar mejor que el que tú puedas procurarme. Sé que aspirarás a más y que trabajarás con más coraje si soy completamente tuya. ¡Que así sea cuando lo desees!

»Aquel día, en verdad, fui bendecido, y un mundo nuevo se abrió ante mí. Nos casamos al cabo de muy poco, y llevé a mi esposa a nuestro dichoso hogar. Ese fue el origen de la residencia de la que les he hablado. El castillo en el que hemos vivido juntos desde entonces data de aquellos tiempos. Todos nuestros hijos han nacido en él. El primero fue una niña, ya casada, a quien llamamos Christiana. Su hijo se parece tanto al pequeño Frank que apenas logro distinguirlos.

»La creencia general sobre el comportamiento que me dispensó mi socio también es errónea. No empezó a tratarme con frialdad, como a un pobre zoquete, cuando mi tío y yo nos enemistamos; ni tampoco se fue apoderando después de nuestro negocio ni acabó dejándome fuera de él. Por el contrario, me demostró una honra y una lealtad sublimes.

»Así fue como transcurrieron los hechos entre nosotros: el día que me separé de mi tío, e incluso antes de que mis baúles llegaran a la contaduría, que él me remitió a portes debidos, me dirigí a nuestro despacho, sito en un pequeño muelle con vistas al río, y allí le referí a John Spatter lo ocurrido. John no contestó que los parientes ancianos y ricos eran un hecho palpable, y el amor y los sentimientos, una boba fantasía. Se dirigió a mí con las siguientes palabras:

»—Michael, fuimos juntos a la escuela, y allí yo solía arreglármelas para superarte en todo y tener mejor reputación que tú —me dijo.

»—Así es, John —confirmé.

»—Pero —prosiguió John— te pedí prestados los libros y los perdí; te pedí prestadas unas monedas y nunca te las devolví; te convencí para que compraras mis maltrechas navajas a un precio más elevado del que yo había pagado por ellas nuevas, y para que te responsabilizaras de las ventanas que yo había roto.

»—Todo eso son naderías, John Spatter —dije—. Aunque es cierto.

»—Cuando fundaste este negocio, que tanto promete prosperar —continuó—, acudí a ti en busca de un empleo, casi cualquiera que pudieras ofrecerme, y tú me contrataste.

»—Otra nadería, mi querido John Spatter —dije—. Aun así, es igualmente cierto.

»—Y, al ver que tenía buena cabeza para los negocios y que en verdad resultaba útil en el tuyo, no quisiste que me quedara relegado a ser un subordinado y consideraste un acto de justicia nombrarme socio enseguida.

»—Una nadería aún mayor que las demás circunstancias que has recordado, John Spatter —le dije—. Pues era, y soy, consciente de tu valía y de mis limitaciones.

»—Ahora, mi buen amigo —dijo John, entrelazando mi brazo con el suyo, como tenía por costumbre hacer en la escuela, mientras al otro lado de la ventana, que tenía la forma de la ventana de la popa de un barco, dos barcas descendían plácidamente por el río llevadas por la marea, tal como John y yo navegaríamos juntos y confiados en nuestro viaje por la vida—, deseo que, con esta cordialidad, reine entre nosotros el pleno entendimiento. Debo decirte que eres demasiado dúctil, Michael. No eres enemigo de nadie salvo de ti mismo. Si yo me encogiera de hombros ante ese rasgo nocivo para nuestra sociedad, si me limitara a negar con la cabeza y suspirar..., y si pretendiera abusar de la confianza que depositas en mí...

»—Pero tú nunca harías eso, John —observé.

»—¡Nunca! —dijo—. Solo es una hipótesis. Como decía, si pretendiera abusar de esa confianza ocultándote algún detalle de nuestros asuntos comunes, mostrándote algún otro y contándote a medias otro más, y así sucesivamente, fortalecería mi fortaleza y debilitaría tu debilidad, día tras día, hasta que al final yo me encontrara avanzando por el ancho camino que lleva a la riqueza y tú, abandonado en tierra yerma muchas millas atrás.

»—Sí, en efecto —dije.

»—Para evitar eso, Michael, o incluso la más remota posibilidad de que eso ocurra, debemos estar completamente abiertos el uno para el otro, sin ocultarnos nada, y compartir un único interés —dijo John Spatter.

»—Mi querido John Spatter, esa es exactamente mi intención —le aseguré.

»—Y, cuando seas demasiado dúctil —prosiguió John, cuyo semblante rebosaba amistad—, deberás permitirme que impida que alguien, cualquiera, pueda aprovecharse de esa imperfección en tu naturaleza; no deberás esperar que te siga la corriente...

»—Mi querido John Spatter —lo interrumpí—. No espero que me sigas la corriente. Quiero corregir eso.

»—Yo también —dijo John.

»—¡Fabuloso! —exclamé yo—. Ambos tenemos el mismo objetivo y, persiguiéndolo con honradez, confiando plenamente el uno en el otro y compartiendo un único interés, nuestra sociedad será próspera y feliz.

»—¡Estoy seguro de ello! —repuso John Spatter. Y nos estrechamos la mano con sumo afecto.

»Llevé a John a mi castillo y pasamos un día dichoso. Nuestra sociedad prosperó. Mi amigo y socio me procuró lo que yo quería, tal como había previsto que haría; y, mejorando el negocio y mejorándome a mí, agradeció con creces cualquier pequeño ascenso en la vida al que yo hubiera contribuido.

»No soy —prosiguió el pariente pobre mirando la lumbre y frotándose despacio las manos— muy rico, pues nunca me importó serlo; pero dispongo de lo suficiente para satisfacer mis modestas necesidades y apetencias. Mi castillo no es un lugar espléndido, pero sí muy acogedor; y su atmósfera es cálida y alegre, el vivo retrato de un hogar.

»Nuestra hija mayor, que se parece mucho a su madre, se casó con el hijo mayor de John Spatter. Nuestras dos familias están ahora estrechamente unidas por otros lazos. Cuando nos reunimos todos, algo que ocurre con frecuencia, pasamos veladas muy agradables, en las que John y yo hablamos de los viejos tiempos y del único interés que hemos compartido siempre.

»Lo cierto es que en mi castillo ignoro lo que es la soledad. Siempre anda por allí alguno de nuestros hijos o nietos, y las jóvenes voces de mis descendientes son una delicia, ¡oh, sí, qué delicia!, para mis oídos. Mi queridísima y devota esposa, siempre leal, siempre cariñosa, siempre solícita y servicial y reconfortante, es la inestimable bendición de mi casa y la fuente de la que brotan todas las demás gracias. Somos una familia bastante musical, y cuando Christiana me ve un poco cansado o decaído, sea la hora que sea, corre al piano y entona la dulce melodía que solía cantar cuando nos prometimos. Tan débil soy que no soporto escucharla interpretada por ninguna otra persona. La tocaron en el teatro una vez que fui con el pequeño Frank, y el niño me preguntó, atónito: “Primo Michael, ¿de quién son estas lágrimas calientes que han caído en mi mano?”.

»Así es mi castillo, y así son las verdaderas circunstancias de mi vida que en él se preservan. A menudo, llevo allí al pequeño Frank. Mis nietos lo reciben calurosamente y juegan con él. En Navidad y Año Nuevo, apenas salgo de mi castillo, pues los recuerdos asociados a esta época parecen retenerme allí, y sus preceptos parecen enseñarme que es bueno estar allí.

—Y el castillo se encuentra en... —dijo la voz grave y amable de uno de los acompañantes.

—Sí. Mi castillo —contestó el pariente pobre sacudiendo la cabeza sin dejar de mirar el fuego— se encuentra en el aire. John, nuestro querido anfitrión, ha intuido bien su emplazamiento. ¡Mi castillo está en el aire! He concluido. ¿Serían tan amables de hacer circular esta historia?

Navidad en Thompson Hall

Anthony Trollope

1

El éxito de la señora Brown

Todo el mundo recuerda el rigor de la Navidad de 187... No concretaré más el año, pues de lo contrario daría pistas a aquellos demasiado curiosos para indagar en las circunstancias de esta historia y preguntar por detalles que no tengo intención de dar a conocer. Aquel invierno, no obstante, fue especialmente crudo, y diría que el frío de los últimos diez días de diciembre se dejó sentir más en París que en cualquier lugar de Inglaterra. De hecho, cabría dudar incluso de que haya ciudad en país alguno que adolezca de un tiempo tan insidioso como la capital francesa. La nieve y el granizo parecen más fríos allí, y las lumbres, sin duda, calientan menos que en Londres. Además, quienes visitan París lo hacen con la impresión de que la ciudad debería ser alegre; de que la alegría, la belleza y la vivacidad son sus objetivos, del mismo modo que el dinero, el comercio y los negocios son los de Londres, que, con su aspecto gris y lóbrego, a menudo parece desear un pretexto para su fealdad. Sin embargo, en esa Navidad de 187..., París no era alegre, ni bella ni vivaz. Resultaba imposible caminar por sus calles sin llevar los pies hundidos hasta el tobillo no en nieve, sino en la sustancia fangosa en que esta se había convertido; y, a lo largo de todo el día y toda la noche del 23 de diciembre, no dejó de caer del cielo una sucesión de abominaciones húmedas y medio heladas que prácticamente impedían a hombres y mujeres llevar a cabo sus quehaceres.

Eran las diez de la noche cuando una dama y un caballero ingleses llegaron al Grand Hôtel del Boulevard des Italiens. Teniendo motivos para no desvelar los nombres de ese matrimonio, los llamaré señor y señora Brown. Ahora bien, quisiera dejar claro que, en todos los aspectos de la vida, este caballero y esta dama vivían felizmente juntos y disfrutaban de las comodidades y los placeres que deberían unir a marido y mujer. La señora Brown procedía de una familia acaudalada, por lo que el señor Brown, cuando se casó con ella, se vio dispensado de la necesidad de ganarse el pan. Pese a esto, ella cedió de inmediato a su deseo de pasar los inviernos en el sur de Francia; y él, aunque era de talante algo ocioso y poco dado a las actividades que requiriesen de energía, solía permitir que ella, quien, con una naturaleza más robusta, adoraba viajar, lo llevara de un lado a otro. No obstante, en esta ocasión habían tenido una pequeña diferencia.

A principios de diciembre, a la señora Brown, que se encontraba en Pau, le había llegado la noticia de que todos los Thompson celebrarían por Navidad un gran encuentro en la mansión que la familia tenía en Stratford-le-Bow, al que esperaban que ella, que había sido una Thompson, asistiera con su esposo. Su única hermana deseaba aprovechar la ocasión para presentar a todos al excelente joven con quien se había comprometido hacía poco. Los Thompson, cuyo nombre real también oculto, eran un clan numeroso y próspero. Había tíos, primos y hermanos a los que les había ido muy bien, y a los que probablemente aún les iría mejor. Uno de ellos había sido reelegido en fechas recientes para el Parlamento por las llanuras de Essex, y, en el momento de escribir estas líneas, es un miembro destacado de la noble mayoría conservadora. Tal triunfo era en parte el motivo de la gran reunión navideña de los Thompson, y el propio legislador había expresado la opinión de que, en caso de que la señora Brown y su esposo no acudiesen, se consideraría a ambos unos Thompson *fainéant*.

Desde su enlace, que había tenido lugar casi ocho años antes, la señora Brown nunca había pasado una Navidad en Inglaterra, aunque a menudo había planteado la conveniencia de hacerlo. Su alma anhelaba los festejos del acebo y los pastelillos de frutos secos. Los Thompson siempre habían celebrado encuentros en Thompson Hall, si bien ninguno tan significativo ni importante para la familia como el que se acababa de convocar. En más de una ocasión, ella había manifestado el deseo de volver a vivir una Navidad de las de siempre, en la casa de siempre, entre los rostros de siempre. Pero su marido aducía, sin excepción, cierto padecimiento de pecho y garganta para quedarse en Pau disfrutando de sus delicias. Año tras año, ella había cedido, y ahora llegaba esta rotunda convocatoria.

No sin considerables dificultades, la señora Brown había conseguido convencer a su esposo de trasladarse hasta París. Él abandonó Pau con suma renuencia y después, dos veces durante el trayecto, en Burdeos y en Tours, hizo la tentativa de regresar. Desde el primer momento alegó dolor de garganta, y cuando al final accedió a hacer el viaje, puso como condición pernoctar en esas dos ciudades y en París. La señora Brown, que, sin el menor indicio de fatiga, podría haberse desplazado de Pau a Stratford sin efectuar una sola parada, consintió en todo con tal de estar en Thompson Hall en Nochebuena. Cuando el señor Brown protestó inútilmente en las dos primeras ciudades en las que se alojaron, tal vez ella no acabara de creerse sus quejas. Ya sabemos cómo son de propensas las personas fuertes a sospechar de la debilidad de los débiles, de igual modo que a los débiles les irrita la fuerza de los fuertes. Quizá discutieran un poco durante el viaje, pero el resultado, hasta el momento, se había decantado en favor de la dama, que había conseguido llevar al señor Brown a París.

De haberse tratado de una ocasión menos trascendental, sin duda habría cedido una vez más. El tiempo ya era inclemente cuando salieron de Pau, pero a medida que se dirigían al norte había empeorado sin cesar. Al partir de Tours, el señor Brown, con un susurro ronco, había declarado su convicción de que el viaje lo mataría. La señora Brown, no obstante, y por desgracia, media hora antes se había percatado de cómo él regañaba al camarero por haberle cobrado uno o dos francos de más con una voz alta y clara. Si de verdad hubiese considerado que había algún riesgo para él, o incluso algún padecimiento, habría desistido; pero a ninguna mujer le gusta que la engañen con artificios. Observó que su esposo dio cuenta de una suculenta cena de camino a París y que tomó y degustó con deleite una pequeña copa de coñac, algo que un hombre aquejado de bronquitis sin duda no haría. De modo que perseveró y llegaron a París, entrada la noche, rodeados de toda aquella nieve, tanto fresca como derretida. Luego, cuando se sentaron a cenar, tuvo la impresión de que él ciertamente hablaba con voz áspera, y su afectuoso corazón femenino empezó a vacilar.

Sea como fuere, en ese momento ya tenía claro que él no empeoraría más si proseguía camino hacia Londres que quedándose en París. Si un hombre tiene que enfermar, mejor que lo haga en el seno de su familia que en un hotel. ¿Qué consuelo recibiría, qué alivio, en aquel barracón enorme? Y en lo referente a la crueldad del tiempo, tampoco Londres podía ser peor que París; además, pensó, había oído que la brisa marina era beneficiosa para las afecciones de garganta. En la habitación que les habían asignado *au quatrième* ni siquiera podían prender una buena lumbre. Sería un error en todos los sentidos renunciar a la gran reunión navideña cuando nada ganarían permaneciendo en París.

La señora Brown había advertido que siempre que su esposo enfermaba de verdad se volvía más tratable y discutía menos. Inmediatamente después de apurar esa pequeña copa de coñac, él afirmó que antes que continuar viajando más allá de París estaba dispuesto a ..., y ella empezó a temer que, a fin de cuentas, todo hubiera sido en vano. Pero mientras bajaban a cenar, entre las diez y las once, él se mostró más apaciguado, y tan solo comentó que tenía la certeza de que aquel viaje sería su fin. Pasaban de las once y media cuando volvieron a la habitación, tras lo cual él parecía hablar con sentido común y también con notable aprensión.

—Si no consigo algún remedio que alivie mis males, sé que no podré seguir adelante —dijo. Tenían previsto salir del hotel a las cinco y media de la mañana para tomar el tren que conectaba con el barco de vapor y llegar a Stratford a las siete y media del día de Nochebuena. Lo intempestivo de la hora, el largo viaje, el tiempo infame y la perspectiva de aquel espantoso abismo entre Boulogne y Folkestone habrían sido naderías para la señora Brown de no haberse instalado en el rostro de su esposo una expresión de angustia ya permanente—. Si no me consigues algún remedio que alivie mis males, es muy probable que no sobreviva —volvió a decir al tiempo que se hundía en la cuestionable comodidad de un sillón de hotel parisino.

—Pero, querido, ¿qué puedo hacer yo? —preguntó ella, al borde de las lágrimas, mientras lo acariciaba inclinada sobre él. Era un hombre delgado, de aspecto refinado, con una barba castaña larga, pulcra y suave, y una pequeña calva en la coronilla, pero sin duda de aspecto elegante. Lo amaba con todo su corazón, y en sus momentos más tiernos era capaz de consentirlo con sus mimos—. ¿Qué puedo hacer, amado mío? Sabes que haría cualquier cosa si estuviera en mis manos. Acuéstate, cielito; entrarás en calor y por la mañana volverás a encontrarte bien.

En ese momento, él ya se preparaba para acostarse y ella lo ayudaba. Después, le envolvió el cuello con una pieza de franela, lo besó y lo arropó.

—Te diré lo que puedes hacer —repuso él con una voz muy ronca, tan perjudicada que ella apenas lo oía y tuvo que acercarse y agacharse aún más. Haría cualquier cosa, pero él debía decirle qué. Entonces, su marido le contó cuál era su plan. Abajo, en el aparador del salón, había visto un tarro grande de mostaza. Al salir, observó que no lo habían retirado junto con el menaje de la cena. Si la señora Brown conseguía bajar y encontrar el salón, llevando consigo un pañuelo doblado a tal efecto, y si luego conseguía hacerse con parte del contenido del tarro y, tras volver con el botín, se lo aplicaba en el cuello, creía que eso lo aliviaría un poco y tal vez sería capaz de levantarse a la cinco de la mañana—. Pero me temo que para ti no será nada agradable bajar sola a estas horas de la noche —añadió con un susurro áspero y lastimoso.

—Por supuesto que bajaré —replicó ella—. No me importa en absoluto. No va a morderme nadie. —Y se dispuso a doblar un pañuelo limpio—. No tardaré ni dos minutos, querido; y, si en este edificio hay un grano de mostaza, lo tendrás sobre tu pecho en un santiamén. —No era una mujer que se arredrara con facilidad, y la excursión al salón no era nada para ella. Antes de ponerse en camino, lo tapó cuidadosamente hasta las orejas, y solo después se marchó.

Recorrer el pasillo hasta llegar al primer tramo de escalera fue sencillo, como también lo fue bajarlo. A continuación, llegó a otro pasillo y a otra escalera, y a un tercer pasillo y a una tercera escalera, y la mujer empezó a temer que hubiera errado el camino. Se encontraba en una parte del hotel en la que no había estado y pronto descubrió, tras asomar por una o dos puertas abiertas, que había llegado a un conjunto de salas privadas que no había visto hasta entonces. Trató, por ello, de deshacer sus pasos, por la misma escalera y por los mismos pasillos, para volver comenzar. Empezaba a creer que se había perdido por completo y que no sería capaz de encontrar ni el salón ni la habitación cuando, felizmente, se topó con el portero de noche. Iba ataviada con una bata blanca, una redecilla blanca sobre el cabello suelto y unas zapatillas blancas de estambre. Tal vez debería haber descrito antes su apariencia. Era una mujer corpulenta de busto imponente, atractiva, en opinión de algunos, al estilo de Juno. Sin embargo, con los desconocidos, sus modales resultaban algo severos: una fortificación de su honra contra todo posible ataque, eso eran; la declaración de su determinación para mantener, a toda costa, el hermoso personaje de una matrona británica que, si bien era muy apreciado en Thompson Hall, se había granjeado algunas críticas maliciosas de hombres y mujeres franceses. En Pau, la llamaban «la Fière Anglaise». El apodo había llegado a sus propios oídos y a los de su esposo. A él le molestó sobremanera, pero ella se lo tomó a bien; de hecho, el título incluso le produjo cierto orgullo, y decidió comportarse en consonancia. Con su marido podía mostrarse tierna en ocasiones, pero opinaba que con otros hombres una matrona británica debía ser estricta. Aunque en ese momento precisaba ayuda perentoria, cuando encontró al portero recordó su personaje.

—Me he perdido entre estos horribles pasillos —dijo con su tono más riguroso. Era la respuesta a alguna pregunta del hombre, una pregunta que ella se tomó tiempo para contestar. Luego, cuando él le preguntó adónde deseaba ir, madame, ella hizo otra pausa, pensando en qué destino comunicarle. Sin duda, el hombre podría acompañarla de vuelta a su habitación, pero, si lo hacía, tendría que renunciar a la mostaza y, con la mostaza, temía, a toda esperanza de llegar a Thompson Hall a tiempo para celebrar la Nochebuena. Sin embargo, a pesar de que en muchos aspectos era una mujer valiente, no osaba confesarle a aquel hombre que estaba merodeando por el hotel para llevar a cabo una incursión nocturna en busca del tarro de mostaza. Por ello, se dedicó a poner orden a sus pensamientos, con la cabeza bien erguida, al mejor estilo Juno, hasta que el portero estuvo embelesado de admiración. Así ganó tiempo para idear un cuento. Durante la cena, le dijo, se le había caído el pañuelo debajo de la mesa; ¿sería él tan amable de indicarle el camino al salón para que pudiera recuperarlo? Pero el portero hizo más que eso, y la acompañó a la sala donde había cenado.

Allí llevó a cabo una prolongada y, obsta decirlo, vana búsqueda. El afable hombre insistió en vaciar un recipiente enorme lleno de servilletas sucias y sacarlas una por una a fin de encontrar el artículo de la dama. Ella aguardaba al lado, desdichada, pero paciente; y, mientras el hombre trabajaba encorvado, mantenía la mirada clavada en el tarro de mostaza. Ahí estaba, con suficiente capacidad para aliviar las gargantas de una veintena de enfermos. El portero seguía atareado, y ella se acercó un poco más al tarro, tratando de convencerse de que él seguramente la disculparía si cogía la mostaza y le contaba la verdad. Pero, de hacerlo, ¡su porte de Juno se derrumbaría! Tendría que reconocer no solo la aventura en busca de la mostaza, sino también la mentirijilla..., y eso sí que no podía consentirlo. El portero sugirió al cabo que madame debía de estar en un error, y madame convino en que así debía de ser.

Con la mirada, anhelante y remolona, clavada tristemente en el gran tarro, se marchó del salón precedida por el portero. Le aseguró que encontraría por sí misma el camino de vuelta, pero él se negó a dejarla sola hasta que estuvieron en el pasillo correcto. Aunque el trayecto le pareció más largo que antes, mientras subía aquel sinfín de escalones se juró que ni siquiera eso le impediría satisfacer su objetivo. Su esposo precisaba alivio para su pobre garganta, el alivio estaba al alcance de su mano, ¿y ella no iba a conseguirlo? Contó cada uno de los peldaños que ascendía y grabó en su memoria cada giro. Ahora estaba segura de conocer el camino y de que sabría regresar a la habitación sin cometer error alguno. Volvería al salón. Y si se encontrara otra vez al hombre, tanto le daría: seguiría adelante con audacia y se apoderaría del remedio que su pobre marido necesitaba con tanta urgencia.

—Ah, sí —dijo cuando el portero la informó de que su habitación, la número 333, se encontraba en el pasillo al que acababan de llegar—. A partir de aquí ya sé cómo llegar. Le estoy muy agradecida. No hace falta que me acompañe.

El hombre, ansioso, quería ir con ella hasta la mismísima puerta, pero ella, cuyo cuerpo le bloqueaba el paso, acabó por imponer su voluntad. Como es natural, él permaneció allí unos instantes. Desafortunadamente, ella no llevaba dinero encima y no podía darle la moneda de dos francos que él se había ganado. Tampoco podía ir a buscarla a su habitación, pues tenía la impresión de que, si volvía junto a su esposo sin la mostaza, no sería posible efectuar una segunda tentativa. El hombre, decepcionado, al fin giró sobre sí mismo, bajó la escalera y se alejó por el pasillo. A ella le pareció que transcurría una eternidad mientras escuchaba sus pasos. Había ido, con sumo sigilo, hasta la puerta de su habitación, y allí seguía, tapando la vela con la mano, hasta que creyó que el portero se encontraría ya en el rincón más alejado de aquel edificio interminable. Luego, dio media vuelta y se encaminó por donde había venido.

En esta ocasión no encontró dificultad para orientarse, pues conocía hasta el último escalón. Al principio de cada tramo de escalera, se detenía y aguzaba el oído, y, al no percibir sonido alguno, proseguía. El corazón le latía desbocado por el ansia de lograr su objetivo y, al mismo tiempo, por el miedo: lo que podría haber explicado fácilmente en un primer momento tendría ahora una difícil explicación. Por fin, llegó al gran vestíbulo público que ya visitaba por tercera vez y de cuyas dimensiones había tomado buena nota. Allí estaba la puerta... cerrada, sí, pero la abrió sin ningún problema. En el vestíbulo, la escalera y los pasillos estaban iluminados con lámparas de gas; sin embargo, a partir de allí no había más luz que la que proyectaba su pequeña vela. Acompañada por el portero, no había temido la oscuridad; ahora, en cambio, algo en ella hacía que la aterrase cubrir el trecho que la separaba del tarro de mostaza. Se detuvo a escuchar y empezó a tiritar. Entonces, pensó en el esplendor de Thompson Hall, en la agradable calidez de una Navidad británica, en el ufano legislador que era su primo hermano, y rápidamente salvó aquella distancia y puso una mano sobre el gran tarro de porcelana de Delf. Miró alrededor: allí no había nadie más; no se oía el menor ruido, ni siquiera el crujido distante de un zapato, ni el chirrido de una de aquellas mil puertas. Allí quieta, con una delicada mano sobre el recipiente y sujetando con la otra el pañuelo blanco en el que depositaría el compuesto medicinal, parecía lady Macbeth escuchando tras la puerta de la cámara de Duncan.

No cabía duda de que en el tarro había suficiente sustancia, estaba lleno casi a rebosar. Aquella era, por supuesto, muy diferente de la excelente y saludable mixtura inglesa que la cocinera le elabora a uno con un poco de agua y en dos minutos. Desprendía un olor acre y era, a ojos ingleses, de un color nada saludable, pero, en cualquier caso, no dejaba de ser mostaza. Cogió la cuchara de cuerno y, sin más demora, vertió una cantidad considerable en el cuadrado del pañuelo doblado, tras lo cual emprendió su raudo regreso.

Para su sorpresa, aún le aguardaba un contratiempo más, en el que no se le había ocurrido reparar antes. La vela ocupaba una de sus manos, así que solo le quedaba la otra para sostener su tesoro. De haber cogido una bandeja o un plato en el salón, todo habría ido bien; en su situación, se vio obligada a vigilar en todo momento su mano derecha y a proceder muy despacio en su viaje de vuelta. Aunque le sorprendió la facilidad con que aquello resbalaba de su mano, siguió avanzando lentamente, con cuidado de no saltarse ningún giro, y al fin llegó sana y salva a la puerta de su habitación. Ahí estaba, la número 333.

2

El fracaso de la señora Brown

Con los ojos aún fijos en el bulto, echó un rápido vistazo al número de la puerta: la 333. En todo momento se había asegurado de no olvidarlo. Abrió y entró con sigilo. La habitación también estaba muy oscura en contraste con la luz de gas de la escalera, pero mejor que fuera así. Ella misma había apagado las dos velas del tocador antes de dejar a su esposo. Mientras cerraba la puerta a su paso, se detuvo y alcanzó a oír que él dormía. Sabía que había pasado fuera mucho rato, el suficiente para que un hombre propenso al sueño se durmiera. Calculó que debía de haber estado ausente una hora entera. Aquella extracción de servilletas que ella sabía inútil se había eternizado. Se detuvo junto a la mesa central de la habitación sin dejar de mirar la mostaza y la dejó encima con mucho cuidado. No había imaginado que resultaría tan difícil transportar algo tan ligero y pequeño, pero allí estaba, y no había perdido nada por el camino. Cogió un pequeño utensilio del lavamanos y, con el mango, reunió en el centro lo que tendía a derramarse. Entonces, le sobrevino la duda de si, dado que su esposo dormía tan plácidamente, sería correcto importunarlo. Volvió a prestar atención y supo que al leve murmullo del ronquido que obsequiaba sus oídos no le afectaba ninguna dolencia de garganta, tras lo cual pensó que, después de todo, tal vez su esposo solo estuviera enojado a causa de la fatiga. Ciertamente, durante todo el viaje no había creído que él estuviera enfermo. ¡Cómo lo había visto comer! ¡Con qué fruición había disfrutado él de todos sus puros! Y después, de la copa de *brandy,* a la que ella había opuesto cierta objeción femenina. Ahora dormía como un bebé, con un funcionamiento de garganta completo, perfecto y casi sonoro. ¿Quién no conoce ese sonido, como de dos trocitos de hierro oxidado rozándose, que brota de una tráquea dolorida? Allí no había nada parecido. ¿Por qué molestarle cuando estaba disfrutando tanto de ese descanso que, más que ninguna otra cosa, lo prepararía para la fatiga del viaje del día siguiente?

Me atrevería a afirmar que, pese a todos los apuros a los que se había visto sometida, la dama habría dejado la mordaz cataplasma en la mesa y se habría acostado con delicadeza a su lado de no haber reparado, de pronto, en el gran perjuicio que él le había infligido si en verdad no estaba enfermo. ¡Hacerla bajar al salón, en un hotel desconocido, y deambular por los pasillos en plena noche, objeto de la contumelia de cualquiera con quien pudiera toparse, en una encomienda que, de no estar santificada por la necesidad absoluta, sería del todo inaceptable! En ese momento, apenas creía siquiera que él hubiese enfermado jamás. Sí, desde luego que le aplicaría la cataplasma; si no como remedio, entonces como castigo. A fin de cuentas, no le haría ningún mal. Con más afán de venganza que de justificar los sacrificios de la noche, se puso manos a la obra de inmediato y con premura.

Depositó la vela en la mesa para sujetarse la mano derecha con la izquierda y se apresuró hacia la cama con cautela. Aunque en su opinión él se estaba comportando mal, no lo importunaría despertándolo con brusquedad. Cumpliría con su deber de esposa para con él, como correspondía a una matrona británica. No solo le aplicaría la cálida mixtura en el cuello, sino que además aguardaría sentada a su lado veinte minutos para librarlo de ella una vez transcurrido el tiempo adecuado y evitar una posible irritación. El proceso de retirar la mostaza después de que hubiera cumplido con su finalidad entrañaría cierta dificultad. De haberse encontrado en su casa, rodeada de todas sus comodidades, habría llevado a cabo la operación con una delicada bolsa de lino, a través de la cual la acritud de la especia habría penetrado con la fuerza suficiente para satisfacer el propósito deseado. Pero las circunstancias no lo permitían. Tenía la sensación de haber obrado maravillas para lograr el éxito que había obtenido, de modo que, si la operación implicaba alguna molestia desagradable, él debería resignarse. Había pedido mostaza para la garganta y mostaza tendría.

Mientras estos pensamientos cruzaban por su mente como exhalaciones, la mujer se inclinó sobre él en la oscuridad, con la mirada clavada en la mixtura para no derramarla; levantó con delicadeza la sedosa y larga barba de su esposo con la mano izquierda e, invirtiendo la otra, depositó el pañuelo con firmeza, pero también mucha suavidad, sobre su garganta. Se la cubrió con él desde la base del mentón hasta el punto en el que las clavículas se unen y forman la oquedad del pecho. Aunque apenas tuvo tiempo de echar un vistazo, nunca había sido más consciente de las grandes proporciones del cuello masculino. Y entonces la asaltó un dulce sentimiento de compasión que le hizo tomar la decisión de aliviar los padecimientos de su esposo en un intervalo más breve de quince minutos. Él estaba tendido de espaldas, con la boca abierta, mientras ella le sostenía la barba; esta, junto con su mano, prácticamente ocultaban sus facciones. El hombre no hizo ningún gesto brusco para liberarse de aquello; ni siquiera movió un brazo o una pierna. Se limitó a emitir un ronquido más sonoro que todos los anteriores. Ella sabía que esa estridencia no era propia de él, que solía haber algo más delicado y quizá más quejumbroso en su voz nocturna, pero, claro, aquellas circunstancias eran excepcionales. Dejó caer la barba con sumo cuidado… y, allí, sobre la almohada, frente a ella, vio el rostro de un desconocido. ¡Le había aplicado la cataplasma de mostaza a otro hombre!

Ni Príamo al despertarse en mitad de la noche, ni Dido al saber que Eneas había huido, ni Otelo al descubrir que Desdémona había sido casta, ni Medea al ser consciente de que habían matado a sus hijos se horrorizaron tanto como la matrona británica cuando, paralizada y espeluznada, se quedó mirando la cama de aquel extraño. Hizo un vano ademán de recoger el pañuelo, pero acabó retirando la mano. Si lo tocaba, ¿no lo despertaría en el acto y él la encontraría allí, en su habitación? Y en tal caso, ¿qué explicación le daría? ¿Cómo conseguiría hacerle saber las circunstancias de aquel extraño suceso, de modo que él lo aceptara todo antes de pronunciar una sola palabra que pudiera ofenderla? Por un momento, se quedó paralizada tras ese débil e improductivo movimiento de la mano. Entonces, él agitó inquieto la cabeza en la almohada, abrió más la boca y profirió dos ronquidos más estrepitosos si cabe que los anteriores. Ella retrocedió un par de pasos, y, situada entre la vela y él, con el rostro ladeado, pero con una mano todavía a los pies de la cama, intentó pensar en qué debía hacer.

Había agraviado a aquel hombre. Aunque lo había hecho de forma involuntaria, no cabía duda de que lo había agraviado. Si por un momento conseguía hacer acopio de su coraje, en realidad todo quedaría en un mal menor; pero ¿quién sabía cómo serían de desastrosas las consecuencias si, en su cobardía, decidía abandonarlo allí? Aplicada durante quince o veinte minutos, una cataplasma de mostaza podía suponer la salvación de una garganta dolorida; si, en cambio, se dejaba toda una noche en el cuello de un hombre fuerte y sano, tan solo demasiado propenso a dormir profundamente por gozar de una buena salud, ¡qué tristes, qué dolorosos y, por lo que ella sabía, qué peligrosos podían ser los efectos! Seguramente aquel era un error que cualquier hombre que tuviese un corazón en el pecho perdonaría, y, a juzgar por lo poco que había visto de él, aquel parecía tener un corazón en el pecho. ¿Acaso no era su deber despertarlo y después librarlo con serenidad del bochorno al que lo había sometido?

Claro que, en caso de hacerlo, ¿qué palabras debía emplear? ¿Cómo debía despertarlo? ¿Cómo debía hacerle comprender su bondad, su beneficencia, su sentido del deber antes de que él saltara de la cama y corriera a hacer sonar la campanilla para convocar a todos los presentes en el hotel, arriba y abajo, para que fueran a su rescate? «Señor, señor, no se mueva, no se agite, no grite. Le he puesto una cataplasma de mostaza en la garganta creyendo que era usted mi esposo, pero no está usted herido. Permítame que la retire y, después, guárdese esto para usted de por vida». ¿Dónde está el hombre con el suficiente tesón y gracia de espíritu que, en el mismo instante de despertar conmocionado, oiga estas palabras de boca de una mujer desconocida apostada junto a su lecho y la obedezca al pie de la letra? Sin duda, saltaría de la cama con esa espantosa sustancia resbalando por su cuerpo, y no se liberaría de ella a menos que mantuviera la misma actitud que tenía en ese momento, inmóvil. La probable reacción que imaginaba en el hombre era tan terrible que se sintió incapaz de asumir el riesgo.

Entonces, se le ocurrió una idea. Todos sabemos que un sinfín de pensamientos pueden cruzar rápidamente una mente perspicaz en un solo instante. Iría a buscar a aquel portero y haría que él se lo explicara. Esta vez no le ocultaría nada. Se lo confesaría todo y le pediría que fuera a recabar la ayuda necesaria. Pero, ¡ay!, mientras se decía que eso era lo que haría, sabía que solo estaba huyendo del peligro al que tenía el deber de enfrentarse. Una vez más, alargó una mano como para volver a acercarse más a la cama. Justo en ese instante, el hombre emitió un tercer ronquido aún más estrepitoso que los anteriores y alzó una rodilla, inquieto, bajo las mantas, como si la mordacidad de la mostaza ya estuviera obrando efecto en su piel. Ella lo observó un momento y, después, con la vela en la mano, se marchó como alma que lleva el diablo.

¡Pobre naturaleza humana! Si se hubiera tratado de un anciano, incluso de un hombre de mediana edad, ella no lo habría abandonado a merced de semejante e inmerecido sufrimiento. Sin embargo, aunque conocía muy bien su deber y sabía lo que la justicia y la bondad requerían de ella, no fue capaz de hacerlo. Aún contaba, no obstante, con el plan de enviar al portero de noche en su ayuda. No fue hasta que estuvo fuera de la habitación y hubo cerrado la puerta con sigilo cuando empezó a caer en la cuenta de cuál había sido su error. Alzó la mirada y entonces vio el número de la puerta: 353. Mientras se decía, con la actitud crítica natural de los británicos hacia todo lo francés, que esos deleznables extranjeros ni siquiera sabían escribir bien los números, más que correr, voló por el pasillo, bajó por una escalera y después siguió por otro pasillo..., para que nadie la viera cerca en caso de que aquel pobre hombre se levantara enseguida, asolado por su agonía.

En la confusión de la huida, no se le ocurrió buscar su propio pasillo ni tenía la menor pista de cómo se había desorientado al subir con la mostaza en la mano. Tanto daba: en ese momento, su objetivo primordial era encontrar al portero de noche. Siguió bajando hasta que llegó una vez más al vestíbulo, donde, al mirar el reloj, vio que ya pasaba de la una. No era aún medianoche cuando había dejado solo a su esposo, pero no le sorprendió en absoluto que hubiera transcurrido ese lapso de tiempo. Tenía la sensación de llevar toda una noche sometida a aquellos suplicios. ¡Y, oh, menuda noche! Pero aún había mucho por hacer: debía encontrar a aquel portero y después regresar junto a su doliente esposo. ¡Ah! ¿Qué le diría ahora? Si de verdad estaba enfermo, ¿cómo lo aliviaría? Sin embargo, ¡era más necesario que nunca que abandonaran el hotel cuanto antes, que abandonaran París a bordo del tren más temprano y veloz y se alejaran como dos fugitivos de los peligros que los acuciaban! Aunque la puerta del salón estaba abierta, no tuvo el valor de entrar a buscar un segundo suministro. No le quedaban fuerzas siquiera para subirlo por la escalera. ¡Oh, por favor!, ¿dónde se había metido aquel hombre? Desde el vestíbulo accedió a la recepción, que encontró desierta. A través de las puertas acristaladas vio una luz en el patio delantero, pero ni siquiera se atrevió a abrirlas.

Y ahora, además, tenía mucho frío, ¡estaba aterida hasta los huesos! Todo eso ocurría en Navidad y con un tiempo tan riguroso como jamás habían experimentado los parisinos. Empezó a compadecerse mucho de sí misma. ¿Qué mal había hecho para recibir un castigo tan severo? ¿Por qué se veía obligada a vagar de aquel modo hasta el punto de que las extremidades empezaban a fallarle? ¡Y justo cuando por la mañana precisaría de todo su vigor! Aquel hombre no moriría si se le dejaba allí sin ayuda y tendría que librarse de la cataplasma como mejor pudiera. ¿Era absolutamente necesario que se deshonrara?

Sin embargo, ni tan solo podía procurarse los medios para deshonrarse, si es que contarle la historia al portero de noche era una deshonra. No lo encontró, y al final decidió dejar de buscarlo y regresar a su habitación. Trató de convencerse de que había hecho todo cuanto había estado en sus manos. Ningún hombre había perdido la vida nunca a consecuencia de una cataplasma en la garganta. Y, en el peor de los casos, su incomodidad no sería mayor que la que había experimentado ella o, con mucha probabilidad, que la de su pobre marido. De modo que subió la escalera, recorrió varios pasillos y en esta ocasión llegó a la puerta de su habitación sin ninguna dificultad. Conocía ya tan bien el camino que no podía sino extrañarse de haberse extraviado antes. Pero ahora llevaba las manos vacías y los ojos, prestos a obedecerla. Alzó la mirada y allí estaba el número, muy claro esta vez: 333. Abrió la puerta con sumo cuidado, creyendo que su esposo estaría durmiendo tan profundamente como el otro hombre, y entró de puntillas.

3

La señora Brown intenta huir

Sin embargo, su esposo no dormía. Ni siquiera estaba acostado, tal como ella lo había dejado. Lo encontró sentado delante de la chimenea, en la que un leño a medio arder retenía aún una chispa de lo que pretendiera ser un fuego. Nadie alcanzaría a imaginar un aspecto más miserable que el suyo. Con los codos apoyados en una mesa en la que había una única vela, tenía la cabeza entre las manos, y por toda indumentaria llevaba la bata sobre la camisa de dormir. Sus audibles temblores, o más bien sacudidas, provocados por el frío hacían traquetear la mesa cuando ella entró en la habitación. Al instante, gimió y dejó caer la cabeza en la mesa. En ese momento, al reconocer el tono de su voz quejumbrosa y ver la forma de su cuello, la mujer pensó que debía de haber estado sorda y ciega para confundir al fornido extraño con su marido.

—¡Oh, querido! —le dijo—. ¿Por qué no estás en la cama? —Él no respondió con palabra alguna, sino con apenas otro gemido—. ¿Por qué te has levantado? Te dejé acostado, abrigado y cómodo.

—¿Dónde has pasado toda la noche? —medio susurró, medio graznó, haciendo un esfuerzo sobrehumano.

—He estado buscando la mostaza.

—¿Has estado buscándola toda la noche y no la has encontrado? ¿Adónde has ido?

Ella se negó a contarle nada hasta que lo hubiera acostado y, después, le refirió la historia. Pero, ¡ay!, la historia que le refirió no fue la auténtica. Mientras lo convencía para que descansara en la cama y volvía a arroparlo, fue ideando, no sin dificultad, lo que haría y lo que diría. Vivo o muerto, él pondría rumbo a Thompson Hall a las cinco y media de la mañana. Ya no eran las delicias de la Navidad, ya no era un mero deseo de satisfacer la ambición de la familia para con los suyos, ya no era el anhelo de conocer a su nuevo cuñado: en ese hotel había alguien a quien había agraviado profundamente y de cuya venganza, incluso de cuyo aspecto, debía huir. ¿Cómo iba a soportar ver esa cara que estaba segura que reconocería o escuchar el menor sonido de esa voz que resultaría tan familiar a sus oídos, aunque no hubiese pronunciado palabra? Sí, debía huir en las alas del tren más temprano que pudiera llevarla a su antigua casa; pero, para poder hacerlo, antes debía propiciar a su esposo.

De modo que le contó la historia. Había ido en busca de la mostaza, tal como él le había pedido, y de pronto se extravió en el hotel. Vagó de un lado a otro quizá unas doce veces. ¿No encontró a nadie?, le preguntó él con aquel susurro ronco y áspero; ¡seguro que había alguien despierto en el edificio! No era posible que ella hubiera estado deambulando todas esas horas. «Solo una hora, querido», lo corrigió ella. Luego, una pregunta sobre la duración de su ausencia acabó enojando a ambos; y cuanto más se enojaba ella, más lo hacía él; y, al verlo agitarse tanto bajo las mantas, regresó a ella la apacible idea de que tal vez no estuviera tan enfermo como quería aparentar. Así, se sorprendió hablándole del portero y excusando su prolongada ausencia con la tarea que había encomendado a aquel hombre: buscar el pañuelo que nunca había perdido.

—¿Por qué no le dijiste que precisabas mostaza?

—Pero, ¡querido!

—¿Por qué no? No hay nada bochornoso en precisar mostaza.

—¡A la una de la madrugada! No podía. Para serte sincera, no era un hombre muy cortés, y me dio la impresión de que quizá estaba... algo achispado. Ahora, cariño, duerme.

—¿Por qué no cogiste la mostaza?

—Allí no había mostaza..., en ningún rincón del salón. Volví a bajar y rebusqué por todas partes, por eso he tardado tanto. En estos hoteles franceses siempre cierran con llave esas cosas; son demasiado avaros para dejarlas al alcance de la mano. En cuanto la mencionaste, supe que ya no estaría allí cuando bajara. Y, ahora, querido, duerme, porque por la mañana debemos partir sí o sí.

—Eso es imposible —replicó él, incorporándose de un brinco en la cama.

—Tenemos que irnos, querido. Te digo que tenemos que irnos. Después de todo lo que ha pasado, no pienso renunciar a estar mañana por la noche con el tío John y con el primo Robert ni por... ni por... ni por más de lo que me atrevería a confesar.

—¡Caramba! —exclamó él.

—Tú puedes decir lo que quieras, pero hay cosas que no sabes. Te digo que tenemos que irnos mañana y nos iremos.

—Creo que quieres matarme, Mary.

—Eso ha sido muy cruel, Charles, y del todo falso, y del todo injusto. Si quisiera que enfermases, nada podría ser tan pernicioso para ti como este sitio espeluznante, donde es imposible entrar en calor ni de día ni de noche. Si algo curará tu garganta de una vez para siempre será la brisa marina. Y piensa en lo cómodo que harán que te sientas en Thompson Hall, mucho más que en cualquier sitio de este país. Debo tener la certeza de que iremos, Charles. Si no estamos allí mañana por la noche, el tío John dejará de considerarnos de la familia.

—No me creo ni una palabra.

—Jane me lo dijo en su carta. No te lo conté antes porque me parecía muy injusto. Pero ese ha sido el motivo por el que he insistido tanto desde entonces.

Era una lástima indecible que una mujer tan buena se viera obligada, por la triste tensión de las circunstancias, a decir tantas mentirijillas. Una tras otra, se veía forzada a inventarlas para asegurarse una vía de escape a los horrores que les acecharían de prolongar su estancia en ese hotel. Al final, tras mucho refunfuñar, él guardó silencio, y ella confió en que se hubiera quedado dormido. Aunque su esposo aún no había accedido expresamente a partir a la hora requerida, ella tenía la absoluta resolución de que lo haría. Mientras él yacía inmóvil y ella se paseaba por la habitación fingiendo recoger sus cosas, en más de una ocasión estuvo a punto de contárselo todo; seguramente, entonces él estaría dispuesto a hacer cualquier esfuerzo imaginable. Pero pensó que quizá no alcanzara a comprender todas las circunstancias y que, en tal caso, insistiría en quedarse para poder presentar sus disculpas al caballero agraviado. Y eso habría estado muy bien si ella no lo hubiera abandonado allí, a su suerte; ¿qué disculpa sería posible ahora? Tendría que verle y hablar con él, y todos los presentes en el hotel conocerían hasta el último detalle de la historia. ¡Todos los habitantes de Francia sabrían que había sido ella la mujer que se había acercado a la cama de un desconocido y le había aplicado una cataplasma de mostaza en la garganta en plena noche! No, no podía contarle eso ni siquiera a su esposo, no fuera a ser que este la delatara.

Tampoco su propio sufrimiento en ese momento era baladí. En su perturbación mental, había decidido, insensatamente, que no se acostaría. La tragedia de la noche le parecía demasiado terrible para tratar de descansar. Además, ¿qué ocurriría si se dormía y nadie la despertaba a tiempo? Era imperativo que conservara todas sus fuerzas para despertarlo a él. La asaltó, además, el temor de que la camarera del hotel le diera muy poco margen para preparase antes de partir; sí, debía permanecer activa por su propio bien y por el de su esposo, así que no dormiría. Estaba helada y se puso un chal sobre la bata y encima una capa. No podía dedicar todas las horas restantes de la noche a hacer una maleta y un baúl, por lo que finalmente se sentó en el estrecho sofá de terciopelo de algodón rojo y, al mirar el reloj, se dio cuenta de que eran poco más de las dos de la madrugada. ¿Cómo iba a pasar esas tres largas, tediosas y gélidas horas que aún tenía por delante?

Entonces, le llegó una voz desde la cama.

—¿No vienes?

—Creía que ya dormías, querido.

—No he dormido ni un solo minuto. Será mejor que vengas si no quieres caer enferma, como yo.

—No estás tan mal, ¿verdad, cariño?

—No sé qué consideras tú estar mal. Jamás había notado la garganta tan atorada. —Pero, mientras lo escuchaba, ella recordó alguna ocasión en que su garganta había estado más atorada. Si su esposo del alma podía jugar con sus sentimientos y engañarla en una ocasión como aquella, entonces... entonces... entonces concluyó que prefería no tener un esposo del alma. Pese a ello, fue a acostarse y se tendió a su lado sin mediar más palabra.

Durmió, por supuesto, si bien su sueño no fue el de los benditos. Cada vez que sonaba el reloj del patio interior se despertaba alarmada, temiendo que se le hubiese pasado la hora. La noche, en verdad muy corta, se le hizo muy larga. Él, en cambio, durmió como un bebé. Por su respiración, ella dedujo que no estaba tan bien como deseaba, aunque descansaba en una hermosa tranquilidad. Ni una sola vez se movió cuando ella se sobresaltaba, como hacía con frecuencia. Había dado orden en repetidas ocasiones de que los avisaran a las cinco. El hombre de la recepción parecía enojado cuando aseguró a la señora Brown, por cuarta vez, que monsieur y madame serían despertados a la hora solicitada. Pero ella seguía sin confiar en nadie, y ya deambulaba por la habitación antes de que el reloj marcara las cuatro y media.

En lo más hondo de su ser, sentía mucha ternura por su esposo. En ese momento, para que él pudiera entrar un poco en calor mientras se vestía, reunió los restos de madera a medio arder y se dispuso a prender una pequeña lumbre. Luego, sacó de la maleta un cazo pequeño, una lámpara de aceite y un poco de chocolate, y le preparó una bebida caliente para que dispusiera de ella en cuanto acabara de despertarse. Haría cualquier cosa para procurarle confort, ¡pero tenían que marcharse! ¡Sí, tenían que marcharse como fuera!

Y, entonces, se preguntó cómo estaría aquel desconocido. Aunque de buena gana lo habría atendido, ¡ah, había sido imposible hacerlo!, seguramente ya se habría despertado de su sueño agitado. Pero despertado... ¿cómo? ¿A qué hora de la noche lo habrían desvelado el calor ardiente en el pecho y una sensación de tortura que debía de ser del todo incomprensible para él? Su viva imaginación le mostró una clara estampa de la escena... Clara, pese a haber tenido lugar en la oscuridad. ¡Cómo debía de haberse agitado y retorcido debajo de las mantas! ¡Cómo esas fuertes rodillas debían de haberse flexionado una y otra vez antes de que el poderoso dios del sueño le permitiera recuperar la conciencia! ¡Cómo sus dedos, refrenados sin razón, habrían manoseado su cuello febril, dispersando por todas partes ese desdichado emplaste! Después, tras incorporarse, ya completamente despierto, pero aún en la penumbra —ella seguía viéndolo todo con los ojos de la mente—, y creyendo que un fuego como procedente del mismísimo infierno había caído sobre él, aunque no supiera de dónde exactamente, ¡con qué fiereza reaccionaría su espíritu! Ah, ahora lo sabía, ahora lo sentía, ahora lo reconocía: ¡cuán obligada había estado a despertarlo en aquel momento, al margen del perjuicio que ello pudiera haberle ocasionado! En semejante tesitura, ¿qué haría él... o, más bien, qué habría hecho? Ella seguía viéndolo en su cabeza: cómo él se levantaba enloquecido y, con una mano aún en el cuello, cogía a toda prisa los fósforos con la otra. Cómo la luz volvía y cómo corría él entonces al espejo. ¡Oh, qué estampa contemplaría! ¡Ella podía verlo todo, hasta la última salpicadura!

Lo que no podía ver, sin embargo, lo que no sabía, era lo que un hombre haría en semejante situación, o, cuando menos, lo que ese hombre haría. Su esposo se lo diría, pensó, y después los dos, el uno con el otro, encontrarían la manera de sobrellevar aquello.

Hay infortunios que, si se dan a conocer, se ven agravados por el ridículo. Ella recordaba los rasgos del desconocido, pues los había visto en el instante en que había dejado caer su barba, y pensó que había ferocidad en ellos, cierta tenacidad y prepotencia que no permitirían a su dueño tolerar en silencio el trato que se le había dispensado. ¿Acaso no encolerizaría y haría sonar la campanilla y convocaría a todo París para que presenciara su venganza?

Pero la cólera aún no la había alcanzado, y ahora solo faltaba un cuarto de hora para las cinco. En tres cuartos de hora más subirían a ese pequeño ómnibus que habían reservado, y en otra media hora estarían volando hacia Thompson Hall. Entonces se permitió pensar en los placeres que la aguardaban allí, ¡esos placeres tan dulces...!, si conseguían llegar a tiempo. Ese mismo día, que apenas nacía, era 24 de diciembre, y esa misma noche estaría sentada disfrutando de la dicha navideña entre sus tíos y sus primos, estrechando la mano con afecto a su nuevo cuñado. ¡Oh, qué gran cambio, del pandemonio al paraíso! ¡De aquella espantosa habitación en ese mísero hotel en el que tanto había que temer a la alegría navideña del hogar de los Thompson! Decidió que de ninguna de las maneras se dejaría disuadir siquiera por la menor oposición de su esposo.

—Ya son las cinco menos cuarto —dijo al tiempo que posaba una mano firme en su hombro—. Te prepararé una taza de chocolate para que tengas un despertar agradable.

—Lo he estado pensando —repuso él frotándose los ojos con el dorso de las manos—. Sería mucho mejor que tomáramos el tren correo de la noche. Llegaríamos igualmente a tiempo para celebrar la Navidad.

—¡Ni hablar! —replicó ella, categórica—. Vamos, Charles, después de tantas molestias, no me decepciones.

—Es que será agotador...

—Piensa en todo lo que he soportado..., ¡todo lo que he hecho por ti! Dentro de doce horas estaremos allí con ellos. No serás tan poco hombre para no ir ahora, ¿verdad? —Él se dejó caer de nuevo de espaldas sobre la cama e intentó abrigarse mejor el cuello—. No, Charles, no —prosiguió ella—, de ninguna manera. Tómate el chocolate y levántate. No hay tiempo que perder. —Dicho lo cual, posó de nuevo la mano en su hombro y le hizo comprender con total claridad que no iba a permitirle seguir descansando en aquella cama.

Quejumbroso, enfurruñado, sin dejar de toser y declarando que en semejantes circunstancias no merecía la pena vivir, él finalmente se levantó y se vistió. Cuando ella estuvo segura de que la obedecía, volvió a mostrarse tierna y se ocupó de más de lo que le correspondía. Estuvo preparada mucho antes de la hora prevista y avisó al portero para que bajara su equipaje. Cuando llegó el hombre a ella le regocijó ver que no era el mismo al que había encontrado en los pasillos durante sus vagabundeos nocturnos. El portero se echó el baúl al hombro y les informó de que encontrarían café, pan y mantequilla abajo, en la pequeña *salle à manger*.

—Te dije que así sería, y tú empeñada en hervir esa cosa —dijo su desagradecido esposo, que, no obstante, se había tragado el chocolate.

Siguieron a su equipaje hasta el vestíbulo, y a cada paso y cada escalón, la dama miraba alrededor. Le aterraba ver a aquel portero de noche; temía que alguna autoridad del hotel se le acercara y le hiciera alguna pregunta horrible; pero, de todos sus temores, el mayor era que frente a ella apareciera aquel rostro que había visto yacente en su almohada.

Al cruzar la puerta del gran salón, el señor Brown miró dentro.

—¡Si está ahí! —exclamó.

—¿Qué? —contestó su esposa temblando de pies a cabeza.

—El tarro de mostaza.

—¡Han debido de reponerlo! —replicó ella con voz estridente fruto de la desesperación—. Bueno, no importa. El ómnibus ya ha llegado. Vamos. —Y lo tomó del brazo con decisión.

Sin embargo, en ese instante, una puerta se abrió tras ellos y la señora Brown oyó que alguien la llamaba por su nombre. Y ahí estaba el portero de noche... con un pañuelo en las manos. Pero los subsiguientes acontecimientos de esa mañana deben relatarse en un capítulo aparte.

4

La señora Brown escapa

Desde el mismo instante de su llegada a la planta principal, la señora Brown había intuido que «allí se cocía algo», si se nos permite emplear tal expresión; y sintió la certeza de que ese algo tenía relación con ella. Imaginaba

que todos los presentes la miraban mientras tomaba, o intentaba tomar, el café. Cuando su esposo pagó la cuenta, hubo un destello desagradable en la mirada del hombre que recibía el dinero. La mujer estaba viviendo una agonía y nadie se compadecía de ella. Su esposo parecía tranquilo, aunque se quejaba del frío. Ella lo apremió para que se encaminara al carruaje, pero él se demoró poniéndose un echarpe sobre otro alrededor del cuello.

—Eso también puedes hacerlo en el ómnibus —acababa de decirle ella, muy irritada, cuando apareció en escena, por una puerta lateral, el portero de noche al que tanto temía con un pañuelo sucio en la mano.

Incluso antes de que el sonido de su propio nombre alcanzara sus oídos, la señora Brown lo supo. Comprendió lo horrendo de su situación por la expresión hostil de aquel hombre y por el pequeño artículo que sostenía. Si durante su guardia nocturna ella hubiera llevado dinero en el bolsillo, si hubiera trabado amistad con aquel tipo codicioso siendo generosa a tiempo, ¡todo habría sido muy diferente! Pero había permitido que él se fuera sin una mísera propina después de tanta molestia y sabía que ahora era su enemigo. Aquel era el pañuelo que a ella la aterraba, y pensó que sería capaz de afrontarlo todo menos eso. Nadie la había visto entrar ni salir de la habitación de aquel desconocido. Nadie la había visto poner las manos en aquel tarro. Sí, claro, la habían encontrado deambulando por el hotel mientras al durmiente se lo había sometido a tan extraño sufrimiento, y eso podría despertar sospechas, y tal vez una acusación. Tanto daba: ella estaría preparada con un sinfín de protestas para negar todos los cargos que se le imputaran y, aunque nadie la creyera, tampoco nadie podría condenarla. Sin embargo, ahí estaba la prueba contra la que nada podía alegar. Le bastó un vistazo para comprender la fuerza de ese pedazo de lino condenatorio.

Durante todos los horrores de la noche, no había dedicado un solo pensamiento al pañuelo, si bien debía de haber sabido que la prueba que constituiría en su contra sería palpable e irrefutable. Su nombre, «Señora Brown», estaba nítidamente escrito en una esquina. ¡Qué necia había sido al no caer en la cuenta de eso! De haber recordado la sencilla marca que ella misma, como la matrona cuidadosa y bien educada que era, había mandado poner en todas sus prendas, habría hecho lo imposible por recuperarlo.

¡Oh, si hubiera despertado al hombre o hubiera sobornado al portero o se lo hubiera contado siquiera a su marido! Pero ahí estaba ahora, sin amigos, sin apoyo, sin una palabra que poder decir en su propia defensa, ¡declarada culpable por haber agredido a un extraño mientras dormía en su habitación y haberlo abandonado después! Tenía que explicar aquello recurriendo a la verdad, pero ¡cómo explicar semejante verdad!, ¡cómo contar semejante historia, de modo que satisficiera al hombre injuriado, cuando, además, apenas disponía de tiempo para tomar el tren! Y, entonces, cayó en la cuenta de que no tenían ningún derecho legal para detenerla por la presencia de su pañuelo en la habitación de un desconocido.

—Sí, es mío —dijo, y se volvió hacia su esposo cuando el portero, con un tono de voz imponente, le preguntó si era madame Brown—. Cógelo, Charles, y vámonos.

El señor Brown, naturalmente, se quedó inmóvil y perplejo. Alargó una mano, pero el portero no estaba dispuesto a ceder la prueba tan fácilmente y la retuvo en su custodia.

—¿Qué significa esto? —preguntó el señor Brown.

—Un caballero ha sido..., eh..., eh... A un caballero se le ha hecho algo en su habitación —contestó el empleado.

—¡A un caballero se le ha hecho algo! —repitió el señor Brown.

—Algo muy malo, a decir verdad —añadió el portero—. Mire esto. —Y le mostró en qué condiciones se encontraba el pañuelo.

—Charles, perderemos el tren —insistió su aterrada esposa.

—¿Qué demonios significa todo esto? —exigió saber el esposo.

—¿Entró madame anoche en la habitación del caballero? —preguntó el empleado.

Entonces, se produjo un incómodo silencio y todas las miradas se posaron en la dama.

—¿Qué significa todo esto? —repitió el esposo—. ¿Has entrado en la habitación de alguien?

—Sí —contestó la señora Brown con suma dignidad, recorriendo con la mirada a sus enemigos como un ciervo acorralado miraría a los perros que lo atacan—. Deme el pañuelo. —Pero el portero de noche se apresuró a llevárselo a la espalda—. Charles, no podemos permitirnos más demora. Ya escribirás una carta al director del hotel explicándolo todo. —Y entonces hizo ademán de escabullirse por la puerta que daba al patio, donde los esperaba el vehículo. No obstante, tres o cuatro hombres y mujeres se interpusieron en su camino, y tampoco su marido parecía demasiado dispuesto a proseguir con el viaje—. Esta noche es Nochebuena —dijo la señora Brown— y no estaremos en Thompson Hall. ¡Piensa en mi hermana!

—¿Por qué entraste en la habitación de ese hombre, querida? —susurró el señor Brown en inglés.

Pero el portero lo oyó y lo entendió..., el portero que no había recibido una propina.

—Sí, *¿pog* qué? —preguntó.

—Fue un error, Charles. No hay un minuto que perder. Te lo contaré todo en el carruaje.

Entonces, el empleado sugirió que madame pospusiera un poco su viaje. Ciertamente, el caballero en cuestión había recibido un trato vejatorio y había exigido saber por qué se le había ultrajado de tal modo. El empleado dijo que no deseaba verse obligado a avisar a la policía —en este punto la señora Brown contuvo el aliento y se pegó al hombro de su marido—, pero consideraba que tampoco podía permitir que la pareja se marchara hasta que el caballero ofendido recibiese alguna compensación. Ya era evidente que sería imposible viajar en el primer tren. Hasta la señora Brown se rindió a la evidencia y pidió a su esposo que la llevara de vuelta a su habitación.

—¿Qué quiere que le digamos al caballero? —preguntó el portero.

Obviamente, era impensable obligar a la señora Brown a contar la historia allí, en presencia de todo el mundo. El empleado, al ver que había logrado impedir que la mujer se marchase, se contentó con la promesa del señor Brown de que interrogaría a su esposa para averiguar cuáles habían sido aquellas circunstancias tan misteriosas y que después bajaría para ofrecerle una explicación. Si era necesario, iría a ver al caballero desconocido, que en ese momento supo que era un tal señor Jones y que estaba regresando del este de Europa. Supo asimismo que el tal señor Jones quería tomar a toda costa el mismo tren matinal que ellos; que había dado instrucciones muy concretas al respecto, y que en el último momento se había declarado incapaz de vestirse debido a la injuria que había sufrido durante la noche. Cuando el señor Brown oyó esto en boca del empleado justo antes de recibir permiso para acompañar arriba a su esposa, que estaba sentada en el sofá de un rincón ocultándose el rostro, una sombra ominosa enturbió su semblante. ¿Qué podía ser aquello tan terrible que ella le había hecho al hombre en cuestión?

—Será mejor que subas conmigo —le dijo con severidad marital, y la pobre y acobardada mujer lo acompañó dócilmente, como habría hecho una paciente Griselda. Ni una sola palabra pronunciaron hasta que entraron en la habitación y cerraron la puerta con llave.

—Y bien —dijo él—, ¿qué significa todo esto?

Transcurrieron cerca de dos horas antes de que el señor Brown bajara muy despacio, dándole vueltas a todo. Había escuchado gradualmente toda la verdad, en toda su exactitud, y se había esforzado gradualmente por creerla. En primer lugar, debía comprender que su esposa le había contado muchas mentirijillas durante la noche; pero, tal como ella alegó sin cesar cuando él le recriminó su conducta en este respecto, lo había hecho por su bien. ¿Acaso no había puesto todo su empeño en conseguir la mostaza para que él se curase y, una vez que se hubo apropiado del tesoro, no se había apresurado a aplicárselo, como había creído ella con ingenuidad, en la garganta? Y, aunque después le había mentido, ¿acaso no lo había hecho para no preocuparlo?

—¿No estás enfadado conmigo porque estuve en la habitación de ese hombre? —preguntó mirándolo a los ojos y sin dejar de sollozar. Él hizo una pausa y, después, declaró, con el tono de verdadera confianza de un buen marido, que en absoluto estaba enfadado con ella por ese detalle. Luego, la besó y se obligó a recordar que, a fin de cuentas, en realidad nadie podía hacerles ningún daño—. ¿Qué mal se ha hecho, Charles? Ese caballero no morirá por haber tenido una cataplasma de mostaza en el cuello. Lo peor es lo del tío John y mi querida Jane. ¡La Nochebuena en Thompson Hall es tan importante para ellos!

Cuando volvió a encontrarse en presencia del empleado, el señor Brown pidió que llevaran al señor Jones su tarjeta de visita. El señor Jones había hecho llegar abajo la suya, que fue entregada al señor Brown: «Señor Barnaby Jones».

—¿Cómo ocurrió, señor? —preguntó el empleado en un susurro, un susurro que entrañaba al mismo tiempo una exigencia autoritaria y algo de respeto sumiso.

El empleado, por descontado, estaba impaciente por conocer el misterio. No sería exagerado afirmar que, para entonces, todos los huéspedes del hotel estaban impacientes por desentrañar el enigma. Pero el señor Brown no tenía intención de contar nada a nadie.

—Es un asunto privado entre el señor Jones y yo —dijo.

Llevaron arriba su tarjeta de visita y, al rato, el señor Brown fue acompañado a la habitación del señor Jones. Era, obviamente, la misma 353 con la que el lector ya está familiarizado. En la chimenea ardía un fuego vivo y en la mesa descansaban los restos del desayuno del desconocido, que estaba sentado en bata y zapatillas, con la pechera de la camisa abierta y la garganta cubierta con un pañuelo de seda suelto. Al entrar en la habitación, el señor Brown, como es comprensible, miró con notable ansiedad al caballero sobre cuyo estado había oído un relato tan lamentable; pero solo alcanzó a advertir una considerable rigidez de porte y movimientos cuando el señor Jones volvió la cabeza para recibirlo.

—Esto ha sido un accidente muy desagradable, señor Jones —dijo el esposo de la dama.

—¡Un accidente! No veo cómo podría haber sido un accidente. Ha sido..., eh..., eh..., una intromisión de lo más... de lo más... de lo más monstruosa en la intimidad y el bienestar de un caballero.

—Cierto, señor Jones, pero..., por parte de la dama, que es mi esposa...

—Sí, le entiendo. Yo mismo estoy a punto de convertirme en un hombre casado, y puedo comprender cómo debe de sentirse usted en estos momentos. Optaré por decir lo menos posible para no empeorarlo. —En este punto, el señor Brown hizo una reverencia—. No obstante..., los hechos son los hechos. Ella hizo lo que hizo.

—¡Creía que usted era… yo!

—¿Qué?

—Le doy mi palabra de caballero, señor Jones. Cuando le aplicó ese mejunje, ¡creía que me lo estaba aplicando a mí! Se lo aseguro. —El señor Jones miró a su nuevo conocido y negó con la cabeza. No creía posible que ninguna mujer pudiera cometer semejante error—. Yo tenía la garganta muy irritada —prosiguió el señor Brown—; de hecho, es posible que alcance usted a percibirlo —al decir esto tal vez exageró un poco las pruebas de su dolencia—, y le pedí a la señora Brown que bajara a buscar… lo que le aplicó a usted.

—Ojalá se lo hubiera aplicado a usted —replicó el señor Jones al tiempo que se llevaba una mano al cuello.

—Sí, ojalá, por su bien además de por el mío, y por el de ella, pobre mujer. No sé cuándo logrará reponerse de esta conmoción.

—Tampoco yo sé cuándo me repondré. Además, esto ha interrumpido mi viaje. Tenía que estar esta noche, esta precisa noche, esta Nochebuena, con la joven dama con la que estoy comprometido. Obviamente, no he podido viajar. No imagina la magnitud del perjuicio que se me ha ocasionado.

—Ha sido igual de grave para mí, señor. Teníamos previsto pasar la Nochebuena con nuestra familia. Este año había motivos especiales…, muy especiales. Lo único que nos ha impedido proseguir con el viaje ha sido saber de su condición.

—Pero ¿por qué vino a mi habitación? No logro entenderlo. Una dama siempre sabe en qué habitación se aloja.

—La suya es la 353; la nuestra, la 333. ¿No ve lo fácil que era confundirlas? Se perdió y temía que aquella cosa se le cayera de las manos…

—No sabe cuánto desearía que así hubiera sido.

—Eso fue lo que ocurrió. Ahora, señor Jones, estoy seguro de que aceptará las disculpas de una dama. Fue un error desafortunado…, muy desafortunado. Pero ¿qué más puedo decir?

El señor Jones reflexionó un momento antes de responder a eso. Supuso que no le quedaba más remedio que creer aquella historia tal cual se la habían relatado. En cualquier caso, no sabía cómo podía confesar que no la creía. Le parecía casi inverosímil, especialmente el error de la mujer, ya que, salvo porque ambos tenían una barba larga y castaña, el señor Jones consideraba que no guardaba el menor parecido con el señor Brown. Aun así, y pese a ello, sintió que debía aceptarlo todo. Aunque..., entonces, ¿por qué lo habían dejado allí, abandonado, y permitido que soportara aquel tormento en soledad?

—¿Al final reparó en su error? —preguntó.

—Oh, sí.

—¿Y por qué no despertó a alguien para que me quitara esa cosa?

—¡Ah!

—Cuesta creer que le importara mi bienestar cuando se marchó y me dejó en semejantes condiciones.

—¡Ah! Ahí estriba el problema, señor Jones.

—¡El problema! ¿Quién lo causó? ¡Venir a mi habitación en plena noche y ponerme ese mejunje, y después marcharse y no decir nada! ¡Me parece una broma diabólica!

—No, señor Jones.

—Pues es como yo lo veo —replicó el joven, armándose de valor.

—No hay mujer en toda Inglaterra ni en toda Francia menos dispuesta que mi esposa a hacer algo así. Es firme como una roca, señor Jones, y antes de entrar en la habitación de otro caballero a modo de broma... ¡Oh, cielos, no! Usted mismo está a punto de ser un hombre casado.

—A no ser que esto lo cambie todo —repuso el señor Jones, al borde de las lágrimas—. Juré que estaría con ella en Nochebuena.

—Oh, señor Jones, estoy seguro de que esto no supondrá un obstáculo para su felicidad. ¿De verdad cree que su esposa, su inminente esposa, sería capaz de gastar una broma semejante?

—Ella jamás haría algo así, ni a modo de broma ni con ninguna otra intención.

—¿Y cómo saber qué accidente nos puede acontecer en cualquier momento?

—Ella habría despertado al hombre. Estoy seguro. Nunca lo habría abandonado, dejando que sufriera de ese modo. Su corazón es demasiado bondadoso. ¿Por qué no le envió a usted para que me despertara y me lo explicara todo? Eso es lo que mi Jane habría hecho, y yo habría ido a despertarlo. Claro que sería imposible... —dijo, negando con la cabeza al recordar que su Jane y él aún no reunían las condiciones para compartir esa clase de problemas.

Al final, el señor Jones se vio obligado a reconocer que nada más podía hacerse. La dama le había hecho llegar sus disculpas y contado su historia, y él debía soportar las contrariedades y los inconvenientes que ella le había ocasionado. Aun así, albergaba su propia opinión sobre su conducta y se negó a dar muestra alguna de cordialidad. Se limitó a inclinar la cabeza cuando el señor Brown hizo el ademán de estrecharle la mano, y no envió ni una palabra de perdón a la gran infractora.

Pese a ello, el asunto quedó tan zanjado que se descartó cualquier intervención policial y se dejó sumamente claro que se permitiría a la dama, junto con su esposo, partir de París en el tren nocturno. Era probable que el incidente hubiera llegado ya a oídos de todos los huéspedes. El señor Brown fue interrogado por muchos y, aunque declaró que no respondería a ninguna pregunta, consideró que era preferible contarle algo de la verdad al empleado que permitir que el misterio siguiera alimentando rumores. Es de temer que el señor Jones, que no se dejó ver en todo el día, sino que empleó las horas en tratar de mitigar el agravio que al que se había visto sometido, siguiera teniendo la convicción de que la dama le había gastado una broma pesada. Pero quien sufre una broma así nunca habla de ella, y ni siquiera la cordial camaradería del portero de noche consiguió que el señor Jones lo hiciera.

La señora Brown también permaneció recluida en su habitación, sin moverse de ella, hasta que llegó la hora de acompañarla al ómnibus. Arriba comió y arriba pasó el tiempo empaquetando y desempaquetando, y pidiendo en repetidas ocasiones que se enviaran telegramas a Thompson Hall. En el transcurso del día, se remitieron dos, en el último de los cuales se aseguraba a la familia Thompson que con toda probabilidad los Brown llegarían a tiempo para el desayuno del día de Navidad y sin duda para el servicio en la iglesia. Más de una vez se interesó con ternura por el bienestar del señor Jones, pero no obtuvo información alguna.

—Estaba muy enojado, y eso es todo cuanto sé —contestó el señor Brown.

Luego, ella hizo un comentario sobre el apellido del caballero, que en la tarjeta figuraba como «Barnaby».

—El futuro esposo de mi hermana se apellida Burnaby —dijo.

—Y el apellido de este hombre es Barnaby. Qué diferencia tan nimia... —comentó su esposo con inoportuna jocosidad.

Todos sabemos que a las personas desacreditadas les cuesta imponer su dignidad. El día anterior, el señor Brown había pedido un vehículo privado para ir con su esposa a la estación; tras sus infortunios, en cambio, se conformaría con aquello que el hotel tuviera a bien proporcionarle. A la hora convenida, acompañó abajo a la señora Brown, protegida por un tupido velo. En el vestíbulo había muchos desconocidos que querían ver a la dama que había obrado aquella proeza en plena noche, pero nadie logró atisbar un solo rasgo de su cara mientras cruzaba el vestíbulo y la llevaban a toda prisa hacia el ómnibus. Muchas miradas se posaron asimismo en el señor Jones, que la seguía con paso raudo, pues también él, a pesar de sus sufrimientos, partía de París por la noche para poder estar con sus amigos ingleses el día de Navidad. Al cruzar entre la muchedumbre, adquirió un aire de gran pundonor, al que tal vez contribuyesen un poco sus intentos de proteger su pobre garganta de la irritación. Al subir al ómnibus, tropezó con los pies de su enemiga en la oscuridad. Ya en la estación, compraron consecutivamente los billetes y, luego, coincidieron en la sala de espera. Creo que debemos señalar que en este punto el señor Jones era consciente no solo de la presencia de la dama, sino también de que ella era consciente de la suya propia, y que adoptó una actitud como de pensar «¿Sigue considerando posible usted ahora que crea que me confundió con su esposo?». Ella estaba inmóvil, y en ningún momento de aquel cuarto de hora se retiró el velo. Aunque el señor Brown hizo alguna tentativa de entablar conversación con el señor Jones, este, si bien musitó alguna respuesta, dejó muy patente que no deseaba conversar. Entonces, se produjo la acostumbrada estampida, las terribles carreras, las luchas intestinas para conseguir asiento. Imagino que incluso los más lentos consiguen sin excepción hacerse con un asiento, pero siempre parece que todos los padres y esposos británicos actúan en esos momentos tumultuosos con la convicción de que, a menos que demuestren ser unos verdaderos Hércules, sus esposas, sus hijas y ellos mismos se quedarán desolados en París. El señor Brown era bastante hercúleo: cargaba con dos bultos en las manos, además de la caja de un sombrero, las capas, los abrigos, las mantas, los bastones y los paraguas. Sin embargo, cuando su esposa y él estuvieron bien sentados, de cara a la locomotora, ella en un asiento rinconero..., allí estaba el señor Jones, justo enfrente. Este, cuanto se apercibió de la inconveniencia de su sitio, trató con desesperación de encontrar otro, pero era demasiado tarde. Con tal proximidad deberían viajar hasta Calais. Ella, pobre mujer, ni en una sola ocasión se alzó el velo. Y allí iba sentado él, sin cerrar un ojo, tieso como una baqueta, en ocasiones haciendo gala de pequeños gestos de incomodidad que indicaban que las molestias de su cuello persistían, si bien sin pronunciar palabra y prácticamente sin mover una extremidad.

Al cruzar desde Calais a Dover, a la dama, obviamente, se la separó de su víctima. La travesía fue inclemente, y más de una vez recordó ella a su esposo lo bien que estarían en esos momentos de haber proseguido viaje, según tenía previsto hacer ella, ¡como si hubiesen estado retenidos en París por culpa de él! El señor Jones, reclinado en su asiento, se dedicó a preguntarse si algún hombre habría sufrido jamás tamaña injusticia. Una y otra vez se llevaba la mano a la barba, y empezó a dudar de si ella podía haberla manipulado, como debía de haberla manipulado, sin despertarlo. ¿Y si había usado cloroformo? Muchas sospechas similares cruzaron por su mente durante aquella lastimosa travesía.

Cuando volvieron a encontrarse en el mismo vagón entre Dover y Londres, ya se habían acostumbrado a su proximidad y sabían cómo soportar su mutua presencia. Pero el señor Jones aún no había visto el rostro de la dama. Ansiaba conocer las facciones de la mujer que había estado tan ciega, si es que aquella historia era cierta. Y, si no era cierta, ¿qué aspecto tenía la persona que había osado gastar semejante broma en mitad de la noche? Para su frustración, ella seguía llevando la cara tapada por el velo.

En Cannon Street, los Brown partieron en un taxi hacia la estación de Liverpool Street, desde donde la línea Eastern Counties los llevaría hasta

Stratford. Sus problemas, en cualquier caso, habían concluido al fin. Llegarían con tiempo de sobra no solo para acudir al servicio religioso del día de Navidad, sino también para el desayuno.

—Será como si hubiésemos llegado anoche —dijo el señor Brown mientras avanzaba por el andén para subir a su esposa al tren.

Ella entró en primer lugar y, una vez dentro, ¡allí vio al señor Jones, sentado en un rincón! Hasta entonces había soportado bien su presencia, pero en ese momento no fue capaz de contener un respingo y un gritito. Él inclinó la cabeza muy levemente, como agradeciendo el cumplido, y ella se bajó el velo. Cuando llegaron a Stratford, tras un trayecto de un cuarto de hora, el señor Jones se apeó del vagón incluso antes que los Brown.

—Ahí está el carruaje del tío John —dijo la señora Brown, convencida de que entonces, por fin, conseguiría librarse de la presencia de aquel terrible extraño. Aunque era, sin duda, un hombre de aspecto apuesto, jamás había visto ninguna cara tan tenazmente hostil. No pensó, tal vez, que el propietario de ninguna otra cara había sido tan profundamente injuriado por ella.

5

La señora Brown en Thompson Hall

—Disculpe, señor; tenemos que aguardar por el señor Jones —dijo el sirviente asomando la cabeza al interior del carruaje cuando el señor y la señora Brown se hubieron acomodado.

—¡El señor Jones! —exclamó el esposo.

—¿Por qué tenemos que aguardar por el señor Jones? —exigió saber la esposa. El sirviente estaba a punto de ofrecer una explicación cuando el señor Jones apareció y se presentó como tal—. Nosotros vamos a Thompson Hall —se apresuró a informarle la dama.

—También yo —repuso el señor Jones, ufano.

Se decidió, no obstante, que viajaría al lado del cochero, ya que dentro iba otro sirviente. Colocaron el equipaje en una carreta y se pusieron en camino hacia Thompson Hall.

—¿Tú qué opinas de todo esto, Mary? —susurró el señor Brown tras una pausa. Saltaba a la vista que las terroríficas circunstancias lo habían dejado atónito.

—No consigo entenderlo. ¿Y tú?

—No sé qué pensar. ¡Jones yendo a Thompson Hall!

—Es un joven muy apuesto —dijo la señora Brown.

—Bien…, eso opinará la gente. A mí me parece un tipo estirado y presumido. De momento, aún no te ha perdonado por lo que le hiciste.

—¿Habrías perdonado tú a su esposa, Charles, si te lo hubiera hecho a ti?

—No tiene esposa…, aún.

—¿Cómo lo sabes?

—Vuelve a Inglaterra para casarse —contestó el señor Brown—. Tiene previsto encontrarse con la joven dama este mismo día de Navidad. Eso me contó. Esa es una de las razones por las que le enfureció tanto que lo que le hiciste anoche interrumpiera su viaje.

—Supongo que conocerá al tío John o no se dirigiría a su casa —dijo la señora Brown.

—No lo entiendo —replicó el señor Brown, negando con la cabeza.

—Parece todo un caballero —opinó la señora Brown—, aunque se haya mostrado tan petulante. ¡Jones! ¡Barnaby Jones! ¿Estás seguro de que era «Barnaby»?

—Ese era el nombre que figuraba en la tarjeta.

—¿No «Burnaby»? —preguntó la señora Brown.

—En la tarjeta ponía «Barnaby Jones», como *Barnaby Rudge.* Y en cuanto a su aspecto de caballero, discrepo de tu apreciación. Un caballero acepta una disculpa cuando se le ofrece.

—Tal vez, querido, eso dependa de la salud de su garganta. Si tú hubieras tenido una cataplasma de mostaza en el cuello toda la noche, es posible que no te hubiera gustado. ¡Oh, por fin hemos llegado a Thompson Hall!

Thompson Hall era una vieja mansión de ladrillo que se alzaba tras una enorme verja de hierro y frente a un tramo de grava. Ya existía antes de que Stratford fuera una ciudad, o un barrio siquiera, y había sido conocida por el nombre de Bow Place. Sin embargo, hacía ya treinta que era propiedad de la familia Thompson, y todo el mundo la llamaba ya «Thompson Hall»: un lugar confortable, espacioso y anticuado, quizá un poco oscuro y anodino a la vista, pero de construcción mucho más recia que la mayoría de nuestras casas de campo modernas. La señora Brown se apeó del carruaje con presteza y entró con paso ligero en el hogar de sus antepasados. Su esposo la siguió más despacio, si bien también él se sentía allí como en su propio hogar. A continuación, entró el señor Jones, pero él en absoluto parecía sentirse como en su propio hogar. Era muy temprano y ningún miembro de la familia había bajado aún. En tales circunstancias, resultaba casi imprescindible decirle algo al señor Jones.

—¿Conoce usted al señor Thompson? —le preguntó el señor Brown.

—No he tenido el placer de verle... todavía —se apresuró a contestar el señor Jones.

—Oh..., no lo sabía. Como dijo que venía aquí...

—Y he venido. ¿Son ustedes amigos del señor Thompson?

—Oh, cielos, sí —contestó la señora Brown—. Yo misma era una Thompson antes de casarme.

—¡Oh..., vaya! —exclamó el señor Jones—. ¡Qué extraño! Sí..., muy extraño...

Mientras tanto, estaban llevando el equipaje a la casa, y dos viejos sirvientes de la familia les ofrecían ayuda. ¿Deseaban los recién llegados subir a sus habitaciones? Entonces, el ama de llaves, la señora Green, insinuó con un guiño que estaba segura de que la señorita Jane bajaría enseguida. El momento, no obstante, era muy incómodo. La dama probablemente ya había comprendido el misterio, pero los dos caballeros seguían sumidos en las tinieblas. Aunque la señora Brown había declarado su parentesco, el señor Jones, con semejante multitud de hechos extraños agolpándose en su mente, parecía asimilar la información demasiado despacio. Siendo algo desconfiado por naturaleza, empezaba a contemplar la posibilidad de que la mostaza que aquella dama le había aplicado en la garganta tuviera alguna relación con su vínculo con Thompson Hall. ¿Podía ser que, por alguna razón que solo ella conocía, hubiera deseado impedir su llegada y hubiese urdido aquella estratagema tan impropia? ¿O que hubiese deseado ridiculizarlo ante la familia Thompson, para quien, como familia, él era aún un desconocido? Cada vez consideraba más improbable que todo aquello hubiera sido un mero accidente. Cuando, después de los primeros tormentos de esa mañana en la que, en su agonía, había requerido la ayuda del portero de noche, reflexionó sobre su situación, había decidido que sería mejor que no se hablara de ello. ¿Qué valor tendría la vida para él si, allá adonde fuera, se le conociera como el hombre a quien una dama extraña había aplicado una cataplasma de mostaza? Lo peor de una broma pesada es que el recuerdo de la absurda situación pervive mucho tiempo asociado al agraviado. En el hotel, aquel portero de noche que se había hecho con el pañuelo había leído el nombre que llevaba estampado, lo había asociado a la huésped de la habitación 333, a quien había encontrado deambulando por el hotel con algún propósito turbio, y no había permitido que el asunto se aplacara sin más. Había insistido en culpar a los Brown y había forzado la entrevista que aquí se ha reproducido. Pero, a lo largo de ese día, el señor Jones había llegado a la determinación de no volver ni a pensar en los Brown ni a hablar de ellos. Aunque se había cometido una grave afrenta contra él, una injusticia monstruosa, era algo con lo que tendría que vivir. Una mujer detestable se había presentado ante él como una pesadilla; lo único que podía hacer era tratar de olvidar aquella visita pavorosa. Esa había sido su decisión, a la que consagró aquel largo día en París. Sin embargo, ¡los Brown no se habían despegado de él desde el mismo instante en que salió de su habitación! Se había visto obligado a viajar con ellos, pero lo había hecho como un extraño. Había intentado consolarse con la certeza de que en cada nueva etapa del viaje se libraría de ellos. En un ferrocarril tras otro, la proximidad le había resultado desagradable, pero seguían siendo unos extraños. Ahora, se encontraba en la misma casa que ellos, donde sin duda se explicaría la historia. ¿No había sido aquello perpetrado a propósito para poder relatarlo después en Thompson Hall?

La señora Brown accedió al ofrecimiento del ama de llaves y estaba a punto de ser acompañada a su habitación cuando se oyeron unos pasos en el pasillo que quedaba sobre la escalera y una joven dama apareció en escena correteando.

—¡Habéis llegado todos un cuarto de hora antes de lo que creíamos posible! —exclamó—. ¡Yo quería estar levantada para recibiros! —Tras lo cual pasó junto a su hermana en la escalera, pues la joven dama era la señorita Jane Thompson, hermana de nuestra señora Brown, y bajó a toda prisa al vestíbulo. Allí, el señor Brown, que siempre había mantenido una relación afectuosa con su cuñada, se avanzó para recibir su abrazo; sin embargo, ella, por lo visto llevada por el entusiasmo, pareció no reparar en él y siguió corriendo para lanzarse al pecho del otro caballero—. Este es mi Charles —dijo—. ¡Oh, Charles, creí que nunca llegarías!

El señor Charles Burnaby Jones, pues tal era su nombre desde que heredara la propiedad de los Jones en Pembrokeshire, recibió entre sus brazos a la ardiente muchacha de su corazón con todo el amor y la devoción que a ella le correspondían, pero no pudo hacerlo sin retraerse visiblemente.

—Oh, Charles, ¿qué ocurre? —le preguntó ella.

—Nada, querida. Es solo que... que... —Entonces, miró con aire lastimero a la señora Brown, como implorándole que no contara la historia.

—¿Qué tal si nos presentas, Jane? —dijo la señora Brown.

—¿Presentaros? Creía que habíais viajado juntos y os habíais alojado en el mismo hotel y eso y todo eso.

—Sí, así es, pero la gente puede alojarse en un mismo hotel sin llegar a conocerse. Y hemos compartido todo el viaje con el señor Jones sin tener la menor idea de quién era.

—¡Qué extraño! ¿Estáis diciendo que no habéis hablado?

—Ni una palabra —contestó la señora Brown.

—En tal caso, espero que congeniéis bien —dijo Jane.

—No será culpa mía si no es el caso —repuso la señora Brown.

—Estoy seguro de que tampoco será mía —terció el señor Brown, y le tendió una mano al otro caballero.

La mezcla de emociones de aquel momento fue excesiva para el señor Jones, que fue incapaz de reaccionar como habría hecho en circunstancias normales. Aun así, mientras lo acompañaban arriba, a su habitación, tomó la determinación de sobrellevarlo lo mejor que pudiera.

El propietario de la casa era el viejo tío John. Siendo soltero, con él vivían varios miembros de la familia. Allí estaban el gran Thompson; el primo Robert, ahora parlamentario por las llanuras de Essex; y el joven John, como solían llamar a un emprendedor Thompson de cuarenta años; y también estaba la vieja tía Bess; y, entre otras ramas de menor edad, se contaba la señorita Jane Thompson, la prometida del señor Charles Burnaby Jones. Se daba la circunstancia de que ningún otro miembro de la familia había visto aún al señor Burnaby Jones, y él, de natural reservado, se sintió incómodo entre todos ellos cuando entró en el salón del desayuno. Los Thompson sabían que era un caballero de buena familia y abundantes medios y habían aprobado el compromiso; sin embargo, durante aquel primer desayuno navideño, él no parecía aceptar con alegría su condición. Su propia Jane se sentó a su lado, pero al otro tenía a la señora Brown. Esta adoptó de inmediato una actitud de intimidad con él, como bien saben hacer las mujeres en semejantes ocasiones, decidida a considerar al futuro marido de su hermana como a un hermano desde el primer momento. Él, por su parte, aún la temía: seguía siendo la mujer que lo había asaltado en plena noche con aquel horrible mejunje... y lo había abandonado después.

—Qué extraño ha sido que ninguno de vosotros pudiera viajar el mismo día —dijo Jane.

—Sí, muy extraño —convino la señora Brown sonriente, mirando a su vecino.

—El tiempo era abominable, ya sabéis —dijo el señor Brown.

—Pero todos teníais la intención de venir —insistió el anciano caballero—. Recibir los dos telegramas a la vez nos convenció de que se trataba de un acuerdo entre vosotros.

—No fue exactamente un acuerdo —puntualizó la señora Brown, tras lo cual el señor Jones la miró con un semblante mortalmente lúgubre.

—Estoy seguro de que hay algo que no sabemos —opinó el parlamentario.

A continuación, fueron juntos a la iglesia, como toda familia unida debe hacer el día de Navidad, y volvieron a casa para disfrutar de una cena temprana a las tres en punto: un solomillo de ternera de casi dos palmos de grosor, un pavo del tamaño de un avestruz, un pudin de ciruelas más voluminoso que el pavo y dos o tres docenas de pastelillos de frutos secos.

—¡Qué pieza de ternera tan grande! —comentó el señor Jones, que últimamente no había pasado mucho tiempo en Inglaterra.

—No parecerá tan grande —replicó el anciano caballero— cuando todos nuestros amigos de abajo den cuenta de él. Y un pudin de ciruelas nunca es demasiado grande el día de Navidad —añadió— si la cocinera le dedica el tiempo necesario. Jamás he sabido que sobrara ni una miga.

Para entonces, las dos hermanas habían intercambiado ya anécdotas. De hecho, la señora Brown le contó todo a Jane: que su marido había enfermado, que ella se había visto obligada a bajar en busca de la mostaza... y lo que había hecho después con ella.

—¿Sabes, Mary? En mi opinión, no se parecen en nada —dijo Jane.

—Sí, es cierto, puede que no se parezcan en nada. Yo solo le vi la barba. Sé que es absurdo, pero el caso es que lo hice.

—¿Y por qué no retiraste la cataplasma enseguida? —le preguntó la hermana.

—¡Oh, Jane, piénsalo bien! ¿Lo habrías hecho tú?

Y, por supuesto, siguió relatándole todo cuanto aconteció después: que les habían impedido proseguir el viaje, que el señor Brown se había disculpado lo mejor que había sabido y que habían viajado junto al señor Jones sin intercambiar una sola palabra. Aunque solo hacía una semana que el caballero había adoptado su nuevo apellido, naturalmente, había mandado imprimir de inmediato tarjetas de visita nuevas.

—Estoy segura de que habría caído en la cuenta si no hubiesen estampado mal el apellido. Charles dijo que estaba escrito como *Barnaby Rudge.*

—¡En absoluto es como *Barnaby Rudge*! —exclamó Jane—. Charles Burnaby Jones es muy buen nombre.

—Sí, muy bueno, y no me cabe duda de que se recuperará enseguida del accidente.

El secreto no había trascendido antes de la cena, pero, aun así, entre los Thompson y, de hecho, también abajo, entre el servicio, se había propagado la sensación de que había un secreto. La vieja ama de llaves estaba segura de que la señorita Mary, como seguía llamando a la señora Brown, ocultaba algo que contaría si alguien la inducía a hacerlo, y que era algo relacionado con el bienestar del señor Jones. El cabeza de familia, un anciano caballero perspicaz, compartía esa impresión, y el parlamentario, convencido de que precisamente a él nunca se le debía ocultar nada, estaba muy enojado. El señor Jones, que pasó toda la cena con un ánimo similar, permanecía en silencio y sumido en la desdicha. Cuando se hubieron hecho dos o tres brindis, a la salud de la reina, a la salud del viejo caballero, a la salud de la joven pareja, a la salud de los Brown y a la salud de todos los Thompson en general, las lenguas se aflojaron y la cuestión afloró.

—Sé que en París ocurrió algo entre estos jóvenes que aún no hemos oído —dijo el tío.

Entonces, la señora Brown rompió a reír y Jane, también riéndose, dio a entender al señor Jones que lo sabía todo.

—Si hay un misterio, confío en que se explique de inmediato —dijo el parlamentario, airado.

—Vamos, Brown, ¿de qué se trata? —preguntó otro primo.

—Bien..., hubo un accidente, pero creo que será mejor que lo cuente Jones —contestó.

Aunque Jones frunció el ceño con expresión irritada, no abrió la boca.

—No debes seguir enfadado con Mary —susurró Jane al oído de su amado.

—Vamos, Mary, a ti nunca te ha costado tanto hablar —dijo el tío.

—No soporto estas cosas —espetó el parlamentario.

—Vale, os lo contaré todo —accedió la señora Brown, al borde de las lágrimas, o fingiendo estar al borde de las lágrimas—. Sé que me comporté muy mal, y le suplico que me perdone, y, si no me dice que me perdona, jamás volveré a ser feliz. —Dicho lo cual, unió las manos, se volvió hacia él y lo miró con aire lastimero.

—Oh, sí. La perdono —dijo el señor Jones.

—Hermano mío —contestó ella, y lo rodeó con los brazos y lo besó. Él se retrajo, pero creo que intentó devolverle el beso—. Y ahora os contaré toda la historia —prosiguió la señora Brown.

Y así lo hizo, reconociendo su error con contrición genuina y jurando que lo expiaría con una eterna devoción fraternal.

—¡Aplicaste una cataplasma de mostaza al hombre equivocado! —exclamó el anciano caballero, a punto de caerse de la silla de la risa.

—Sí —reconoció la señora Brown, sollozando—, y creo que ninguna mujer ha sufrido jamás lo que sufrí yo.

—¿Y Jones no te permitió salir del hotel?

—Fue el pañuelo lo que nos lo impidió —puntualizó el señor Brown.

—De haberse tratado de otra persona —intervino el parlamentario—, las consecuencias podrían haber sido más graves, por no decir deshonrosas.

—Eso es absurdo, Robert —dijo la señora Brown, a quien ofendió el uso de una palabra tan severa, incluso viniendo de su primo legislador.

—¡En la habitación de un caballero desconocido! —insistió él—. Eso solo corrobora lo que yo siempre he dicho: nunca te acuestes en una casa ajena sin cerrar la puerta con llave.

Con todo, fue una reunión muy jovial y, antes de que terminara la velada, el señor Jones ya estaba de buen humor, e incluso habían conseguido que reconociera que, con toda probabilidad, la cataplasma de mostaza no le causaría ninguna lesión permanente.

El regalo de Navidad

Grazia Deledda

Los cinco hermanos Lobina, todos pastores, volvían de sus apriscos para pasar la Nochebuena en familia. Aquel año era para ellos una fiesta excepcional, porque la única hermana se comprometía con un joven muy rico.

Así pues, siguiendo la costumbre de Cerdeña, el novio debía enviar un regalo a su prometida y luego pasar la fiesta con la familia de ella. Los cinco hermanos querían respaldar a la hermana, para demostrar al futuro cuñado que, si bien no tenían tanto dinero como él, eran, sin embargo, fuertes y estaban sanos y unidos entre ellos, como un grupo de guerreros.

Habían enviado, en primer lugar, al hermano más pequeño, Felle, un guapo chico de once años, de grandes ojos dulces, vestido con pieles lanosas, como un pequeño san Juan Bautista; llevaba al hombro un zurrón y dentro de él un lechoncillo recién sacrificado que serviría de cena.

El pequeño pueblo estaba cubierto de nieve; las casitas negras, apoyadas en el monte, parecían dibujadas en un cartón blanco, y la iglesia, sobre un terraplén sostenido por enormes rocas, rodeada de árboles cargados de copos y carámbanos, recordaba uno de esos edificios fantásticos que dibujan las nubes.

Todo era silencio: los habitantes parecían sepultados bajo la nieve.

En la calle que conducía a su casa, Felle solo encontró las huellas de un pie de mujer en la nieve, y se divirtió caminando sobre ellas. Las huellas terminaban justo delante de la tosca cancela de madera del patio que su familia compartía con otra de pastores aún más pobres que ellos. Las dos casuchas, una a cada lado del patio, se parecían como dos hermanas; de las chimeneas salía humo, por las puertecitas se filtraban hilos de luz.

Felle silbó para anunciar su llegada; al instante, en la puerta del vecino, se asomó una niña con el rostro rojo de frío y los ojos chispeantes de alegría.

—Bienvenido, Felle.

—¡Oh, Lia! —gritó él para devolverle el saludo. Se acercó a la puertecita de donde ahora, junto con la luz, salía también el humo de un gran fuego encendido en el hogar en medio de la cocina.

Alrededor de la lumbre, estaban sentadas las hermanitas de Lia; para mantenerlas contentas, la mayor de ellas, o sea, la que iba después de la amiga de Felle, les repartía algunas uvas pasas y cantaba una cancioncilla de la época, es decir, una nana para el Niño Jesús.

—¿Qué llevas aquí? —preguntó Lia, tocando el zurrón de Felle.

—Ah, el lechoncito.

—La sirvienta del novio de tu hermana también ha traído ya el regalo. Vosotros vais a celebrar una gran fiesta —agregó con cierta envidia; pero luego se recompuso y anunció con alegría maliciosa—: ¡y también nosotros!

En vano le preguntó Felle qué fiesta era: Lia le cerró la puerta en las narices, y él cruzó el patio para entrar en su casa.

Dentro se percibía un auténtico olor a fiesta: a tarta de miel cocida al horno y a dulces elaborados con cáscaras de naranjas y almendras tostadas. El aroma era tan intenso que Felle comenzó a rechinar los dientes, con la sensación de estar desmenuzando ya todas esas cosas ricas, pero todavía ocultas.

La hermana, alta y delgada, ya estaba vestida de fiesta, con el corpiño de brocado verde y la falda negra y roja; alrededor del pálido rostro llevaba un pañuelo de seda con flores. También sus zapatos estaban bordados y adornados con un lazo. En pocas palabras: parecía una joven hada. Mientras que

la madre, vestida de negro de pies a cabeza por su reciente viudez, pálida también, pero con rostro sombrío y un aire de soberbia, podría recordar a la figura de una bruja sin la gran dulzura de los ojos, que se parecían a los de Felle.

Él, entretanto, sacaba del zurrón el cerdito, todo rojo, porque le habían teñido el pellejo con su propia sangre. Después de habérselo entregado a la madre, quiso ver el regalo que había enviado el novio. Sí, era más grande el del novio: casi un cerdo, pero el que había llevado Felle, más tierno y sin grasa, debía estar más sabroso.

«Pero ¿qué fiesta pueden hacer nuestros vecinos si no tienen más que unas pocas uvas pasas mientras que nosotros tenemos estos dos pedazos de animales en casa, la tarta y los dulces?», pensó Felle con desprecio, todavía molesto porque Lia, después de haber hecho ademán de llamarlo, le había cerrado la puerta en las narices.

Luego, llegaron los otros hermanos, que dejaron en la cocina, antes muy ordenada y limpia, las huellas de sus botas llenas de nieve y su penetrante olor a oveja. Eran todos fuertes, bien parecidos: con ojos negros, barba negra, el chaleco apretado como una coraza y, encima, la zamarra.

Cuando entró el novio, todos se pusieron de pie en torno a la hermana como si realmente formaran una especie de guardia de honor alrededor de la figura esbelta y delicada de ella; y no tanto por deferencia con el joven, que todavía era casi un muchacho, bueno y tímido, como por el hombre que lo acompañaba. Este hombre era el abuelo del novio. De más de ochenta años, pero aún erguido y robusto, vestido de paño y terciopelo como un caballero medieval, con polainas de lana sobre las piernas fuertes, el abuelo, que en su juventud había combatido por la independencia de Italia, dedicó un saludo militar a los cinco hermanos y luego pareció pasarles revista. Y todos quedaron contentos.

Al anciano se le asignó el mejor lugar, al lado del fuego; y entonces en su pecho, entre los botones brillantes de su jubón, se vio resplandecer, como un pequeño astro, su antigua medalla al valor militar. La novia le sirvió de beber; luego sirvió al novio y este, al coger el vaso, le puso en la mano, a hurtadillas, una moneda de oro.

Ella se lo agradeció con la mirada. Después, a hurtadillas también ella, fue a mostrar la moneda a su madre y a todos sus hermanos, por orden de edad, mientras les llevaba el vaso lleno.

El último fue Felle y Felle intentó quitarle la moneda, en broma y por curiosidad, claro está, pero ella cerró el puño amenazante: habría preferido perder un ojo.

El anciano levantó el vaso, deseando salud y alegría a todos, y los allí presentes respondieron a coro. Luego, empezaron a discutir de una manera original, es decir, cantando. El anciano era un hábil poeta repentista, improvisaba canciones, y el hermano mayor de la novia también sabía hacerlo. Entre ambos entablaron entonces una competición de octavas de alegres temas para la ocasión; y los demás escuchaban, coreaban y aplaudían.

Fuera sonaron las campanas anunciando la misa.

Era hora de empezar a preparar la cena. La madre, ayudada por Felle, cortó las patas a los dos cochinillos y las ensartó en tres largos espetones cuyos mangos mantenía sujetos en el suelo.

—La cuarta se la llevarás de regalo a nuestros vecinos —dijo a Felle—, también ellos tienen derecho a disfrutar de la fiesta.

Muy contento, Felle agarró la hermosa y gorda pata por la pezuña y salió al patio.

La noche era gélida, pero serena y, de pronto, parecía que todo el pueblo se había despertado en aquella claridad fantástica de nieve, porque, además del sonido de las campanas, se oían cantos y gritos.

En la casita del vecino, por el contrario, todos callaban en aquel momento: hasta las niñas, todavía acurrucadas en torno a la lumbre, daban la impresión de haberse dormido esperando aún, en sueños, un regalo maravilloso.

Al entrar Felle, se sobresaltaron y miraron la pata del lechoncito que el muchacho agitaba de un lado a otro como un incensario, pero no hablaron: no, no era ese el regalo que esperaban. Mientras tanto, Lia había bajado corriendo de la habitación; recogió el regalo sin miramientos y respondió con impaciencia a las preguntas de Felle:

—Mamá se encuentra mal y papá ha ido a comprar algo bonito. Vete.

Él volvió pensativo a su casa. Allí no había misterios ni dolores: todo era vida, agitación y alegría. Nunca había sido tan hermosa una Navidad, ni siquiera cuando aún vivía su padre; sin embargo, en el fondo, Felle se sentía un poco triste pensando en la extraña fiesta de la casa de los vecinos.

A la tercera llamada a misa, el abuelo del novio golpeó con su bastón la piedra del hogar:

—Vamos, chicos; arriba, en fila.

Y todos se levantaron para ir a misa.

En casa solo se quedó la madre, para cuidar de los espetones que giraban lentamente junto al fuego y asar bien la carne del cochinillo.

Así pues, los hijos, los novios y el abuelo, que parecía guiar la comitiva, se encaminaban a la iglesia. La nieve amortiguaba sus pasos: figuras abrigadas surgían de todas partes, con faroles en mano, creando alrededor sombras y claridades fantásticas. Se intercambiaban saludos y se tocaba en las puertas cerradas para llamar a todos a misa.

Felle caminaba como en un sueño y no tenía frío; es más, los árboles blancos, alrededor de la iglesia, le parecían almendros en flor. Se sentía, envuelto en sus ropas lanudas, caliente y feliz como un corderillo al sol de mayo; sus cabellos, fríos por aquel aire de nieve, le parecían hechos de hierba. Pensaba en las cosas buenas que comería al regreso de la misa en su casa caldeada y, al recordar que Jesús en cambio debía nacer en un frío establo, desnudo y hambriento, le entraban ganas de llorar, de cubrirlo con sus vestiduras, de llevárselo a su casa.

Dentro de la iglesia, continuaba la ilusión de la primavera: el altar estaba adornado con ramas de madroño de frutos rojos, con mirto y con laurel; los cirios brillaban entre las hojas y su sombra se dibujaba sobre las paredes como sobre los muros de un jardín.

En una capilla se mostraba el pesebre, con una montaña hecha de corcho y cubierta de musgo: los Reyes Magos descendían cautelosos por un sendero empinado y un cometa dorado les iluminaba el camino.

Todo era bello, todo era luz y alegría. Los Reyes poderosos bajaban de sus tronos para llevar su amor y sus riquezas como regalo al hijo de los pobres, a Jesús nacido en un establo. Los astros los guiaban; la sangre de

Cristo, muerto después por la felicidad de los hombres, llovía sobre los arbustos y hacía florecer las rosas; llovía sobre los árboles para que maduraran los frutos.

Así se lo había enseñado a Felle su madre y así era.

—Gloria, gloria —cantaban los sacerdotes en el altar. Y el pueblo respondía:

—Gloria a Dios en las alturas. Y paz en la tierra a los hombres de buena voluntad.

Felle también cantaba y sentía que aquella alegría que le llenaba el corazón era el más hermoso regalo que Jesús le enviaba.

A la salida de la iglesia, sintió un poco de frío, porque había estado todo el tiempo arrodillado en el suelo desnudo, pero su alegría no disminuía; al contrario, aumentaba. Al oler el aroma a asado que salía de las casas, abría las aletas de la nariz como un cachorrito hambriento; echó a correr para llegar a tiempo y ayudar a su madre a preparar la cena. Pero ya estaba todo listo. Su madre había extendido un mantel de lino en el suelo, sobre una estera de junco, y dispuesto otras esteras alrededor. Y, según la costumbre antigua, había colocado fuera, bajo el alero del patio, un plato de carne y un vaso de vino cocido donde flotaban trozos de cáscara de naranja, para que el alma del esposo, si alguna vez volvía a este mundo, tuviera con qué quitarse el hambre.

Felle fue a comprobarlo: colocó el plato y el vaso más arriba, en un listón del alero, para que los perros vagabundos no los tocaran; después, miró otra vez hacia la casa de los vecinos. Se veía todavía luz en la ventana, pero todo era silencio; el padre aún no debía de haber vuelto con su regalo misterioso.

Felle entró en casa y participó activamente en la cena.

En medio de la mesa, se levantaba una pequeña torre de *focacce,* tan redonda y brillante que parecían de marfil. De vez en cuando, los comensales se estiraban hacia adelante y se servían una; el asado, cortado en rodajas gruesas, se presentaba en anchas fuentes de madera y de barro, y cada uno se servía por su cuenta, a su gusto.

Felle, sentado junto a su madre, había arrastrado hacia sí un plato solo para él y comía sin prestar atención a nada más: con el crujido de la piel tostada del cochinillo, las conversaciones de los mayores le parecían lejanas y ya no le interesaban. Cuando llegó a la mesa la tarta amarilla y caliente como el sol y alrededor aparecieron los dulces en forma de corazones, de pájaros, de frutas y de flores, se sintió desvanecer: cerró los ojos y se recostó en el hombro de su madre. Ella creyó que él lloraba; sin embargo, se reía de puro placer.

Pero cuando estuvo saciado y sintió la necesidad de moverse, volvió a pensar en sus vecinos: ¿qué estaría pasando en su casa?, ¿habría vuelto el padre con el regalo?

Una curiosidad invencible lo impulsó a salir de nuevo al patio para acercarse y espiar. La puertecita estaba entreabierta: dentro de la cocina, las niñas seguían alrededor de la lumbre y el padre, que había llegado tarde, pero todavía a tiempo, asaba en el espeto la pierna del cochinillo ofrecida por los vecinos.

Pero el regalo que había comprado el padre, ¿dónde estaba?

—Pasa, pasa y sube a mirar —le dijo el hombre, adivinándole el pensamiento.

Felle entró, subió por la escalera de madera y, en la habitación de arriba, vio a la madre de Lia dormida en la cama de madera, y a ella arrodillada frente a un capazo.

Y dentro de la cesta, entre pañales calientes, estaba un bebé recién nacido; un hermoso bebé sonrosado, con dos ricitos en las sienes y los ojos ya abiertos.

—Es nuestro primer hermanito —murmuró Lia—. Mi padre lo compró justo a medianoche, mientras las campanas tocaban el *Gloria*. Sus huesos, por lo tanto, nunca se separarán y él los encontrará intactos el día del juicio final. Este es el regalo que Jesús nos ha hecho esta noche.

Una Nochebuena trepidante

Arthur Conan Doyle

Siempre me ha parecido algo muy extraño y curioso que el peligro y los problemas persigan a aquellas personas que más se empeñan en llevar una vida tranquila y anodina. Yo mismo era una de ellas y, volviendo la mirada atrás, veo que fue precisamente en esos periodos de mi existencia que con mayor certeza podría calificar de apacibles cuando me sobrevino alguna aventura inesperada, como el rayo que cayó de un cielo despejado y crispó los nervios del viejo Horacio. Es posible que mi experiencia difiera de la de otros hombres y yo haya sido particularmente desafortunado. En tal caso, mayor motivo tengo para lamentar mi peculiar suerte y dejar constancia de ella para beneficio de aquellos con mejor fortuna.

Les bastará comparar mi vida con la de Leopoldo Walderich para entender de qué me quejo. Ambos procedemos de Mulhausen, en Baden, y ese es el motivo por el que lo he elegido como ejemplo, aunque también servirían muchos otros. Era un hombre que se proclamaba amante de la aventura. Pues bien, escuchen lo que ocurrió. Fuimos juntos a la Universidad de Heidelberg. Yo era discreto, estudioso y modesto; él, impulsivo, temerario y haragán. A lo largo de tres años, él se divirtió con toda clase de desmanes y yo me dediqué a frecuentar laboratorios y apenas abandoné nunca mis libros, salvo para dar un paseo rápido por el campo cuando la jaqueca y el pitido en los oídos me advertían de que estaba descuidando mi salud.

Con todo, aquel periodo de su vida fue, en comparación, insustancial, mientras que toda mi existencia consistía en una concatenación de contingencias de las que escapaba por los pelos. Me dañé la vista y estuve a punto de asfixiarme por una fuga de gas venenoso. Ingerí una triquina con el jamón y quedé postrado durante semanas. Un inglés demente me tiró por la ventana de una segunda planta porque yo había tenido la osadía de citar el serio y solemne pasaje de la *Historia del mundo* de Shoppheim que demuestra que Waterloo fue una victoria exclusiva de los prusianos y arroja serias dudas sobre la presencia de cualquier fuerza británica más allá de Bruselas. En dos ocasiones estuve a punto de morir ahogado y en una me habría precipitado desde el pretil del castillo de no haber sido por la ayuda de ese mismo inglés. Estos son solo algunos de los incidentes que me acontecieron mientras trataba de estudiar, recluido, para sacarme la licenciatura.

Incluso en los asuntos menores me acompañaba esa suerte mía. Recuerdo con claridad, por ejemplo, que una vez los espíritus más salvajes del ejército de Baden se lanzaron a una aventura insólitamente disparatada. A unos tres kilómetros de la ciudad, vivía un granjero llamado Nicholas Bodeck. Este hombre se había vuelto odioso para los estudiantes, que decidieron gastarle una broma a cambio. A tal fin, confeccionaron una cantidad ingente de gorritos con los colores del ejército; los conspiradores allanaron la propiedad del granjero en plena noche y adhirieron los gorritos a las cabezas de todas las aves de corral.

Lograron, sin duda, un efecto muy cómico, como tuve ocasión de juzgar por mí mismo, ya que por la mañana casualmente pasé por allí. Supuse que Walderich y sus amigos habían perpetrado su pequeña chanza en busca de emoción, sabedores de que el granjero era un hombre adusto. Sin embargo, aquello no les granjeó emoción alguna: fui yo quien la experimentó. La actividad física nunca ha sido uno de mis puntos fuertes, pero aquella mañana cubrí a la carrera esos tres kilómetros a una velocidad increíble..., ¡como también hicieron los cinco hombres que me persiguieron blandiendo horcones!

Puede que estas cosas parezcan banales, pero, como dicen en Inglaterra, una paja muestra en qué dirección sopla el viento, y tan solo eran indicios de lo que estaba por venir.

Me licencié en Medicina y me convertí en herr doctor Otto von Spee. Después, me licencié en Ciencias y fui muy aplaudido por mi tesis «De los compuestos explosivos de la serie triple del metilo». Se me citó como autoridad en obras científicas, y mis profesores me auguraron una brillante carrera. Mis estudios, no obstante, llegaron a un abrupto fin a consecuencia de la gran guerra contra Francia.

Walderich se presentó voluntario en uno de los regimientos de primera, luchó en la práctica totalidad de los combates, se cubrió de gloria y regresó ileso, tras lo cual lo condecoraron con la Cruz al Valor. A mí me destinaron a una ambulancia que ni siquiera llegó a cruzar nunca la frontera, aunque conseguí romperme un brazo al tropezar con una camilla y contraje la erisipela, que me contagió uno de los pocos heridos que llegaron a mi cuidado. No recibí ninguna medalla ni cruz alguna y, cuando todo acabó, regresé discretamente a Berlín, donde me establecí como docente privado de química y física.

Se preguntarán, como es natural, qué relación tiene lo anterior con mi relato navideño. Más adelante, comprenderán cuán necesario era que se les pusiera en antecedentes para que pudieran apreciar en su justa medida ese acontecimiento que corona mi larga lista de infortunios. Deben recordar asimismo que soy alemán y, por consiguiente, tal vez algo prolijo, como mis compatriotas tienen reputación de ser. A menudo, he admirado el estilo ágil y elegante de los narradores ingleses, pero me temo que, si intentara emularlo, el resultado sería como si una de nuestras viejas y pesadas cigüeñas de Mulhausen adoptase los aires gráciles y delicados de sus petirrojos navideños. Conocerán a su debido tiempo todo cuanto tengo que contar sobre mi Nochebuena.

Tras instalarme en Berlín, intenté simultanear la práctica de la medicina con mi labor como docente privado, el equivalente a lo que ustedes denominan «profesor particular» en Inglaterra. Y así procedí durante varios años, pero al cabo advertí que la medicina, que ejercía mayoritariamente entre las clases bajas, potenciaba mi desafortunada propensión a meterme en aprietos, por lo que decidí abandonarla.

Así, me mudé a una casa apartada en un barrio tranquilo de la ciudad. Ya allí me consagré a la investigación científica, retomando, en esencia, la misma línea de investigación que me había atraído en un principio; a saber, la química de los componentes explosivos.

Mis gastos eran magros, y todo el dinero que me quedaba lo destinaba a instrumental científico y a diferentes clases de artilugios mecánicos. Pronto dispuse de un pequeño y acogedor laboratorio que, aunque no era tan pretencioso como el de Heidelberg, estaba igual de bien equipado para satisfacer mis necesidades. Cierto es que los vecinos se quejaban y que fue preciso apaciguar a Gretchen, mi ama de llaves, con una moneda de cinco marcos después de que en tres ocasiones yo saliera volando por los aires y en una acabara en el suelo mientras trataba de asegurar un cable eléctrico en lo alto de un excusado anexo. Estas minucias, no obstante, fueron fáciles de solucionar, y mi vida adquirió enseguida el cariz plácido que durante tanto tiempo había ansiado.

Era feliz, y, es más, empezaba a hacerme famoso. Mis «Observaciones sobre el cacodilo», publicadas en los *Archivos Mensuales de Ciencia,* causaron no poca sensación, y herr Raubenthal, de Bonn, las calificó de *«meisterlich»,* pese a discrepar de muchas de mis deducciones. No obstante, tiempo después, la misma publicación me permitió volver a colaborar con ella para relatar ciertos experimentos que bastaron para convencer al eminente sabio de que mi punto de vista sobre la materia era el correcto.

Tras esta victoria, se me reconoció universalmente como una autoridad en mi particular rama y uno de los más prominentes manipuladores de explosivos aún con vida. El Gobierno me designó para la Comisión de Torpedos de Kiel, y se me concedieron muchos otros honores. Una de las consecuencias de este repentino aumento de notoriedad fue la frecuencia con la que se me empezó a requerir como conferenciante, tanto en encuentros científicos como en aquellos destinados a educar al pueblo que tan habituales se han vuelto en la metrópoli. De este modo, mi nombre llegó a los periódicos como el de un erudito en la materia, y a eso atribuyo los acontecimientos que estoy a punto de referir.

Era una Nochebuena cruda y tempestuosa. La cellisca azotaba los vidrios de las ventanas y el viento aullaba entre las ramas esqueléticas de los descarnados chopos de mi jardín. Pocas personas transitaban por la calle, y todas ellas llevaban los abrigos abotonados y ceñidos y el mentón pegado al pecho y se apresuraban a volver a casa, trastabillando por la fuerza de la tormenta. Incluso el corpulento agente de policía había dejado de pasear de un lado a otro sus sonidos metálicos y se protegía agazapado en un portal.

Muchos hombres solitarios se habrían sentido incómodos en una noche semejante, pero yo estaba demasiado absorto en mi trabajo para compadecerme por el mal tiempo. Una mina submarina acaparaba mi atención después de insertar un pequeño perdigón en un tanque de plomo que tenía delante. El problema que estudiaba era la medida en que la acción del agua modificaría su capacidad destructiva. Era una cuestión demasiado importante para permitirme ceder al abatimiento. Además, uno de los enamorados de Gretchen estaba en la cocina, y sus broncas expresiones de satisfacción, ya fueran suscitadas por los encantos de la mujer o por mi cerveza, o por ambas cosas, eran lo bastante audibles para desterrar cualquier atisbo de sentimiento de soledad.

Me disponía a subir la batería a la mesa y a conectar los cables con sumo cuidado para hacer explotar la carga cuando oí unos pasos breves y raudos fuera de la ventana, seguidos de inmediato por un fuerte golpe en la puerta.

Mis escasos conocidos rara vez me visitaban, y desde luego nunca en una noche como aquella. Me quedé atónito un momento y luego, al concluir que sería una visita para Gretchen, seguí trabajando con mi artefacto.

Para mi sorpresa, después de que Gretchen abriera la puerta, oí unos murmullos en el vestíbulo y después unos toques discretos en la entrada de mi santuario, tras lo cual apareció una dama alta a quien podría haber jurado que no había visto en toda mi vida.

Llevaba el rostro cubierto por un velo negro y tupido y un vestido del mismo lóbrego color, de lo que deduje que se trataba de una viuda. La mujer entró con paso decidido y enérgico y, tras mirar alrededor, se sentó en silencio en el sofá entre una pila voltaica y la caja de reactivos, todo ello sin mediar palabra ni, según parecía, reparar en absoluto en mi presencia.

—Buenas noches, señora —dije cuando pude recuperar la compostura.

—¿Me haría usted un favor, doctor? —replicó ella bruscamente con una voz áspera que armonizaba con su figura enjuta y angulosa.

—Por supuesto, señora —contesté con mis modales más corteses. Recuerdo que una joven de Heidelberg decía que a veces mi conducta resultaba fascinante. Solo era, claro está, una broma, pero, aun así, algo debió de observar en mí y retenerlo o, de lo contrario, no habría dicho aquello—. ¿Qué puedo hacer por usted? —le pregunté.

—Para empezar, puede despachar a esa criada suya que está escuchando detrás de la puerta.

En ese momento, antes de que pudiera mover siquiera una mano o un pie, se oyó una sucesión de golpes tremendos, seguidos por un estruendo terrible y un grito prolongado. Era evidente que mi desdichada ama de llaves se había caído por la escalera en su tentativa de evitar que la descubriese. Hice ademán de levantarme, pero la desconocida me refrenó.

—Ahora ya tanto da —dijo—. Procedamos con lo nuestro. —Incliné la cabeza para hacerle saber que contaba con toda mi atención—. El hecho, doctor —prosiguió—, es que quisiera que me acompañara y me diera su opinión acerca de un caso.

—Mi apreciada señora —respondí—, hace ya mucho tiempo que me retiré del ejercicio de mi profesión. Pero, si baja usted por esta calle, encontrará la consulta del doctor Benger, un hombre muy competente que la acompañará de buen grado.

—¡No, no! —gritó mi visitante, muy angustiada—. ¡O usted o nadie! ¡O usted o nadie! Cuando salía de casa, mi pobre y querido esposo vociferó que Otto von Spee era el único hombre que podría traerlo de vuelta de la tumba. A todos se les romperá el corazón si regreso sin usted. Además, los profesores del hospital nos dijeron que usted era el único en toda Europa con capacidad para tratarlo.

Consagrado como estaba a la investigación científica, en mi fuero interno siempre había albergado la certeza de tener dotes para ser un médico excelente. No sabría expresar el consuelo que me procuraba saber que los adalides de la profesión habían refrendado esta opinión remitiéndome un caso singular. Sin embargo, cuanto más lo meditaba, tanto más extraño me parecía.

—¿Está usted segura? —le pregunté.

—Oh, sí, totalmente segura.

—Pero yo soy especialista en... Estudio los explosivos y tengo muy poca experiencia en la práctica de la medicina. ¿Qué le ocurre a su esposo?

—Tiene un tumor.

—¿Un tumor? No sé nada de tumores.

—Oh, vamos, querido doctor Von Spee, ¡venga a verlo! —me imploró la mujer al tiempo que sacaba un pañuelo del bolsillo y rompía a sollozar de forma compulsiva.

Aquello me sobrepasó. Había llevado una vida confinada y nunca había visto a una dama afligida.

—Señora —dije—, estaré encantado de acompañarla.

Me arrepentí de mi ofrecimiento en cuanto acabé de verbalizarlo. En la chimenea se oyó un aullido salvaje del viento que me recordó la inclemencia de la noche. No obstante, había dado mi palabra y no había escapatoria. Salí del estudio con el semblante más jovial que fui capaz de impostar, y Gretchen me envolvió el cuello con un echarpe y me abrigó lo mejor que supo.

¿Qué tendría de particular aquel tumor, me pregunté, para inducir a aquellos doctos cirujanos a remitírmelo a mí..., a mí, que era más artillero que médico? ¿Tendría acaso la dureza de una piedra, ningún bisturí conseguía extirparlo y, por tanto, su extracción requería del uso de explosivos? Era una idea tan cómica que apenas logré contener la risa.

—Bien, señora —dije tras entrar de nuevo en el estudio—, estoy a su entera disposición.

Al decir esto, golpeé sin querer la máquina eléctrica, lo que provocó una leve transmisión de corriente por los cables y la subsiguiente explosión estrepitosa de la mina submarina, que a su vez arrojó una pequeña columna de agua al aire. Pese a estar habituado a accidentes como aquel, confieso que me sobresaltó enormemente lo repentino del suceso. Mi visitante, sin embargo, permaneció sentada e impasible en el sofá; después, se puso en pie sin el menor indicio de sorpresa o emoción y salió de la estancia.

«¡Tiene el aplomo de un granadero!», exclamé para mis adentros mientras la seguía hacia la calle.

—¿Vamos lejos? —pregunté cuando nos internamos en la tormenta.

—No mucho —contestó—. Me he tomado la libertad de pedir un coche por temor a que herr doctor se resfriara. Ah, ahí viene.

Dicho lo cual, un carruaje cerrado se acercó a toda velocidad y se detuvo junto a nosotros.

—¿Tienes a Otto von Spee? —preguntó un hombre de rostro cetrino tras bajar una ventanilla y asomar la cabeza por ella.

—Sí, aquí está.

—Pues adentro con él.

En un primer momento, me dio por considerar aquella expresión una figura retórica, pero mi visitante enseguida disipó la ilusión agarrándome por el cuello del abrigo y arrojándome, con lo que parecía una fuerza sobrehumana, al interior del vehículo. Fui a dar en el suelo; el hombre me subió al asiento tirando de mí mientras la otra figura entraba de un salto y cerraba de un portazo; y acto seguido los caballos arrancaron a galopar con furia.

Me recliné sumido en el estupor, incapaz de comprender qué había ocurrido. La oscuridad era absoluta dentro del carruaje, pero oía a mis dos acompañantes conversar entre susurros. En una ocasión, intenté protestar y exigir una explicación a su conducta, pero un gruñido amenazador y una ruda mano sobre mi boca me advirtieron que guardara silencio. Yo no era un hombre rico ni estaba especialmente bien relacionado; tampoco era un político. Entonces, ¿cuál podría ser el objetivo de aquella gente al secuestrarme con un ardid tan sofisticado? Cuanto más cavilaba sobre ello, tanto más misterioso me parecía.

Efectuamos una breve parada y un tercer hombre subió al carruaje; también él preguntó ansioso si Otto von Spee estaba a buen recaudo y expresó su satisfacción al recibir una respuesta afirmativa. Tras esta interrupción, seguimos traqueteando incluso más deprisa que antes; el vehículo se balanceaba de un lado al otro por la velocidad, y el chacoloteo de los cascos de los caballos se oía por encima del aullar del vendaval. Tenía la sensación de haber pasado ya por todas las calles de Berlín cuando, con una repentina sacudida, el cochero detuvo el carruaje y mis captores me dieron a entender que debía apearme.

Tuve el tiempo justo de mirar alrededor y ver que estaba en una calle estrecha de algún barrio de baja estofa de la ciudad. Frente a nosotros se abrió una puerta, y los dos hombres me llevaron a través de ella; la mujer hercúlea nos seguía, frustrando con eficacia cualquier esperanza de huir.

Accedimos a un pasaje o un pasillo largo, débilmente iluminado por un par de lámparas titilantes cuyo resplandor amarillo parecía intensificar la oscuridad que las envolvía. Tras recorrer unos veinte metros o más, alcanzamos una puerta inmensa que nos cerraba el paso. Uno de mis guardianes le asestó un fuerte golpe con la vara que llevaba en una mano. Emitiendo un estruendo metálico y reverberante, la puerta se abrió por completo y, después, se cerró con un chasquido a nuestro paso.

En ese momento, me aventuré a protestar de nuevo ante mis acompañantes. Por toda respuesta, sin embargo, recibí un empujón de la persona que tenía detrás que me envió a través de una puerta entornada al interior de una pequeña y confortable sala. Mis captores me siguieron con actitud más relajada y, después de cerrar con llave, procedieron a sentarse y me indicaron que hiciera lo propio.

La estancia a la que me habían llevado era de dimensiones reducidas, pero estaba amueblada con elegancia. En el hogar ardía un buen fuego, y los vívidos colores del espléndido mobiliario y la abigarrada moqueta contribuían a conferirle un aspecto alentador. Sin embargo, los cuadros de las paredes neutralizaban con creces tal efecto. Eran muy cuantiosos y todos ellos plasmaban algún pasaje desapacible o sanguinario de la historia. Muchos estaban a demasiada distancia y no alcanzaba a leer sus inscripciones. Para un erudito como yo, no obstante, la mayoría conseguían narrar su propia historia. Ahí estaba el loco de Schtaps en el jardín, atentando contra la vida del primer Napoleón. Sobre él colgaba un bosquejo de Orsini con su cobarde bomba, esperando en silencio entre las butacas de la ópera. En un rincón, sobre un pedestal, había una estatuilla de Ravaillac, y un óleo que retrataba el estrangulamiento del infeliz emperador Pablo en sus aposentos ocupaba toda una pared.

Nada de ello contribuyó a animarme, y la apariencia de mis tres acompañantes aún estaba menos pensada para obrar tal efecto. Había dudado en varias ocasiones del género del individuo que me había embaucado para abandonar mi cálido hogar, pero, al retirarse el velo, este dejó a la vista un bigote negro y una tez bronceada, con un par de ojos siniestros e inquisitivos que parecían ver incluso mi alma. En cuanto a los otros, uno era escuálido y cadavérico, y el tercero tenía un aspecto insignificante, una barba rala y aire enfermizo.

—Lamentamos mucho, doctor Von Spee, habernos visto en la necesidad de hacer esto —dijo este último—, pero, desgraciadamente, no disponemos de ningún otro medio para asegurarnos el placer de su compañía.

Incliné la cabeza, me temo que algo enfurruñado.

—Yo debo disculparme por las libertades que me he tomado; en particular, por haberle privado de la satisfacción de examinar el extraordinario tumor de mi esposo —dijo mi visitante.

Pensé en el trato que me había dispensado, como si fuera un baúl vacío, e incliné la cabeza, aún más enfurruñado que antes.

—Caballeros —repuse—, confío en que, dado que han perpetrado su broma de una forma tan admirable, ahora me permitan regresar a mi hogar para que pueda proseguir con los estudios que han interrumpido.

—No tan deprisa, herr doctor, no tan deprisa —replicó el hombre alto al tiempo que se ponía en pie—. Debe usted prestarnos un pequeño servicio antes de dejarnos. Se trata, ni más ni menos, que de impartir una lección sobre su especialidad a unos cuantos inquisidores de la verdad. ¿Me permite rogarle que se acerque aquí?

Se encaminó hacia otra puerta, pintada del mismo color que el papel de la pared, y la sostuvo abierta con actitud persuasiva. De nada habría servido resistirme, puesto que sus dos cómplices también se habían levantado y me habían flanqueado. Me rendí a las circunstancias y salí de aquella sala según me indicaban.

Recorrimos un segundo pasillo, bastante más corto que el primero y mucho mejor iluminado, al final del cual colgaba una pesada cortina de terciopelo que cubría unas puertas plegables fabricadas con el paño verde de las mesas de juego. Cuando se abrieron, me encontré, para mi perplejidad, en una sala grande en la que había congregado un gran número de personas. Estaban dispuestas en hileras largas y sentadas de frente a una tarima elevada que había al fondo, en la que descansaban una única silla y una pequeña mesa redonda con varios objetos encima.

Mis acompañantes me hicieron entrar y nuestra aparición fue recibida con un notable aplauso. Era evidente que nos esperaban, ya que percibí un revuelo general de expectación entre los asistentes. Miré alrededor y vi que la mayoría de ellos vestían como artesanos u obreros. Varios, sin embargo, lucían un atuendo respetable e incluso elegante, y las casacas azules y las charreteras doradas en los hombros de unos pocos los delataban como oficiales del ejército. Sus nacionalidades parecían tan variadas como sus profesiones. Alcancé a distinguir la cabeza dolicocefálica del teutón; el cráneo redondeado y ensortijado del celta, y la mandíbula prognata y los rasgos salvajes del eslavo. Casi podía imaginarme contemplando una de las vitrinas con moldes de yeso del museo antropológico de mi amigo Landerstein.

Sin embargo, no tuve mucho tiempo para maravillarme o reflexionar. Uno de mis guardianes me precedió por la sala y, de pronto, me encontré junto a la mesa, que, como ya he mencionado, estaba situada en una especie de estrado. Mi presencia allí fue la señal que detonó una nueva tanda de aplausos; en esta ocasión, el batir de manos y el repicar de bastones contra el suelo se prolongaron considerablemente.

Cuando el bullicio cesó, el hombre escuálido que me había acompañado en el carruaje subió a la tarima y dirigió unas palabras al público:

—Caballeros —dijo—, habrán reparado en que el comité ha conseguido ser fiel a su promesa de traer al renombrado —«*beruhmte*» fue el término que empleó— doctor Otto von Spee para que les ofrezca una charla pública. —De nuevo hubo aplausos—. Doctor —prosiguió, volviéndose hacia mí—, creo que no nos vendrían mal unas palabras aclaratorias sobre esta materia. Es usted famoso como autoridad en explosivos. Todos estos caballeros y yo mismo estamos interesados en ellos y escucharíamos encantados sus opiniones al respecto. Nos interesa en particular que nos ofrezca instrucciones claras y precisas sobre el método de preparación de la dinamita, el algodón de pólvora y otras sustancias similares, ya que en ocasiones nos resulta difícil obtenerlos para nuestros experimentos. Háblenos también, si no le importa, del efecto que la temperatura, el agua y otros agentes ejercen sobre estas sustancias, la manera más adecuada de almacenarlas y la forma de extraer el mayor provecho de ellas. Por nuestra parte, le escucharemos con suma atención y le trataremos bien, siempre y cuando no haga usted la menor tentativa de pedir ayuda o huir. En el caso de que cometa la imprudencia de incurrir en alguno de estos dos actos —en este punto se dio una palmada en el bolsillo—, conocerá los proyectiles con la misma intimidad con que ya conoce los explosivos. —No puedo decir que me pareciera un chiste bueno, pero sí dio la impresión de ganarse la gracia del público.

—Quisiera sumar unas palabras a las de nuestro sabio presidente —intervino el hombre menudo tras ponerse en pie en la primera fila—. He dejado en la mesa cuantos materiales he conseguido recabar para que el erudito doctor pueda ilustrar su discurso con aquellos experimentos que considere oportunos. A modo de conclusión, debo advertirle que hable despacio y con claridad, ya que algunos de sus oyentes no están muy versados en la lengua alemana.

¡Ahí estaba de nuevo mi mala suerte con su venganza! Mientras Walderich y todos los tunantes de Berlín roncaban plácidamente en sus camas, yo —¡yo!, el doctor Otto von Spee, el modesto hombre de ciencia— me disponía a pronunciar una conferencia para una organización criminal clandestina —ya que ninguna otra cosa podía ser mi audiencia— y enseñarles a elaborar las armas con las que tenían previsto atacar a la sociedad y a todo cuanto es de rigor atesorar y venerar. ¡Y para colmo en una noche como aquella! ¿Debía, pues, contribuir a su poder para convertir una casa en un arsenal, destruir la estabilidad de la patria e incluso quizá atentar contra la vida de mi querido káiser? ¡Jamás! Me lo juré: ¡jamás!

La mayoría de los hombres menudos que usan gafas son obstinados. Yo, un hombre bajo con gafas, no soy una excepción a la norma. Apreté los dientes y sentí ese *ruat caelum:* de mis labios no saldría una palabra que pudiera resultarles útil. No me negaría a ofrecerles la charla, pero estaba decidido a eludir todos los puntos sobre los que deseaban que los instruyera.

No se me concedió mucho tiempo para pensar. Un siniestro murmullo entre el público y una agitación de pies en el suelo presagiaban su impaciencia. Debo decir, no obstante, que muchos de ellos mostraban una predisposición afable hacia mí, en particular un individuo robusto y con evidentes rasgos del tipo celta, quien, no satisfecho con sonreír con todas y cada una de sus rubicundas facciones, de cuando en cuando movía los brazos con la evidente intención de transmitir simpatía e inspirar confianza.

Me acerqué más a la mesa, que estaba cubierta por entero de objetos que, al parecer, alguien había considerado que guardaban relación con mi especialidad. Algunos eran bastante curiosos: un puñadito de sal, una tetera de hierro colado, parte del eje roto de una rueda y un fuelle de cocina grande. Otros resultaban más apropiados. Había un pedazo de algodón de pólvora que no podía pesar menos de un par de libras, algodón en rama, almidón, diversos ácidos, un quemador de Bunsen, tubos con fulminato de mercurio y un poco de dinamita en polvo, además de una jarra grande con agua. También había una botella y un vaso para mi propio uso, por si me apetecía.

—*Meine herren* —comencé con, tal vez, un leve temblor en la voz—, nos hemos reunido aquí esta noche con el propósito de estudiar la dinamita y otros explosivos. —El discurso brotaba de mis labios con fluidez, pues era la fórmula estereotipada con la que solía iniciar mis discursos en el Educationische Institut. Mi público parecía, sin embargo, muy entretenido, y el celta rubicundo rebosaba regocijo y admiración. Incluso el hombre intimidante al que se había hecho referencia como presidente se dignó a sonreír en señal de aprobación y comentar que me adaptaba con celeridad a las circunstancias—. Estas sustancias —proseguí— son agentes muy poderosos para bien y para mal. Para bien, cuando se emplean en la extracción de roca, la eliminación de obstáculos para la navegación o la destrucción de casas durante una conflagración. Para mal...

—Creo que será mejor que proceda con algo más práctico —me interrumpió el presidente con tono grave.

—Al sumergir almidón en determinados líquidos —continué—, estos adquieren una propiedad explosiva. Este fenómeno atrajo la atención de un erudito compatriota, el químico Schonbein, que descubrió que, manipulando el algodón de una manera similar, se potenciaba enormemente dicho efecto. Schonbein era un hombre respetado entre sus contemporáneos, consagrado a su país y leal a...

—¡Proceda! —dijo el presidente.

—Tras tratarlo de esta forma —obedecí—, el peso del algodón aumenta en un ochenta por ciento. Esta sustancia es más sensible que la pólvora al aumento de la temperatura, pues se inflama a trescientos grados Fahrenheit, mientras que la segunda requiere un calor de quinientos sesenta para explosionar. También es posible hacer estallar el algodón de pólvora con un impacto, lo cual no es el caso de la mezcla de carbono, azufre y nitrato de potasio.

En ese momento oí algunos murmullos airados entre el público, y el presidente me interrumpió por tercera vez:

—Estos caballeros se quejan —dijo— de que no les esté proporcionando una idea clara de cómo se fabrica la sustancia. Si fuera usted tan amable de explayarse un poco sobre ese punto...

—No tengo más que decir —contesté.

Hubo otro murmullo amenazador, y el presidente extrajo un objeto del bolsillo del abrigo y jugueteó con él negligentemente.

—Creo que será mejor que reconsidere su decisión —espetó.

Los hombres muy menudos que usan gafas son tímidos. Una vez más, yo no soy una excepción a la norma. Me abochorna decir que el peligro de mi patria e incluso de mi káiser se desvaneció de pronto en mi memoria. Solo sabía que yo, Otto von Spee, me encontraba en el umbral de la eternidad. Al fin y al cabo, reflexioné, podrían encontrar un libro de química por sus propios medios. ¿Por qué debía sacrificar mi vida por una nimiedad como aquella? Reanudé mi conferencia con una precipitación algo indecorosa.

—El algodón de pólvora se obtiene bañando algodón en ácido nítrico. La explosión la produce el oxígeno del ácido cuando se combina con el carbono del algodón. Después de elaborarlo debe enjuagarse bien con agua; de lo contrario, el ácido nítrico superfluo actuaría directamente en el algodón y lo carbonizaría poco a poco, reduciéndolo a una masa gomosa. Durante este proceso, con frecuencia el calor aumenta lo suficiente para hacer explotar el algodón, por lo que descuidar el lavado constituye un gran peligro. Posteriormente, cuando la sustancia está lista para su uso, esta pequeña cantidad de ácido sulfúrico puede emplearse en la eliminación de la humedad.

En este punto del discurso, se produjo un apabullante aplauso; varios de los presentes tomaban notas de mis observaciones.

Mientras hablaba, había estado escrutando la sala con la esperanza de atisbar una vía de escape. El estrado sobre el que me encontraba se prolongaba hasta la pared lateral, en la que había una ventana entornada. De conseguir alcanzarla, daba la impresión de que fuera habría un jardín abandonado que tal vez comunicara con la calle. Nadie conseguiría interceptarme antes de que llegara a la ventana, pero, claro, debía contar con el arma mortífera con la que mi cadavérico acompañante seguía jugueteando. Estaba sentado al otro lado de la mesa, y esta me protegería en parte en caso de aventurarme a echar a correr. ¿Lograría hacer acopio de todo mi coraje para intentarlo? En cualquier caso, todavía no.

—El general Von Link —proseguí—, artillero austriaco, es una de nuestras principales autoridades en algodón de pólvora. Experimentó con él en obuses y...

—Eso no importa —dijo el presidente.

—Una vez fabricado, el algodón de pólvora puede comprimirse sumergido en agua. En forma comprimida, es perfectamente seguro y no puede explosionar. La muestra que tenemos aquí, en esta mesa, no está comprimida. El calor, en cualquier grado, no tendrá efecto alguno sobre el algodón húmedo. En un experimento llevado a cabo en Inglaterra, un almacén en el que se guardaba algodón de pólvora ardió por completo sin que se produjera la menor explosión. En cambio, si se prendiera una carga de fulminato de mercurio o una pequeña cantidad de algodón seco en contacto con un disco mojado, eso bastaría para hacerlo explosionar. A continuación, procederé a demostrárselo con un experimento.

Se me había ocurrido una idea. En la mesa tenía una mezcla de azúcar y clorato de potasio, que se utilizaba junto con ácido sulfúrico como mecha en la extracción minera. También disponía de una botella de ácido. Conocía la densa nube de humo blanco que se forma a consecuencia de la combustión imperfecta de estos cuerpos. ¿Podría servirme esa nube como pantalla entre el arma del presidente y mi persona?

Por un momento, el plan me pareció descabellado e inviable, aunque, cuando menos, me proporcionaba alguna oportunidad de huir, y cuanto más lo pensaba, tanto más me resignaba a él. Por supuesto, existía la posibilidad de que, después de huir por la ventana, el jardín resultara ser un callejón sin salida y mis perseguidores me atraparan. Pero, por otra parte, tampoco tenía ninguna garantía de que no me mataran al final de la conferencia. Por lo que sabía de los hábitos de aquella clase de hombres, me parecía una hipótesis en extremo probable. Sí, era preferible arriesgarse; y no, no pensaría en lo que estaba arriesgando.

—Ahora voy a mostrarles el efecto del fulminato de mercurio sobre un trocito de algodón húmedo —dije, sacudiendo el azúcar y el clorato de potasio en el borde de la mesa y empujando hacia el otro extremo el pedazo grande de algodón para quedar a salvo de los peligros de la explosión—. Observarán que el hecho de que la sustancia esté empapada en agua no entorpece en ningún sentido su acción. —Dicho lo cual, vertí el ácido sulfúrico en la mezcla, tiré la botella y eché a correr hacia la ventana envuelto en una perfecta nube de humo.

Los hombres muy menudos que usan gafas no destacan por su actividad física. ¡Ja! Por fin demostré ser una excepción a la norma. Mis pies apenas rozaron el suelo en la carrera entre la mesa y la ventana, por la que salí como una exhalación igual que los jinetes vuelan a través de un aro en el circo. Me encontraba ya en el exterior antes de que el ruido seco que estaba esperando sonara en la sala a mis espaldas, y entonces...

¡Ah! Entonces, ¿qué? ¿Cómo voy a ser capaz de describirlo? Se oyó un estruendo leve, seco y profundo que pareció sacudir la tierra, y cuya intensidad fue aumentando más y más hasta culminar en un rugido que rasgó el mismísimo cielo. Las llamas danzaban ante mis ojos y quemaban madera y piedra, a mi alrededor caían escombros, y mientras contemplaba aquello apabullado, recibí un golpe tremendo en la cabeza y caí.

Es difícil decir cuánto tiempo permanecí inconsciente. Un intervalo considerable, en cualquier caso, pues cuando volví en mí estaba tendido en mi cama, en mi pequeña habitación, mientras la devota Gretchen me refrescaba las sienes con agua y vinagre. En el vano de la puerta, había una pareja de fornidos *polizei diener,* que menearon la cabeza con el casco calado y sonrieron satisfechos al ver que yo recuperaba el conocimiento.

Pasó un rato antes de que consiguiera rememorar algo de lo ocurrido. Después, gradualmente, llegaron los recuerdos de la visitante misteriosa, del trayecto frenético a través de la tormenta, de la conferencia improvisada sobre la dinamita y, por último, de un accidente extraño e inexplicable. Y sigue siendo extraño, aunque creo que, si pensamos en la mesa que se encontraba entre la bala y yo, y que en esa mesa había dos libras de algodón de pólvora susceptible de inflamarse con un impacto, no tenemos que ir muy lejos para encontrar una explicación. Después de aquello, yo mismo he disparado una pistola desde cierta distancia apuntando a una pequeña porción de esa misma sustancia con un resultado muy similar.

¿Y dónde estaba la casa?, se preguntarán, ¿y qué suerte corrieron sus habitantes? ¡Ah!, aquí mis labios están sellados. La policía de la patria es diligente y astuta, y me ha ordenado no desvelar nada —ni siquiera a mi amigo más íntimo— sobre ninguna de las dos incógnitas. Sin duda, tienen sus razones para que así sea, y debo obedecer. Tal vez quieran que otros conspiradores imaginen que se ha descubierto más de lo que en realidad es el caso. Debo decir, no obstante, que para disfrutar de una vida longeva o una salud perfecta conviene no verse nunca en semejante tesitura. A eso, cuando menos, nadie pondrá objeción alguna.

Ya casi estoy del todo recuperado, gracias a Gretchen y al doctor Benger, que vive al final de la calle. Puedo moverme renqueando, y mis vecinos ya empiezan a quejarse de los vapores tóxicos que produzco. Sin embargo, me temo que el asunto de los explosivos ya no me despierta el mismo entusiasmo que antes de mi conferencia a medianoche sobre la dinamita. La materia parece haber perdido muchos de sus encantos para mí. Puede que, con el paso del tiempo, regrese a mi primer amor; hoy, en cambio, sigo siendo un docente privado de las ramas más elementales de la química. Y es precisamente este sosiego lo que me inquieta. Temo encontrarme a un paso de otra aventura inesperada. En cualquier caso, he tomado una decisión que nadie ni nada podrá cambiar: así vengan todos los parientes que tengo en el mundo, la familia imperial y la mitad de la población de Berlín a clamar ante mi puerta asistencia médica, jamás volveré a asomar la cabeza por ella después del anochecer. Estoy encantado de trabajar en mi pequeña cueva y he dejado a un lado las pretensiones de que se me considere médico practicante que albergaba antes de aquella trepidante Nochebuena.

NOCHEBUENA

NIKOLÁI GÓGOL

Era la víspera de Navidad; atardecía, y al fin llegó la noche: una noche de esas de invierno, clara, espléndida. Comenzaron a salir las estrellas, y la luna se mostró majestuosa, como si quisiese iluminar aún más que de ordinario a la Tierra, dando así más brillantez a las *coliadki*[1] que glorificaban a Jesucristo. Helaba más intensamente que durante el día y reinaba tal silencio que el crujido de la nieve bajo las pisadas podía oírse a distancia. Todavía no se había presentado ningún grupo de muchachos delante de las cabañas, bajo las ventanillas. Solo la luna miraba a través de estas, como para invitar a las jóvenes, que aún estaban engalanándose, a lanzarse sobre la nieve crujiente.

De pronto, de la chimenea de una de las cabañas salió una humareda que se extendió a modo de nubarrón en el firmamento, y por ella se vio subir a una bruja cabalgando en su escoba.

Si en aquel momento hubiese acertado a pasar montando en su troika[2] el juez de Sorochin, con su gorro ribeteado de piel de astracán como el de los

1 Canciones que cantan los campesinos jóvenes rusos la víspera de Navidad, bajo las ventanas de las casas. Los dueños de estas están obligados a obsequiarlos con salchichón, pan, dinero o lo que sea. Ellos van recogiendo todo en unos sacos que llevan.

2 Trineo tirado por tres caballos con cascabeles.

ulanos, vistiendo el capote azul forrado de piel negra y blandiendo diabólicamente el látigo trenzado con que acostumbraba arrear a su cochero, con seguridad que la hubiese visto, porque ninguna bruja escapaba a la mirada de dicho juez, quien estaba enterado de todo. Sabía el número de lechones que paría la cerda de cada campesina; cuánta tela guardaba esta en sus cofres, y también lo que el marido dejara empeñado de sus vestidos y hacienda en la taberna los domingos. Pero el juez de Sorochin no pasó; y, por otro lado, ¿qué le podrían interesar a él los asuntos ajenos? Tenía bastante con ocuparse de lo que pasaba en su distrito.

La bruja, mientras tanto, subió a tal altura que al poco rato solo parecía allá arriba un punto negro. Y lo que es más particular: por donde pasaba aquel puntito o manchita, se veía desaparecer una estrella, y así fueron desapareciendo una tras otra. Ella se las iba metiendo en una manga, y cuando la tuvo llena, solo quedaron tres o cuatro que relucían más. En esto, de improviso, apareció otro punto o manchita por el lado opuesto; fue desplegándose, creciendo, hasta que tomó forma. Un miope que se pusiera unas gafas tan grandes como las ruedas del carruaje del subdelegado no podría aún comprender lo que pudiera ser aquello. De frente parecía enteramente un alemán.[3] Husmeaba incesantemente todo lo que encontraba al paso con un hociquillo que terminaba, como el del cerdo, en un maravedí negro y redondito. Tenía unas piernas tan delgaduchas que, si hubieran sido así las del alcalde de Yarescov, con seguridad se le habrían roto al bailar el primer *casachok*.[4] Visto de espaldas tenía todo el aspecto de un empleado de provincias en día de gala, pues le colgaba un rabo tan puntiagudo y largo como el faldón del levitín moderno. Solo por sus barbas de chivo, por los cuernecillos que le apuntaban en la frente y porque todo él era más negro que un tizón se podía deducir que no era ni alemán ni empleado, sino sencillamente el demonio en persona, a quien le quedaba la última noche para poder errar por el mundo y hacer pecar a los incautos. Al amanecer, cuando sonase el repique llamando a misa, correría a su ratonera sin mirar hacia

3 Los campesinos rusos llaman «alemanes» a todos los extranjeros.

4 Baile cosaco.

atrás y escondiendo el rabo entre las piernas. Mientras tanto, se acercó con mucho sigilo a la luna; y ya alargaba la mano para cogerla, cuando tuvo que retirarla rápidamente como si se hubiese quemado. Chupose los dedos, sacudió un pie y corrió a intentar cogerla por otro lado; pero otra vez hubo de quemarse. No cejó, sin embargo, a pesar de la mala suerte que tuvo en sus intentonas y, volviendo de nuevo, la cogió de repente con ambas manos y haciendo mohínes y soplando la pasó de una a otra, del mismo modo que hacen los mujiks con la brasa que sacan del fuego para encender la pipa. Por fin, con un gesto rápido se la metió en una bolsa que llevaba y con toda naturalidad echó a andar.

Nadie supo en Dikanka cómo el diablo robó la luna. Bien es verdad que el escribiente de la comarca cuando salió de la taberna tambaleándose dijo, y no sabemos por qué, que la veía bailar en el cielo. Él juró y perjuró ante todo el mundo que esto era verdad, pero todos los que le escuchaban meneaban la cabeza con aire burlón.

¿Cuál fue la causa que empujó al diablo a cometer un acto tan inaudito? Ahora se verá.

Sabía que el rico cosaco Chub había sido invitado por el diácono para ir a su casa a comer la *cutiá*[5] de Nochebuena. Allí irían también el alcalde, un pariente del diácono —que cantaba con voz de bajo profundo en la capilla arzobispal y que usaba levita azul—, el cosaco Sverbigus y otras varias personas. Además de *cutiá* se bebería aguardiente de azafrán, y también habría *vareniki*[6] y otros muchos manjares.

Entretanto, la hija de Chub, la joven más bella del pueblo, quedaría sola en casa, y, de seguro, iría a verla el herrero, un buen mozo forzudo a quien el diablo tenía más odio que a los sermones del padre Condrat, pues en sus ratos de ocio el muchacho pintaba y tenía fama de ser el mejor pintor de la comarca. El mismo *sotnik*[7] L..., que aún vivía, lo llamó expresamente a Poltava para que le pintase la cerca de madera de su casa. Todas las fuentes de que se servían los

5 Plato de arroz hervido, con uvas, pasas y miel, que se come en Nochebuena.

6 Flan hecho con queso fresco y nata agria y cocido en el horno.

7 Comandante de cien hombres.

cosacos de Dikanka para servir la *borsch,*[8] las decoró el herrero. Era, además, un hombre creyente y pintaba con frecuencia imágenes, y, aún en nuestros días, se puede ver en la iglesia al san Lucas evangelista pintado por él.

Pero su obra maestra fue una tabla que hizo para ser empotrada en un muro de la iglesia, a la derecha del altar mayor, en la cual representó a san Pedro en el día del Juicio Final, con las llaves en la mano, echando del infierno al espíritu del mal, que corría azorado de un lado a otro, presintiendo su perdición, y los pecadores que antes estaban allí encerrados le perseguían y pegaban con látigos, leños y con todo lo que encontraban a mano. Mientras el pintor trabajó en esta tabla, el diablo hizo cuanto pudo para estorbarle. Empujole invisiblemente la mano, levantó la ceniza de la fragua en la herrería y la esparció por todo el cuadro. Pero, a pesar suyo, concluyó su obra el herrero y la tabla fue llevada a la iglesia y encajada en la pared.

Desde entonces el diablo juró vengarse. Una sola noche le quedaba para errar por el mundo y en ella buscaba el modo de ejecutar su venganza. Por eso decidió robar la luna, abrigando la esperanza de que el viejo Chub, que era un perezoso, no se atreviese a salir pues, por añadidura, el diácono vivía un poco lejos de su cabaña, y el camino pasaba por delante de los molinos y del cementerio y luego seguía al borde del barranco. Si hubiese sido una noche clara de luna, el *vareniki* y el aguardiente de azafrán le habrían podido seducir; pero era muy dudoso que con semejante oscuridad le pudieran arrancar del lado de la estufa y hacerle salir de su cabaña. Y el herrero, que hacía bastante tiempo que no se trataba con él, por nada del mundo osaría, a pesar de su fuerza, visitar a la hija en presencia del padre. Así pues, apenas el diablo se metió la luna en la bolsa, se oscureció todo de tal modo que no solo parecía imposible encontrar el camino que llevaba a la casa del diácono, sino que tal vez fuese difícil encontrar el que conducía a la taberna.

La bruja, viéndose de repente a oscuras, dio un grito, y en seguida el demonio corrió a su lado. Como un diablejo galante, la cogió del brazo y empezó a susurrarle al oído lo que acostumbraban decir los hombres galantes a las damas.

---

8 Sopa de remolacha, con tocino, carne y nata agria.

¡Qué bien arreglado está todo en nuestro mundo! Sus habitantes se esfuerzan en imitarse unos a otros. Antes, en Mirgorod, solamente el juez y el jefe de policía usaban en invierno los capotes cubiertos de paño, y los demás empleados se contentaban con sencillas pellizas. Pues ahora el concejal y el subdelegado se han hecho unos capotes nuevos de paño, forrados en pieles de Rechetilov; el canciller y el escribano del distrito compraron hace tres años el paño azul a sesenta el *archin;*[9] el sacristán se hizo para el verano unos *charovari*[10] de tela fina y un chaleco de rayadillo de lana. En conclusión: todos quieren ser personajes. ¡Cuándo dejarán de ser vanidosos los hombres!

Cualquiera diría que es verosímil ver al diablo abandonado a las galanterías. Lo más gracioso es que seguramente se cree guapísimo, cuando tiene una cara ridícula y no se comprende cómo no se avergüenza de su hocico que, como dice Forna Grigorievich, le da un aspecto de monstruo execrable. Y, no obstante, ¡se atreve a hacer la corte!

En el cielo y en la tierra se hizo todo tan oscuro que no pudo verse lo que sucedió entre ellos.

—¿Así es, compadre, que no has estado nunca en la cabaña nueva del diácono? —decía el cosaco Chub saliendo a la puerta de la suya a un campesino alto y flaco que vestía una pelliza corta y que llevaba tales barbas que al menos haría dos semanas que no las había tocado el pedazo de guadaña con que generalmente se afeitan los mujiks que carecen de navaja de afeitar—. Allí habrá ahora buena bebida; es menester que no lleguemos tarde.

Diciendo esto, Chub se arregló la faja que le ajustaba la pelliza, se encasquetó el gorro y empuñó el látigo, miedo y terror de los perros importunos; pero levantando la cabeza parose:

—¡Qué diablo! ¡Mira, mira, Panás!

—¿Qué? —dijo el compadre levantando a su vez la cabeza.

—¿Cómo qué? ¡Que no hay luna!

---

9 Medida métrica empleada en Rusia equivalente a 71 centímetros.

10 Pantalones muy anchos que caen sobre las botas formando pliegues.

—¡Qué diablo! Pues es verdad que no hay luna.

—¡Sí, es cierto; no hay luna! —dijo de nuevo Chub con cierto enfado motivado por la inquebrantable indiferencia de su compadre—. No te inquieta esto según veo.

—¡Y qué le voy a hacer!

—¿Qué diablos se habrá interpuesto? ¡Ojalá el perro que sea no pueda tomar un vaso de aguardiente por la mañana! —continuó Chub secándose con la manga el bigote—. Esto parece enteramente cosa de duendes... Precisamente hace un rato, estando sentado ahí dentro, miraba por la ventana y me he dicho: «¡Qué maravilla de noche!». Estaba todo tan claro y la luna hacía brillar de un modo tan extraordinario la nieve que se podían distinguir todos los detalles como si fuese de día. Solo he tenido tiempo de salir de casa, y ¡ya ves, como si me hubiesen sacado los ojos! ¡Así se rompa, quien sea, los dientes, comiendo un *grechanik*[11] seco!

Chub siguió gruñendo y profiriendo injurias durante largo rato, y mientras tanto echaba sus cuentas sobre lo que decidiría. Tenía mucho deseo de echar un parrafillo en casa del diácono, donde, sin duda, ya estarían el alcalde, el bajo, que venía de la ciudad, y el barnizador Mikita, que cada quince días iba al mercado de Poltava y que contaba tales chistes que le hacían a uno morir de risa. En su imaginación Chub veía ya el *vareniki* servido. Todo esto, es cierto, era sumamente atractivo, pero la oscuridad de la noche le hacía emperezarse; ¡con lo dados que son a la pereza los cosacos! Qué bueno sería estar ahora acostado sobre la chimenea,[12] con las piernas encogidas, fumando tranquilamente su pipa y escuchando, medio adormilado, las canciones y las *coliadki* de las jóvenes bulliciosas y de los muchachos que, a bandadas, se agolpaban bajo las ventanas. Sin duda, de haber estado solo hubiese optado por esto último, pero siendo dos no se hacía tan pesado ni daba tanto miedo salir, a pesar de la oscuridad de la noche. Además, no gustaba de aparecer perezoso ni cobarde ante los demás. Cuando hubo agotado los improperios contra el espíritu desconocido, se dirigió de nuevo a su compadre y le dijo:

11 Especie de buñuelo con forma de disco plano, hecho con harina de trigo moreno.

12 Debemos advertir que en Rusia las chimeneas de las cabañas tienen una forma especial que permite acostarse sobre ellas. *(N. de la t.)*

—¡Así es que no hay luna, compadre!

—¡No, no la hay!

—¡Es realmente extraordinario! Dame un poco de tabaco para sorber... Es un buen tabaco este. ¿Dónde lo compras?

—¡Qué ha de ser bueno! —respondió el compadre cerrando su tabaquera de abedul llena de dibujos—. Este tabaco no haría estornudar ni siquiera a una gallina vieja.

—Recuerdo —continuó Chub— que el difunto tabernero Zuzulia me trajo una vez tabaco de Nejin, ¡un tabaco buenísimo! Entonces, compadre, ¿qué te parece que hagamos? Está esto como boca de lobo.

—Pues quizá sea mejor que nos quedemos en casa —dijo lentamente el compadre agarrando el tirador de la puerta.

Chub seguramente hubiese decidido lo mismo si el compadre no lo hubiera dicho, pero al oírle sintió como si le empujasen a llevar la contraria.

—No, compadre, echemos a andar, pues es imposible faltar a la invitación.

Y no acababa de decirlo cuando ya estaba arrepentido y molesto consigo mismo. Le fastidiaba muchísimo salir en semejante noche, pero al mismo tiempo no gustaba seguir los consejos de nadie y quería salirse siempre con la suya. El compadre, sin dejar traslucir la más mínima contrariedad, como hombre a quien le es completamente indiferente salir o quedarse en casa, miró a su alrededor, rascose la espalda con el látigo y los dos se pusieron en camino.

Veamos ahora lo que hizo la bella hija de Chub al quedarse sola. Oksana no tenía aún diecisiete años, y ya en Dikanka y sus alrededores no se hablaba más que de su hermosura. Los muchachos decían a coro que jamás hubo ni volvería a haber en el pueblo otra que la igualase en belleza. Oksana estaba persuadida de esto, y, como lo oía constantemente, era caprichosa, como toda mujer ensalzada y bonita. Si en vez de las galas de campesina hubiera usado la capa de las señoritas, con seguridad que ninguna criada la hubiese podido aguantar. Los jóvenes la cortejaban, pero no resistían largo tiempo sus desdenes, y uno a uno iban desfilando, dirigiéndose luego a otras muchachas menos mimadas. Solo el herrero seguía obstinado en su amor, aunque ella le tratase igual que a los demás. Después de marcharse su padre, aún siguió largo rato adornándose y haciendo mohínes delante de un espejito con marco de estaño, que tenía en la mano, y sin cansarse de la contemplación.

—¿Por qué dirán por ahí que soy hermosa? —decía, fingiendo distracción. Y continuaba luego su monólogo—: Los hombres mienten. ¡No soy bella!

Pero una carita fresca y animada por unos ojos negros y brillantes, con sonrisa llena de encanto y que iluminaba el alma, apareció en el espejo, contradiciéndola.

—¿Es que no existen en todo el mundo unos ojos como los míos? ¿Qué belleza tiene esta nariz respingona? ¿Y las mejillas? ¿Y los labios? ¿Son acaso bonitas mis trenzas? ¡Oh!, al anochecer asustan de tan negras como son. Parecen largas serpientes que se enroscan alrededor de mi cabeza. Ahora me doy cuenta de que no soy del todo guapa.

Y apartando un poco el espejo exclamó:

—¡No, ya lo creo que soy hermosa! ¡Y cuánto! ¡Soy una maravilla! ¡Cuán feliz haré al hombre que se case conmigo! ¡Cómo me admirará mi marido!... ¡Su felicidad le hará olvidarse de todo! ¡Me besará hasta matarme!

—¡Qué preciosidad de muchacha! —murmuró el herrero, que había entrado sigilosamente—. ¡Pero no es poco orgullosa! ¡Lo menos lleva una hora delante del espejo admirándose y alabándose; por añadidura, en voz alta!

—Verdaderamente, muchachos, que hago *pendant* con vosotros. ¡Mirad con cuánta elegancia ando! —seguía la linda coqueta—. Mi camisa está adornada con bordados de seda roja y ¡qué cinta la que llevo en la cabeza! Nunca se vio ni se verá un galón tan rico. Todo esto me lo compró mi padre para que se case conmigo el mejor mozo del mundo.

Y, sonriendo, dio media vuelta y descubrió al herrero. Lanzó un grito, parándose ante él bruscamente.

El herrero dejó caer los brazos con desaliento. Sería difícil describir lo que expresó el rostro moreno de la encantadora doncella. A un mismo tiempo mostró aspereza y burla ante el tímido muchacho. Un ligero carmín de ira, apenas perceptible, se esparcía por su rostro, y toda esta confusión la hacía estar tan divina que nada la hubiese favorecido tanto ni tanto hubiese excitado el deseo de besarla.

—¿Para qué has venido? —al fin rompió a decir Oksana—. ¿Quieres que te eche de casa a escobazos? Todos sabéis encontrar el momento propicio para acercaros a nosotras. Os informáis en cuanto los padres salen...; ¡os conozco perfectamente! Qué, ¿me acabaste ya el cofre?

—Lo acabaré, corazoncito mío; lo acabaré cuando pasen estos días de fiesta. ¡Si tú supieras con qué afán he trabajado en él! En dos noches no he salido de la herrería, y, por eso, ni siquiera la hija del pope tendrá otro que lo iguale. Le he puesto mejor hierro que el que empleé para arreglar la tartana del *sotnik* cuando fui a trabajar a Poltava. ¡Y qué pintura le estoy poniendo! ¡Que las niñas de la comarca vengan todas a verlo, que nunca habrán visto nada semejante! ¡Todo él estará cuajado de flores encarnadas y azules! ¡Resplandecerá como la fragua! ¡No estés enfadada conmigo! ¡Permíteme que te hable o, al menos, deja que te mire!

—¿Quién te lo prohíbe? Habla y mira.

Y diciendo esto se sentó de nuevo en la banqueta y volvió a mirarse en el espejo para arreglar su tocado. Admiró su cuello, que adornaba la nueva camisa bordada con sedas, y una fina expresión de orgullo se reflejó en sus ojos.

—¿Me dejas sentarme a tu lado? —dijo el herrero.

—Siéntate —contestó Oksana sin cambiar de expresión ni en la mirada ni en los labios.

—Encantadora y querida Oksana, ¡déjame que te bese! —dijo él, animándose y atrayéndola hacia sí con la intención de robarle un beso.

Pero Oksana volvió el rostro, que ya casi rozaba los labios del herrero, y le dio un empellón.

—¿Qué más quieres? ¡Vete! ¡Tus manos son más duras que el hierro y apestas a humo! Me parece que me has manchado de hollín. —Y cogió de nuevo el espejo para contemplarse.

«¡No me quiere! —pensó para sí el muchacho, bajando la cabeza—. Todos le servimos de juguete, ¡y yo, que estoy como un tonto admirándola, sin poder apartar mis ojos de toda ella!, y así me estaría la vida entera.

¡Encantadora muchacha, qué no daría yo por saber lo que tiene escondido en su corazón! ¿A quién amará? ¿No le interesa nada ni nadie? ¡Solo se alaba a sí misma! ¡Se complace en martirizarme, pobre de mí, y tengo tanta pena que me ahogo! ¡Pero la amo como nadie amó ni amará en el mundo!».

—¿Es verdad que tu madre es una bruja? —dijo Oksana echándose a reír.

Y el herrero sintió que su alma sonreía también. Su risa le resonaba en el corazón y se le esparcía por las venas, que temblaban dulcemente, pero, al mismo tiempo, sintió mucha contrariedad al no poder besar su rostro risueño.

—¿Qué me importa a mí mi madre? Tú eres para mí madre, padre y todo lo más querido que hay en el mundo. Si me llamase el zar para decirme: «Herrero Vakula, pídeme lo mejor de mi reino y te lo daré. Te haré una herrería de oro y tendrás martillos de plata...». «No quiero», le respondería, «piedras preciosas, ni herrería de oro ni nada. ¡Solo quiero que me des a mi Oksana!».

—¿Ves cómo sois? Tampoco mi padre deja perder la ocasión, y verás si se nos casa con tu madre —contestó ella con una fina sonrisa—. Pero ¿por qué no vendrán las muchachas?... ¿Qué significa esto? ¡Ya es hora de ir a cantar las *coliadki* y estoy aburrida!

—¡Déjalas, querida mía!

—¡De ningún modo! Con seguridad las acompañarán los jóvenes, y me figuro la de historias llenas de gracia que nos contarán.

—¿Te diviertes tanto con ellos?

—¡Claro! ¡Mucho más que contigo! Pero me parece que han llamado: ya deben de estar ahí.

«¿Puedo esperar algo todavía? —pensó el herrero—. ¡Si juega conmigo y me quiere tanto como a una herradura mohosa! Pero si es así, no dejaré, por lo menos, que se burle de mí, y apenas advierta quién es el que le gusta, ¡le perderé...!»

Un aldabonazo, acompañado de una voz que resonó bruscamente en el aire frío y que decía «¡Abre!», le interrumpió en sus cavilaciones.

—Espera, que abriré yo mismo —dijo el herrero, malhumorado, saliendo al pasillo con la intención de tumbar al primero que se presentase.

El frío aumentó de un modo tan extraordinario en las alturas que el diablo saltaba, levantando alternativamente sus pezuñas y se soplaba los puños para calentar de algún modo sus heladas manos. No es extraño que note frío quien, de sol a sol, va de un lado a otro por el infierno donde, como es sabido, no hace tanto frío como aquí en invierno y donde, tocado con un gorro que le hace semejarse a un cocinero, fríe ante el hornillo a los pecadores con el mismo gozo con que una mujer fríe chorizos de Navidad.

La bruja misma, aunque llevaba buen abrigo, sintió frío, y por ello, para guardar bien el equilibrio, como hacen los patinadores, levantó los brazos, separó las piernas y, manteniéndose rígida, dejose resbalar por el aire como si hubiese sido una montaña helada, y fue directa a la chimenea de su cabaña. El diablo la siguió en la misma forma, pero, como este bicho es más ágil que cualquier galán de calzón corto, no es extraño que, al entrar por la chimenea, cayese sobre el cuello de su amada y se encontrasen los dos en el vasto hornillo, entre los pucheros.

La viajera abrió con cuidado la puertecilla para ver si Vakula, su hijo, había reunido a sus amigos en la cabaña, mas al ver que solo había unos cuantos sacos echados en el centro de esta salió del horno, descolgó su pelliza caliente, se arregló y nadie hubiese podido adivinar en ella a la que momentos antes volaba montada en una escoba. La madre del herrero Vakula no tenía más de cuarenta años. No era ni guapa ni fea, pues es difícil conservarse guapa a tal edad, y a pesar de todo sabía encantar a los cosacos más juiciosos —no es preciso hacer notar que ellos no dan gran importancia a la belleza— que la visitaban, entre los que se contaban el alcalde, el sacristán Osip Nikiforovich —como es natural, cuando su mujer estaba ausente— y los cosacos Corniichub y Casian Sverbigus. En honor suyo diremos que sabía tratarlos de un modo tan hábil que a ninguno se le ocurría pensar que tuviese rival. Cuando los campesinos piadosos, o los «nobles», como suele llamarse a los cosacos que visten pelliza, iban a la iglesia el domingo, o a la taberna, si el tiempo estaba malo, no dejaban de visitar a Soloja, para que les sirviera de comer los grasientos *vareniki* con nata agria y charlar un ratillo con la amable y habladora dueña de la confortable cabaña. Y, a lo mejor, el «noble» tenía que darse una gran caminata y un buen rodeo para visitarla, aunque él decía que le cogía de paso. En los días festivos, cuando iba a la iglesia llevando su saya de colores vivos y una sobrefalda azul adornada al dorso con bordados dorados, se dirigía en seguida a la derecha del altar. El sacristán, invariablemente, fingiendo distracción, le hacía guiños al mirarla; el alcalde acariciábase el bigote, se echaba a un lado el mechón y decía a su vecino: «¡Ay, qué mujer, qué diablo de mujer!».

Soloja saludaba a todos, y cada uno pensaba que era a él solo a quien había saludado. A alguien que gustase de meterse en vidas ajenas, le hubiese sido fácil comprender, a primera vista, que ella distinguía al cosaco Chub más que a ninguno, pues Chub era viudo, tenía siempre ocho pilas de centeno ante su cabaña y dos yuntas de robustos bueyes sacaban fuera del cobertizo la cabeza y mugían a la vista de las vacas y de los toros que pasaban. El barbudo macho cabrío, con voz tan penetrante como la del alcalde, escandalizaba mortificando a las pavas que se paseaban en el corral y revolvíase cuando veía a sus enemigos los chiquillos, que se reían de sus barbas. Los cofres de Chub estaban repletos de telas, tafetanes y casacas antiguas con galones de oro. A su difunta esposa le gustaba mucho lucir. En la huerta había, además de adormideras, coles y girasoles, dos matas de tabaco que se renovaban todos los años. Soloja pensaba que todo esto no vendría mal unirlo a su hacienda y calculaba de antemano cómo ordenaría las cosas cuando pasasen a su poder; y, por ello, duplicaba su benevolencia con el viejo Chub. Y para impedir que su hijo Vakula consiguiese por algún medio conquistar a la hija, logrando de este modo apoderarse de casi toda la hacienda y no dejándole a Soloja meter baza, esta recurrió al vulgar medio de que se valen casi todas las comadres ya jamonas: hacer que riñesen Chub y el herrero. Puede ser que estas astucias y su misma inteligencia fuesen las que hicieran hablar aquí y allá a las viejas comadres, en particular cuando habían bebido un poco más de la cuenta en alguna reunión alegre. Decían que Soloja era una bruja: que el joven Kisiakolupenko le había visto un rabo tan largo como un huso; que el jueves pasado había atravesado la carretera transformada en gato negro; que un día entró en casa del pope en forma de cerda y que cacareó como un gallo, se puso el gorro del padre Condrat y salió huyendo. Sucedió que mientras las viejas estaban tratando este asunto llegó el pastor Timich Korostiavy, quien les contó, a renglón seguido, que durante el verano, antes del día de San Pedro, una noche, al acostarse en la pocilga, después de haber puesto un montón de paja para que le sirviera de almohada, vio con sus propios ojos cómo la bruja, con el pelo suelto y vistiendo solo una camisa larga, comenzó a ordeñar las vacas, quedando él inmóvil, ¡tan hechizado estaba!, que cuando hubo terminado le untó los labios con una cosa tan asquerosa que luego se pasó escupiendo todo el día. Todo esto era muy dudoso, pues solamente el juez de Sorochin conoce a las que son brujas. Por eso, todos los cosacos «nobles» no lo creían y reíanse de tales cosas. «Mentiras de mujeres», era su respuesta obligada.

Después de haber salido del horno y de componerse, Soloja, como buena ama de su casa, empezó a poner todo en orden, pero no tocó los sacos, pues pensó: «Ya que Vakula fue quien los trajo, que él sea quien se los vuelva a llevar».

El diablo, en el momento de entrar por la chimenea, volvió la cara y vio, por casualidad, a Chub acompañado del compadre, que ya iban lejos de su cabaña. Volvió atrás y cruzó ante ellos empezando a revolver la nieve helada que estaba amontonada por todas partes. Entonces se levantó una fuerte borrasca; todo se puso blanco, y la nieve, arremolinada, parecía una redecilla que amenazaba dejar ciegos y llenar la boca y las orejas a los caminantes. El diablo entró otra vez en la chimenea, convencido de que el cosaco Chub volvería a su cabaña con el compadre. Allí encontraría al herrero y, con seguridad, le obsequiaría de tal modo que durante mucho tiempo no podría coger los pinceles para pintar caricaturas injuriosas.

Realmente, apenas se inició la borrasca y el viento empezó a molestar a la vista, Chub comenzó a incomodarse y a arrepentirse. Encasquetándose el gorro se regaló con injurias, de las que participaron también el diablo y el compadre. Sin embargo, su enfado era falso, pues se alegraba de que la borrasca se hubiese presentado tan a punto. Hasta la casa del diácono quedaba una distancia ocho veces mayor que la andada, y decidieron volver atrás. El viento les pegaba, entonces, de espalda, pero la nieve arremolinada no les dejaba ver por dónde andaban.

—¡Párate, compadre! Parece que no es este el camino —dijo Chub alejándose un poco—. No veo por aquí ninguna cabaña. ¡Qué borrasca, Dios mío! Por ese lado, compadre, tal vez encuentres la vereda. Yo mientras buscaré por este otro. ¡Quién diablos nos habrá empujado a salir con semejante noche, con esta tempestad! No te olvides de dar una voz si encuentras la vereda. ¡Oh, cuánta nieve me ha metido el demonio en los ojos!

Sin embargo, no daban con el camino. El compadre, yendo de derecha a izquierda, fue alejándose y, al fin, se encontró en la puerta de la taberna. Este hallazgo le produjo tal alegría que olvidó todo y, sacudiéndose la nieve, entró en el portal sin preocuparse ya para nada del compadre, que había quedado en la carretera.

Entretanto, a Chub le pareció que había dado con el camino. Parándose, empezó a llamar a voz en grito al compadre y viendo que no aparecía decidió continuar solo. Después de dar unos cuantos pasos, dio con su cabaña. La nieve cubría el tejado y se amontonaba alrededor. Dando unas cuantas palmadas para desentumecer las manos, que tenía casi heladas, Chub empezó a golpear la puerta y a llamar imperiosamente a su hija para que le abriese.

—¿Qué se te ha perdido aquí? —dijo ásperamente el herrero saliendo a la puerta.

Chub, al reconocer su voz, dio unos cuantos pasos atrás.

«¡Ah, no; esta no es mi casa —se dijo—; en mi cabaña no estaría el herrero. ¿De quién podrá ser? Pero ¡qué tonto! ¿Cómo no la habré reconocido? ¡Sí, es la cabaña del cojo Levchenko, que hace poco casó con una joven! Él es el único que tiene la cabaña casi igual a la mía. Por eso me pareció al principio un poco extraño haber llegado a casa tan pronto. Sin embargo, con seguridad que Levchenko debe de estar ahora en casa del diácono. Entonces..., ¿por qué el herrero?... ¡Ah, ah, ah, viene a visitar a la joven esposa! ¡Muy bien! ¡Ahora lo comprendo todo!».

—¿Quién eres y por qué llamas? —dijo el herrero de un modo aún más áspero y acercándosele.

«No, no te diré quién soy; ¡quién sabe si aún me pegaría el maldito bastardo!», pensó para sí Chub.

Y mudando de voz contestó:

—¡Soy yo, buen hombre! Venía para divertirlos cantándoles debajo de la ventana.

—Vete al diablo con tus canciones —gritó el enfadado Vakula—. ¿Qué esperas? ¿No estás oyendo? ¡Vete en seguida de aquí!

Chub tenía ya esta razonable intención, pero le violentaba verse obligado a obedecer las órdenes del herrero. Parecía como si un espíritu maligno le empujase a seguir adelante y le forzase a llevar siempre la contraria.

—¿Por qué te empeñas en gritar tanto? —siguió con la misma voz—. ¡Se me ha antojado cantar las canciones, y las cantaré!

—Está visto que con razones no te callarás.

Y después de oír esto Chub sintió un violento puñetazo en el hombro.

—¡Eh! ¡Tú! Según veo, empiezas a pegar —dijo dando un paso hacia atrás.

—¡Vete! ¡Vete! —gritó Vakula, regalándole con otro golpe.

—Pero ¿qué es lo que te pasa? —dijo Chub con voz que denotaba enfado, dolor y apuro—. Según veo, pegas en serio y me haces daño, ¿sabes?

—¡Fuera! ¡Fuera! —ordenó de nuevo el herrero cerrando de golpe la puerta.

—¡Cómo se ha envalentonado! —decía Chub al quedar solo en medio de la calle—. ¡Prueba a arrimarte! ¡Vaya! ¡Valiente personaje! ¿Imaginas que no habrá tribunales para ti? ¡Ya lo creo que sí, amiguito! ¡He de dirigirme al mismísimo subdelegado; te acordarás de mí! ¡No he de mirar que seas herrero ni pintor...; y, sin embargo, si pudiera ahora mirarme la espalda y los hombros, con seguridad que encontraría algunos cardenales pintados! ¡Es lástima que haga ahora tanto frío y que no tenga ganas de quitarme la pelliza, pues si no, habría de vérmelos! ¡Vaya si ha pegado fuerte este maldito hijo del demonio! ¡Pero aguarda, herrero endemoniado, así te destruya el diablo a ti y a tu herrería! ¡He de hacerte bailar, maldito bastardo!... ¡Calla! Pues no está mal pensado: ya que ahora no está él en su casa, se encontrará sola Soloja... ¡Hum!, y no está muy lejos de aquí. ¿Voy o no voy? Es esta una hora en que nadie nos ha de molestar, y es posible que pueda... ¡Caramba con lo fuerte que me ha pegado el maldito herrero!

Y Chub, frotándose el hombro, tomó el camino opuesto. El placer que le esperaba en casa de Soloja disminuía en cierta medida el dolor y le hizo casi insensible al frío penetrante que se dejaba sentir. Las calles crujían heladas y el silbido del viento no se acallaba. De vez en cuando, en el rostro del cosaco, cuyo bigote y barba había enjabonado la nieve más deprisa que lo hace cualquier barbero cuando, tiránicamente, coge a su víctima por la nariz, se dibujaba un mohín semidulce. Pero de todos modos, si la nieve no se hubiera interpuesto, se le habría podido ver detenerse de cuando en cuando, durante algún rato, para frotarse la espalda mientras decía: «¡Vaya si me ha pegado fuerte el maldito herrero!», y continuaba su camino.

Al volver a entrar en la chimenea el ágil galán con barbas de chivo y rabo, después de haber salido la primera vez, se le enganchó en un saliente la bolsa, que llevaba terciada y sujeta con una correa y que fue donde metió la luna; esta, al ver que se abría la bolsa, aprovechó la ocasión y escapose, chimenea arriba, de la cabaña de Soloja, ocupando su lugar nuevamente en el cielo. Todo se iluminó como si no hubiese habido tal borrasca. La nieve empezó a brillar como un vasto campo de plata y se cubrió de estrellitas cristalinas. El frío pareció que disminuía y los grupos de muchachos aparecieron con sus sacos al hombro. Resonaron las canciones, y rara fue la cabaña ante la cual no se veía un grupo de cantores.

¡Cuán espléndidamente resplandece la luna! Es muy difícil dar cuenta exacta de lo agradable que resulta vagar por los campos en noches así, entre grupos de muchachos que cantan y ríen, siempre prontos a los chistes y bromas que inspira la alegre y risueña noche. Bajo la tupida pelliza se siente calor, y con el frío arden aún más las mejillas y hasta el mismo diablo empuja a hacer picardías.

Las muchachas, en tropel, entraron en la cabaña de Chub y cercaron a Oksana. Gritos, carcajadas y charlas ensordecieron al herrero. Todas a un tiempo se apresuraban a contar alguna novedad a la bella joven. Vaciaban los sacos, elogiando los chorizos, salchichones y pasteles, de los que ya habían recibido gran número con sus *coliadki*. Oksana parecía estar muy alegre y habladora. Charlaba con unas y otras y reía sin parar. El herrero miraba con cierto enfado y envidia esta alegría y, por primera vez, maldijo las *coliadki,* que siempre le entusiasmaron.

—¡Anda, Odarka! —dijo la bulliciosa joven, dirigiéndose a una de las muchachas—. ¿Conque llevas zapatos nuevos? ¡Y qué bonitos, bordados en oro! ¡Qué suerte tienes, Odarka, teniendo un novio que te compra de todo! ¡A mí, nadie me puede procurar unos zapatitos tan lindos!

—¡No te apures, Oksana, querida mía —interrumpió el herrero—, que yo te proporcionaré unos que no los podrá tener iguales ni una señorita!

—¡Tú! —le dijo Oksana, lanzándole una mirada rápida y orgullosa—. Me gustaría saber dónde irás a buscarlos para que sean dignos de mí. ¿Quizá vas a traerme los que usa la zarina?

—¡Ya ves cuáles son los que desea! —exclamó el grupo de muchachas riendo.

—Sí —continuó fieramente la bella joven—, sois todas vosotras testigos. ¡Si el herrero Vakula me trae los zapatitos que lleva la zarina, le doy palabra de que en el mismo instante me caso con él!

Las muchachas se llevaron a la caprichosa niña.

—¡Ríete, ríe —dijo el herrero, saliendo en pos de ella—, que yo mismo me río también de mí y me paro a pensar, sin poder coordinar ideas, adónde voló mi espíritu! Ella no me quiere; pues ¡que Dios la perdone! ¡Como si el mundo terminase en Oksana! ¡No faltaba más! ¿Y quién es, después de todo, Oksana? No será nunca una buena mujer de su casa; ¡no sabe más que acicalarse! No. ¡Basta ya! ¡Ya es hora de dejar de hacer tonterías!

Pero, al mismo tiempo que se decidió a ser fuerte, el espíritu del mal le recordó la graciosa imagen de Oksana cuando le decía despreciativamente: «Consígueme, herrero, los zapatos de la zarina y me casaré contigo». Y estaba perturbado y no podía apartar su pensamiento de Oksana.

Grupos de cantores, las muchachas de un lado y los jóvenes de otro, iban de calle en calle. Pero el herrero andaba como un autómata, sin ver ni oír nada y sin participar de las diversiones a que tan aficionado era antes.

Mientras tanto, el diablo empezó seriamente a cortejar a Soloja. Hacía tales mohínes al besarle la mano que enteramente parecía un concejal besando la de la hija del pope. Llevándose la mano al corazón, suspiraba, y concluyó por decirle claramente que si ella no consentía en satisfacer su pasión y en corresponderle como era debido, no respondía de sus acciones y estaba dispuesto a ahogarse y mandar inmediatamente su alma al infierno. Soloja no era tan cruel como para rechazarlo; además, todos sabemos que ellos se comprendían. Por otro lado, gustaba de verse rodeada de admiradores; raramente estaba sola, y aquella noche, como en la aldea la gente de viso estaba reunida en casa del diácono para comer la *cutiá,* iba a pasarla muy aburrida.

Pero todo sucedió de modo distinto al pensado, pues apenas concluyó de declarársele el diablo y se disponía a contestarle se oyó un aldabonazo en la puerta y la robusta voz del alcalde, que llamaba. Soloja corrió a abrir y el diablo, con su agilidad acostumbrada, se escondió en uno de los sacos que había en el suelo de la cabaña.

El alcalde, una vez que hubo sacudido la nieve de su gorro y después de beberse la copa de aguardiente que le dio Soloja, le contó que no pudo llegar a casa del diácono a causa de la borrasca y que al ver luz en su cabaña decidió entrar y tenía el propósito de pasar la velada con ella.

Apenas había terminado de hablar el alcalde, cuando sonó otro aldabonazo y se oyó la voz del diácono.

—Escóndeme en alguna parte —dijo en voz baja el alcalde—; no tengo ninguna gana de ver al diácono en este momento.

Soloja se detuvo a pensar en dónde podría meter a tan robusto visitante. Por fin escogió un gran saco que estaba lleno de carbón, lo vació en un tonel y el macizo alcalde entró en el saco, con bigote, gorra y todo.

El diácono entró refunfuñando y frotándose las manos, y le contó que, como a causa de la borrasca no había acudido nadie a su invitación, se alegraba de poder venir a pasar el rato con ella, puesto que a él no le asustaba el temporal. Después, acercándose a Soloja, tosió y, sonriendo, le tocó con sus afilados dedos su brazo gordinflón, preguntándole en tono socarrón:

—¿Qué es esto, espléndida Soloja? —Y dio un paso atrás.

—¿Que qué es? ¡Pues mi brazo, Osip Nikiforovich! —contestó ella.

—¡Hum! El brazo! ¡Je, je je! —dijo el diácono, satisfecho de que empezase así la cosa; y, después de dar otro paseíto por la cabaña, se paró de pronto.

—¿Y esto, queridísima Soloja? —exclamó con el mismo tono, abordándola otra vez y tocándole ligeramente el cuello y dando otro saltito hacia atrás.

—¿Dónde tenéis los ojos, Osip Nikiforovich? —respondió Soloja—. Si es mi cuello, con su collar y todo.

—¡Hum! ¡Un collar sobre el cuello! ¡Je, je, je! —Y de nuevo dio unos pasos por la habitación, frotándose las manos—. ¿Y qué es esto, incomparable Soloja...?

No sabemos lo que tocó entonces con sus voluptuosos dedos, porque sonó un nuevo golpe en la puerta al mismo tiempo que la voz del cosaco Chub.

—¡Oh, Dios mío! ¿Qué haré? Si me encuentran aquí, ¡faltará tiempo para que lo sepa el padre Condrat...!

Pero no era este el principal motivo de su temor: lo que más le atemorizaba era que llegase a oídos de su mujer, pues esta había sido la que con su temible mano había reducido su hermosa trenza de antaño convirtiéndola en la insignificante que le quedaba.[13]

—¡Por amor de Dios, virtuosa Soloja! —decía, temblando con todo su cuerpo—. Por su bondad, como dice la epístola de San Lucas, capítulo tres... ¡Que están llamando! ¡A fe mía que llaman!... ¡Oh, escóndame en cualquier sitio!

Soloja vació un nuevo saco, también de carbón, en el tonel, y el delgaducho diácono se arrebujó allá en el fondo, dejando libre más de la mitad.

—Buenas noches, Soloja —dijo Chub entrando en la cabaña—. Tal vez no me esperabas; ¿verdad que no? Quizá soy inoportuno —seguía Chub con expresión alegre y significativa, que dejaba entrever que en su torpe caletre se fraguaba algún chiste mordaz y divertido—. Tal vez has estado divirtiéndote con alguien; quizá lo tienes escondido.

---

13 En la Iglesia ortodoxa, los sacerdotes llevan el pelo largo. *(N. de la t.)*

Y encantado de su gracia Chub se puso a reír con aire de triunfo, pues creía con toda su alma que Soloja solo se mostraba benévola con él.

—¡Bueno, Soloja, dame un vaso de aguardiente, pues parece que la garganta se me ha helado con el maldito frío! ¡Qué Nochebuena nos ha mandado el Señor! Cuando se ha levantado, ¿oyes, Soloja?; cuando se ha levantado..., ¡qué tiesas se me han quedado las manos, no puedo desabrocharme la pelliza!... Cuando se ha levantado la borrasca...

—¡Abre! —se oyó decir de pronto, fuera, en la calle. Y al mismo tiempo sonó un aldabonazo.

—Alguien llama —dijo, parándose, Chub.

—¡Abre! —se oyó de nuevo más fuerte.

—Es el herrero —exclamó Chub cogiendo su gorro—. Oye, Soloja, escóndeme donde te parezca. Por nada del mundo quiero que me vea ese maldito bastardo. ¡Así le salgan a ese hijo del diablo dos grandes vejigas como pilas debajo de los ojos!

Soloja, muy asustada también, iba de un lado a otro. Trastornada y atolondrada como estaba, sin saber lo que hacía, le dijo por señas que se metiese en el saco donde estaba el diácono escondido. Este pobre no se atrevió a quejarse ni chistó cuando el voluminoso cosaco se le sentó encima de la cabeza y le puso las grandes botas heladas sobre las sienes.

El herrero entró sin decir palabra, sin quitarse el sombrero y casi se tiró sobre un banco. Venía, evidentemente, de mal humor.

Mientras Soloja cerraba la puerta tras el herrero, alguien llamó. Era el cosaco Sverbigus. A este sí que no se le podía esconder en ningún saco, pues no los había para su tamaño. Era aún más macizo que el alcalde y más alto que el compadre de Chub. Por ello Soloja lo llevó al huerto y allí escuchó todo lo que le quiso contar.

El herrero, abstraído, miraba a su alrededor, escuchando de vez en cuando las canciones que resonaban por toda la aldea. Por último se fijó en los sacos.

«¿Por qué están aquí estos sacos? Ya es hora de que se quiten de aquí. ¡Este dichoso amor que me tiene entontecido! Mañana es día de fiesta y la cabaña está llena de trastos. Me los voy a llevar a la herrería».

Se levantó, ató los enormes sacos y se dispuso a echárselos sobre los hombros. Al mismo tiempo, se podrá comprender que sus pensamientos volaban Dios sabe adónde. Si no hubiera sido por esto habría oído a Chub, que tuvo que quejarse cuando al atar el saco le cogió el pelo con la cuerda, y también al robusto alcalde, a quien le entró un hipo muy fuerte.

«¿Será posible que no pueda borrar de mi pensamiento a Oksana? —se decía—. No quiero pensar en ella; pero ni que lo hiciera a propósito: ¡no pienso en otra cosa! ¿Por qué las ideas vendrán a uno sin querer? ¡Diablos! ¡Estos sacos parece que pesan más que antes! De seguro que han metido alguna cosa más que carbón. Pero ¡qué tonto soy! ¡Ya no me acordaba de que ahora todo me parece más pesado! ¡Antes podía doblar y enderezar de nuevo con la mano una moneda de cobre y hasta una herradura, y ahora apenas puedo con un saco de carbón! ¡Si sigo así, pronto me llevará un soplo de viento!».

—¡No —exclamó cobrando ánimos—, no quiero ser como una mujer! ¡No permitiré que se rían de mí! ¡Aunque fuesen diez sacos habría de poder con ellos!

Y, altivamente, se echó sobre los hombros más sacos de los que hubieran podido llevar dos hombres robustos.

«Quizá tome este también —siguió diciéndose, levantando el más pequeño, en el que se había escondido el diablo—. Aquí me parece que puse mis herramientas».

Yo no tengo que casarme...

Cada vez resonaban más las canciones, las voces y las risas. Los grupos se iban engrosando con gentes que venían de los pueblecillos vecinos. Los mozos hacían mil disparates y se divertían en grande. De vez en cuando sonaba una canción improvisada por los cosacos. De pronto, de un grupo salió la voz de un muchacho que se puso a cantar a grandes voces y, adrede, una canción desentonada. Una carcajada general recompensó su genialidad. Se abrieron aquí y allá las ventanitas, y las enjutas manos de las viejucas que quedaron haciendo compañía a los juiciosos padres asomaron mostrando salchichones y pedazos de torta. Las mozas y los jóvenes se apiñaban disputándose la presa. Más allá, un corro de mozalbetes cercaba a un grupo de muchachas y resonaban con gran algarabía los gritos alborozados. Uno tiraba bolas de nieve, otro quería apoderarse del saco en que iban las provisiones. Las muchachas, por su parte, corrían para atrapar a un mozo, y, obligándole a tropezar, le hacían caer de bruces con el saco. Todos parecían dispuestos a pasar la noche de diversión en diversión. ¡Y la noche se mostraba tan espléndida y resplandeciente! ¡La luna, al reflejarse en la nieve, parecía aún más blanca!

El herrero se detuvo con sus sacos. Le parecía oír que salían del grupo aquel la voz y la risa de Oksana. La sangre se agolpó en sus venas haciéndole tambalear. Tiró al suelo los sacos con tal fuerza que el diácono no pudo menos que lanzar un gemido de dolor, y al alcalde le entró de nuevo el hipo. Con el saco pequeño sobre los hombros echó a andar hacia los jóvenes que perseguían al grupo de muchachas del que pareció oír salir la voz de Oksana.

«¡Sí, es ella! ¡Tiene el mirar de zarina! Sus ojos brillan oyendo los chistes que le cuenta aquel mozo. ¡Y ahora ríe a carcajadas! ¡Siempre ríe!».

Sin querer y sin darse cuenta, el herrero se abrió paso entre el grupo y se encontró al lado de Oksana.

—Hola, Vakula, ¿qué tal estás? —dijo la hermosa joven, sonriendo con aquella sonrisa que hacía perder el juicio al herrero—. Qué, ¿has recogido mucho en tu saco? ¡Vaya un saco ridículo! ¿Me trajiste ya los zapatitos de la zarina? Pues tráemelos y me casaré contigo...

Y soltando una carcajada echó a correr con sus compañeras. El herrero se quedó perplejo.

—¡No, ya no puedo más! Esto es superior a mis fuerzas —exclamó después de un rato—. ¡Dios mío, por qué será tan hermosa! ¡Su mirada, su charla y todo, todo, me enloquece y me abrasa! ¡Ya no me es posible resistir más! ¡Hay que acabar de una vez aunque mi alma se condene! ¡Me tiraré al río y que Dios me perdone!

Resueltamente echó a andar y, alcanzando de nuevo al grupo, se acercó a Oksana, diciéndole de un modo firme:

—¡Adiós, Oksana! ¡Búscate otro novio, búrlate de él cuanto quieras, pues a mí ya no me volverás a ver en este mundo!

La linda moza quedó asombrada, intentando decirle algo; pero el herrero, con gesto desesperado, huyó de allí.

—¿Adónde vas, Vakula? —le gritaron sus amigos viéndole correr con tanta ansia.

—¡Adiós, amigos míos! —les contestó este—. Dios haga que nos veamos en el otro mundo, pues en este ya no volveremos a divertirnos juntos. ¡Adiós! ¡Perdonadme! Y decid al padre Condrat que diga las oraciones para la salvación de mi alma. Ya no tengo tiempo de pintar los candelabros de la Santa Virgen ni los de san Nicolás. ¡Que Dios me perdone! Todo lo que se encuentre en mi cofre lo dejo en legado a la iglesia. ¡Adiós!

Diciendo esto, el herrero volvió a echar a correr con el saco a cuestas.

—¡Se ha vuelto loco! —dijeron los mozos.

—Un alma que se pierde —musitó piadosamente una vieja que acertaba a pasar por allí—. Es preciso contar que el herrero se ha ahorcado.

Entretanto, Vakula, después de atravesar algunas calles, se paró para tomar aliento.

«¿Adónde me dirijo? —pensó—. ¡No parece sino que realmente hubiese perdido toda esperanza! ¡Probaré el último remedio: iré a ver al zaporogo[14] Pazuk el Ventrudo. Dicen que él conoce a todos los espíritus del mal y que le es dado hacer cuanto quiere. ¡Iré! ¡De todos modos se ha de perder mi alma!».

Al oír esto el diablo, que llevaba tanto tiempo inmóvil, lleno de júbilo se puso a saltar dentro del saco. Pero el herrero, creyendo que era él quien lo había tocado descuidadamente, produciendo este movimiento, le dio un golpe con su robusto puño y, enderezándoselo sobre el hombro, se dirigió a casa de Pazuk el Ventrudo.

Pazuk fue realmente en su juventud un zaporogo. Nadie supo si lo echaron de Zaporogie o si él huyó de allí. Hacía ya, lo menos, diez o quince años que vivía en Dikanka. Al principio vivió como un zaporogo auténtico: no

---

14 Un cosaco de la región del otro lado de las cataratas de Dniéper.

trabajaba, dormía tres cuartas partes del día, comía como seis gañanes y se bebía casi un cubo de aguardiente de una sentada. Tenía cabida para todo esto, pues, aunque era bajo, las carnes le hacían casi cuadrado. Además llevaba unos *charovari* tan anchos que aunque echase un paso largo no se le podían ver los pies, y, enteramente, parecía al andar un barril rodando por la calle. Tal vez por esto le llamaban el Ventrudo. Llevaba apenas unas semanas en el pueblo cuando corrió la voz de que era un curandero. En cuanto alguien se sentía enfermo llamaba a Pazuk, y este con solo murmurar unas cuantas palabras curaba de su mal al enfermo. Una vez, a un noble, comiendo pescado, se le atravesó una espina. Pazuk supo con tal maestría darle un puñetazo en la espalda que la espina tomó el camino derecho, sin causar el menor daño en el paciente. Ahora ya no se le veía por ningún sitio, y tal vez era debido a su pereza, o más bien a su gordura, pues cada vez le costaba más trabajo pasar por las puertas, apenas suficientes para su humanidad. Desde entonces, los vecinos tuvieron que acudir a su casa cuando le necesitaban para algo.

El herrero empujó la puerta con cierta timidez y se encontró a Pazuk sentado en el suelo al modo turco. Delante de él había un barrilito, sobre el cual se veía una fuente llena de *galuchki*.[15] La fuente estaba al nivel de su boca, y sin mover siquiera un dedo, inclinando un poquitín la cabeza bebía el jugo, cogiendo con los dientes, de vez en cuando, las *galuchki*.

«Pues, señor —pensó para sus adentros Vakula—, este es aún más perezoso que Chub; aquel por lo menos usa cuchara para comer, mientras que este ni siquiera mueve las manos».

Por cierto, Pazuk estaba ocupado y tan pendiente de su comida que no pareció parar mientes cuando entró el herrero, quien al pisar el umbral de la puerta le saludó ceremoniosamente.

—He venido, Pazuk, a ver a vuestra señoría... —dijo Vakula haciendo una nueva reverencia.

Entonces el gordo Pazuk levantó la cabeza para mirarle y en seguida volvió a sus *galuchki*.

15 Pedacitos de masa de harina cocida.

—Pues dicen..., no te enfades, que no está en mi ánimo ofenderte; pues dicen —continuó el herrero sacando fuerzas de flaqueza— que tienes algún parentesco con el demonio.

Al concluir de decir esto Vakula estaba asustado, pensando si habría ido demasiado lejos en sus expresiones, y esperaba que Pazuk le tirase a la cabeza, a renglón seguido, el barril con fuente y todo. Hizo ademán de parar el golpe, tapándose al mismo tiempo la cabeza con el brazo, para evitar que el caldo caliente de las *galuchki* le salpicase, pero Pazuk, mirándole de nuevo, siguió comiendo.

Entonces nuestro herrero, envalentonado, decidiose a seguir hablando.

—Vine a ti, Pazuk, y que Dios te mande en abundancia todo lo que tú desees; una buena porción de pan, por ejemplo... —El herrero sabía, de vez en cuando, usar un lenguaje moderno que aprendió en Poltava cuando fue a pintar la valla del *sotnik*—. Vine a ti, digo, porque mi alma ya está en pecado mortal. Nadie en el mundo podrá salvarme, pero ¡sea lo que Dios quiera! Es el caso que tengo que pedir consejo al mismísimo demonio. ¿Qué me aconsejas tú, Pazuk? —le dijo Vakula, impaciente ante su constante silencio—. ¿Qué debo hacer?

—Si necesitas al diablo, vete en busca suya —contestó al fin Pazuk, sin levantar esta vez la vista, y continuó devorando las *galuchki*.

—Precisamente por eso vine a consultarte —dijo el herrero, haciéndole otra reverencia—, pues creo que nadie mejor que tú puede indicarme dónde puedo encontrarle.

Pero Pazuk guardó silencio y siguió atareado en su afán de comer todo lo que quedaba.

—¡Ten la bondad, hombre! Creo que no te negarás a complacerme, y no seré avaro contigo. Si quieres, te daré salchichón, lomo, harina de trechel, tela, mijo o cualquier otra cosa que necesites... Pues esto es corriente entre personas de toda clase; pero ¡dime al menos dónde podré ir a buscar al diablo!

—¡No tiene necesidad de afanarse en ir muy lejos quien lo lleva encima sobre sus hombros! —dijo con indiferencia Pazuk sin cambiar de postura.

Vakula se le quedó mirando como para descifrar en su frente el significado de aquellas palabras. «¿Qué habrá querido decir?», parecían preguntar sus asombrados ojos; y con la boca semiabierta parecía querer tragar, como si fuese una *galuchki,* las primeras palabras que profiriese Pazuk; pero este seguía en su obstinado silencio.

Entonces vio Vakula que ya no tenía delante ni el barril ni la fuente de *galuchki* y que, en su lugar, había puesto dos grandes fuentes de madera: una con *vareniki* y la otra con nata agria. Involuntariamente, siguió mirando a los dos platos mientras se decía: «Vamos a ver cómo come Pazuk los *vareniki;* de seguro que no intentará hacerlo directamente del plato como hacía con las *galuchki,* pues además, al tener que remojarlos antes en la nata agria, es imposible».

No acababa de hacerse estas reflexiones cuando vio cómo Pazuk abría la boca más y más, hasta que un *vareniki,* saltando por arte mágico a la fuente de nata agria y emborrizándose previamente con ella, se coló luego en la boca del Ventrudo, quien se lo comió, volviendo a abrir la boca del mismo modo para que se repitiera la suerte. Así es que no tenía más molestia que masticar y tragar.

«¡Qué milagro, señor!», pensó el herrero, a quien el asombro hizo abrir la boca; y en el mismo instante notó que tenía dentro de ella un *vareniki* que le había manchado los labios con nata.

Mientras escupía y se limpiaba la boca, se puso a considerar los milagros que se operaban en el mundo y a qué artes empujaban los espíritus malignos, y se afianzaba más y más en la idea de que solo Pazuk podría serle útil.

«Le volveré a saludar para que me dé más explicaciones...; pero, ¡qué diablo!, hoy es día de ayuno, y este está comiendo *vareniki* como si fuese un día corriente. En realidad estoy hecho un tonto, y no pienso que al estar aquí aumento mis pecados. ¡Atrás, pues!».

Y el herrero salió escapado a la borrasca como alma en pena, completamente trastornado.

Pero el diablo, que ya se había sentado en el saco y que se felicitaba de antemano al poder conseguir tal presa, no se resignaba a perderla. Cuando Vakula abandonó el saco en el suelo, saltando de él se le montó a caballo sobre los hombros. El herrero, sobrecogido, palideció y un escalofrío le recorrió todo el cuerpo; pensó en persignarse pero en aquel momento el diablo se inclinó y, poniéndole su hocico de perro en el oído derecho, le dijo:

—Soy yo, tu amigo, y haré todo lo que pueda en favor tuyo, ¡querido compañero! Te daré todo el dinero que necesites —le susurró en el oído izquierdo—; hoy mismo Oksana será nuestra —le cuchicheó otra vez del otro lado.

El herrero se quedó pensativo.

—Bueno —dijo al fin—, a ese precio soy tuyo.

El diablo batió palmas de gozo y se puso a bailar sobre los hombros de Vakula.

«Ya te tengo atrapado —pensó para sus adentros—; ahora, amigo mío, he de vengarme de todas tus pinturas y de todas las injurias que hiciste a los demonios. ¡Habrá que ver el asombro de mis compañeros cuando vean que el hombre más piadoso de la aldea cayó en mis garras!».

Y así pensando el diablo se puso a reír, calculando el asombro de toda la caterva infernal y en lo rabioso que se pondría el Diablo Cojuelo, que pasaba por ser el más astuto y el que mejor inventaba diabluras.

—Pero ya sabes, Vakula —le dijo de nuevo al oído y sin bajarse de su cuello, como si temiese que se le escapase—, que yo no hago nada sin contrato.

—Estoy dispuesto —dijo Vakula—. He oído que vosotros los firmáis con sangre. Espera, que aquí llevo en el bolsillo un clavo y te la sacaré.

Y al decir esto cogió con la mano el rabo del diablo.

—¡Qué gracioso eres! —exclamó este riendo—. No hagamos ya más tonterías.

—¡Aguarda un momento, amigo! —gritó el herrero—. Y esto, ¿qué es? —Y así diciendo hizo la señal de la cruz, que obligó al otro a ponerse dócil como un cordero—. Vamos, pues —dijo Vakula cogiéndole por el rabo y lanzándole al suelo—; ¡ahora te haré ver cómo se puede hacer pecar a los cristianos honrados!

Y el herrero se le montó a caballo y levantó la mano para persignarse.

—Perdóname, Vakula —gimió tristemente el diablo—; yo haré todo lo que tú quieras; deja solo en paz mi alma. ¡No me hagas la espantosa señal de la cruz!

—¡Ah, ahora sí que cantas bien, maldito alemán! ¡Ahora sé lo que tengo que hacer! ¡Llévame inmediatamente así sobre tus espaldas! ¿Sabes? ¡Vuela como si fueras un pájaro!

—¿Y adónde quieres que te lleve? —contestó, contristado, el diablo.

—A San Petersburgo, y directamente al palacio imperial.

Y Vakula se quedó pasmado al sentirse elevado en el aire.

Oksana quedó largo rato pensando en las extrañas palabras del herrero. Algo le decía allá en sus adentros que le había tratado con demasiada crueldad. ¿Y si realmente se decidiera a suicidarse? ¡Quién podría saberlo! O tal vez su dolor y despecho le empujasen a fijarse en otra muchacha cualquiera, a quien proclamaría, para hacerle enojar, ¡la más bella de la aldea! Pero no, estaba segura de que solo la quería a ella. Era tan bonita que no habría de traicionarla. Tal vez habría fingido enfado y dolor, y pudiera ser que no pasasen diez minutos sin que le viese volver más rendido que nunca. Verdaderamente lo trataba de un modo muy brusco; cuando volviese habría de permitirle, aunque demostrase enfado, que le diese un beso. ¡Qué contento se pondría entonces! Después de hacerse estas reflexiones, se puso a bromear con sus amigas.

—Esperad —dijo una de estas—; el herrero ha dejado olvidados aquí los sacos. ¡Mirad qué grandísimos son! Ha sido más afortunado que nosotras, pues sin duda le han regalado un cuarto de carnero, y debe de haber en ellos infinidad de salchichones, pasteles y otras mil cosas. ¡Qué riqueza! Con lo que hay ahí podremos comer durante todas las fiestas hasta saciarnos.

—¿Son los sacos del herrero? —dijo Oksana—. Pues vamos a llevárnoslos inmediatamente a mi cabaña y veremos lo que contienen.

Esta proposición fue aprobada por unanimidad y con gran algarabía.

—¡Pero si no es posible moverlos! —dijeron al intentar levantarlos.

—Aguardad —dijo Oksana—; traeremos un trineo, los colocaremos encima y así los llevaremos mejor.

Y las muchachas corrieron a buscarlo.

Mientras tanto, los prisioneros se cansaban de estar dentro de los sacos. A pesar de que el diácono había hecho un gran agujero para poder escapar, le detenía la gente, pues ¿cómo intentar salir delante de todo el mundo y que le vieran en trance tan ridículo? Por ello decidió esperar, gimiendo de vez en vez cuando le acariciaban las rudas botas de Chub. Tanto más deseaba este verse libre cuanto que debajo sentía algo que le estorbaba grandemente. Pero cuando oyó lo que resolvían su hija y las muchachas no chistó, ni se movió, pensando en llegar a su casa con más comodidad, ya que para llegar a su cabaña había de andar lo menos unos cien pasos o quizá el doble. Además, si salía, tendría que componerse, abrocharse la pelliza, atarse la faja —¡cuánto trabajo!— y luego ¡la gorra! que se había dejado olvidada en casa de Soloja... Era mejor que las muchachas le llevasen en coche.

Pero no sucedió lo que esperaba. Mientras las jóvenes se fueron en busca del trineo, el compadre flaco salió de la taberna muy malhumorado. La tabernera no le quiso dar nada fiado. Pensó quedarse allí un rato para ver si llegaba algún noble caritativo que le convidase, pero, como si todos se hubiesen puesto de acuerdo, ninguno llegó, pues, como todos eran buenos cristianos, se habían quedado en sus casas para comer la *cutiá* en familia. Echó a andar reflexionando sobre la corrupción de costumbres y el corazón insensible de la judía que vendía el vino, cuando tropezó con los sacos y se paró lleno de asombro.

«¡Vaya con los sacos que han dejado en medio de la carretera! —pensó mirando a su alrededor—. De seguro que también guardan pedazos de lomo. ¡Qué suerte la del que recibió tanta cosa! ¡Qué sacos tan enormes! No me vendrían mal si estuviesen llenos de pasteles y *grechaniki*... y aunque solo lo estuviesen de pan. Seguramente la dichosa judía me daría por cada uno de ellos un octavo de aguardiente. Es menester cogerlos lo más pronto posible, antes de que llegue alguien y pueda verme».

Y se echó sobre los hombros el saco donde iban Chub y el diácono, pero pesaba tanto que se consideró impotente para llevarlo.

«No, no es fácil que lo pueda llevar solo —se dijo—. ¡Ah! Aquí viene uno muy a propósito para ayudarme: el tejedor Chapuvalenko».

—¡Hola, Ostap!

—¡Hola! —dijo, parándose, el tejedor.

—¿Adónde vas?

—No sé; adonde me lleven los pies.

—Ayúdame, hombre, a llevar estos sacos. Alguien los dejó en medio de la carretera al terminar las *coliadki*. Nos repartiremos su contenido.

—¿Estos sacos? ¿Qué hay en ellos, pan o pasteles?

—¡Pues creo que deben de tener de todo!

Entonces arrancaron unos palos de una valla próxima, pusieron sobre ellos un saco y se lo cargaron sobre los hombros.

—¿Adónde lo llevaremos? —dijo, al echar a andar, el tejedor—. ¿Te parece que a la taberna?

—Eso mismo estaba yo pensando, pero no sé si la maldita judía nos creerá o si podrá llegar a pensar que lo hemos robado. Además, apenas hace un rato que he salido de allí. Mejor será que lo llevemos a mi cabaña. Nadie nos molestará porque, seguramente, mi mujer no esté en ella.

—¿Estás seguro? —preguntó el prudente tejedor.

—¡Gracias a Dios, hasta la hora presente no he perdido el juicio! —contestó el compadre—. Por nada del mundo quisiera encontrarla. Imagino que estará de chismorreo con las comadres hasta que amanezca...

—¿Quién va? —preguntó la mujer del compadre, abriendo la puerta interior de la cabaña al oír el ruido producido por los dos amigos al entrar en el pasillo con el saco.

El compadre se quedó de una pieza y exclamó, dejando caer los brazos con desencanto:

—¡Caramba!

Esta mujer era uno de los muchos tesoros que hay en el mundo. Al igual que su marido, casi nunca se encontraba en casa, pues se pasaba el día chismorreando en las de las comadres y viejas que no tenían nada que hacer. Alababa la comida, que engullía con grandes muestras de gula. Por las mañanas, que era cuando veía a su marido, armaba con este las grandes peloteras. Su cabaña estaba aún más gastada que los *charovari* del escribano del distrito. El tejado tenía trozos en que le faltaba totalmente la paja. De la valla del huerto apenas si quedaba un resto, ya que casi todos los aldeanos a quienes cogía de camino la cabaña no tomaban al salir de su casa bastón o estaca con que defenderse de los perros, pues esperaban coger una de la valla del compadre, puesto que la cabaña estaba siempre abandonada. El horno se encendía, cuando más, tres días seguidos.

Todo lo que esta esposa ejemplar adquiría pordioseando, lo guardaba bajo siete llaves, y las más de las veces había de quitar a viva fuerza a su marido lo que no tuvo tiempo de empeñar en la taberna. Al compadre, a pesar de su calma habitual, no le gustaba ceder, y casi siempre había lucha, si bien le tocaba la peor parte y salía con muestras evidentes, en forma de cardenales...; y, sin embargo, ella salía por otro lado a contar a las viejas y comadres la conducta de su marido, de quien había recibido, decía, hasta golpes.

Después de todo esto, se comprenderá el espanto del compadre y de su amigo ante la inesperada aparición. Soltando con rapidez el saco en el suelo, pretendieron cubrirlo con los faldones, mas ya era tarde, pues la mujer, a pesar de su deficiente vista, había advertido el saco.

—¡Perfectamente! —dijo con aire que semejaba el gozo del ave de rapiña—. ¡Qué suerte habéis tenido de recoger tanto! Así les pasa siempre a las personas honradas, pues quiero creer que esto no es producto del robo. ¡Quiero ver lo que hay en él inmediatamente! ¿Estáis oyendo? ¡Hacedme ver al instante lo que contiene el saco!

—Que te lo diga, si quiere, el demonio; no seremos nosotros los que te lo enseñemos —dijo el compadre cobrando ánimos.

—¿A ti qué te importa ni qué tienes que ver con esto? Nos lo dieron a nosotros y no a ti —añadió el tejedor.

—¡Ah, pues lo que es tú, maldito borracho, has de dejármelo ver! —exclamó la vieja, dando a su marido un puñetazo en la barbilla y echándose sobre el saco.

Los dos amigos se aprestaron a la lucha y defendieron la presa valerosamente, obligando a la vieja a rendirse; apenas tuvieron tiempo de reponerse, cuando se presentó de nuevo en el pasillo blandiendo un hurgón, y con pasmosa agilidad dio a su marido en las manos y al tejedor en la espalda y se encontró junto al saco.

—¿Por qué la habremos dejado? —dijo el tejedor volviendo en sí.

—¡Qué gracia tienes! ¿Qué por qué la hemos dejado? ¿Por qué la has dejado tú? —dijo flemáticamente el compadre.

—Según veo, tienes un hurgón de hierro —dijo el tejedor después de unos minutos de silencio y frotándose la espalda—; mi mujer se compró, ya hace mucho, uno en la feria que le costó un kopek, aunque aquel no hace daño...

Mientras tanto, la victoriosa mujer, poniendo el candil en el suelo, desató el saco y miró al fondo. Sin duda, sus ojos gastados, que con tanta felicidad lo habían descubierto, la engañaban esta vez.

—Aquí hay un cerdo entero —exclamó palpando con júbilo.

—¡Un cerdo! ¿Oyes? ¡Un cerdo entero! —dijo, dando un empujón al compadre el tejedor—. ¿Ves? ¡Por culpa tuya!...

—¿Y qué le vamos a hacer? —contestó este encogiéndose de hombros.

—¡Cómo! ¡Seremos unos tontos si se lo dejamos! Es preciso quitarle el saco. ¡Vamos!

Y avanzando hacia ella le dijo airadamente:

—¡Vete! ¡Fuera de aquí! ¡Este cerdo nos pertenece!

—¡Anda, bruja, márchate y deja esto, que no es tuyo! —le dijo, acercándose, el compadre.

La mujer tomó de nuevo el hurgón, mas en aquel momento Chub salió del saco, poniéndose en el centro del pasillo y desperezándose como persona que despierta de un largo sueño.

La mujer del compadre dio un grito, recogiéndose con las manos la falda, y todos, sin darse cuenta, abrieron la boca de par en par.

—¿Qué ha dicho esta tonta? ¡Un cerdo! No, no es un cerdo —agregó el compadre, mirando con ojos desencajados.

—¡Vaya con el hombre que había dentro del saco! —dijo el tejedor apartándose, influido aún por el terror—. Di lo que te parezca; habla de una vez, si quieres; pero esto es arte del diablo, pues este hombrón no cabe por la ventana.

—¡Si es el compadre! —dijo el otro mirándole fijamente.

—¿Y qué te creías tú? —dijo Chub con una risita—. ¿Verdad que he sabido engañaros con maestría? Pues, ya que habéis querido comerme como si fuera lomo, esperad, que voy a daros un alegrón: en el saco hay algo que, si no es un cerdo, será un lechoncillo u otro animal cualquiera. Debajo de mí había una cosa que se movía constantemente.

El tejedor y el compadre se precipitaron hacia el saco, y la dueña de la casa lo agarró por el lado opuesto. La pelea hubiese comenzado de nuevo si, en aquel momento, no hubiera salido el diácono, quien se decidió a salir en vista de que ya era imposible zafarse del escándalo.

La comadre, estupefacta, le soltó el pie que le tenía cogido.

—¡Otro aún! —gritó el tejedor asustado—. ¡Cáspita, cómo está el mundo!... ¡Pierde uno la cabeza ante estas cosas!... Ya no son pasteles ni salchichones lo que echan en los sacos, ¡sino hombres!

—¡El diácono! —pronunció Chub, aún más asombrado que los otros—. ¡Parece mentira! ¡Vaya con Soloja! ¡Tener hombres escondidos en los sacos!... ¡Por eso vi tantos en la cabaña! ¡Ahora comprendo todo! ¿Habrá escondido dos hombres en cada uno? Y yo que creía que era a mí solo a quien... ¡Vaya, vaya!

Las muchachas se quedaron un poco perplejas al echar de menos uno de los sacos.

—No importa; tenemos bastante con este —opinó Oksana.

Y entre todas lo cargaron en el trineo.

El alcalde decidió aguantarse, calculando que si daba un grito para que abriesen el saco y le pusieran en libertad, las asustadizas muchachas huirían y quedaría abandonado en medio de la calle, quizá hasta el día siguiente.

Entretanto, las chicas, cogidas de las manos, echaron a correr como en torbellino, tirando del trineo, que resbalaba por la nieve crujiente. Muchas se sentaron sobre él, y alguna hasta llegó a echarse sobre el alcalde, quien decidió soportar todo.

Al fin llegaron a la cabaña y, abriendo la puerta de par en par, arrastraron el saco al interior sin dejar de reír.

—Veamos lo que hay dentro —gritaron a coro y se apresuraron a desatarlo.

Entonces se acentuó el hipo, que tanto molestó al alcalde en su alojamiento, y se hizo tan fuerte que hasta le produjo tos, una tos tan fuerte como el hipo.

—¡Ay, aquí hay alguien! —exclamaron todas asustadas, precipitándose hacia la puerta.

—¡Qué diablos! ¿Adónde corréis como locas? —dijo Chub entrando en la cabaña.

—¡Ay, padre —exclamó Oksana—, dentro de ese saco hay alguien metido!

—¿Qué saco? ¿Dónde lo habéis encontrado?

—¡El herrero lo dejó abandonado en la carretera! —dijeron todas a una.

—Bueno, ¡y qué! —dijo Chub; y luego, para sus adentros—: «¿No lo decía yo?...».

Y volviendo al tono natural dijo de nuevo a las muchachas:

—¿Y por qué os habéis asustado? Vamos a ver, ¡hombre!, y perdona si no te llamo por tu nombre: ¡sal del saco, anda!

Y vieron salir al alcalde.

—¡Oh! —exclamaron las mozas.

«¿Pero también al alcalde?», se dijo Chub, quedando perplejo y mirándole de pies a cabeza.

—¡Vaya! ¡Ea! —dijo en voz alta, y le fue imposible decir más.

El alcalde por su parte estaba no menos turbado y sin saber qué decir. Por fin dijo, dirigiéndose a Chub:

—¿Verdad que hace frío?

—Sí lo hace —contestó este, diciendo a renglón seguido—: Y dime, hazme el favor: ¿con qué te untas las botas, con alquitrán o con manteca de cerdo?

Sin duda quería haber dicho otra cosa, o más bien preguntarle: «¿Cómo, alcalde, estabas escondido en este saco?», pero sin saber por qué le salió cosa bien distinta.

—Lo más práctico es el alquitrán —contestó el alcalde—. Bueno —dijo luego—, ¡conque adiós, Chub!

Y salió de la cabaña después de encasquetarse el gorro.

—¡Qué tonto fui! ¡Mira que haberle preguntado con qué se limpia las botas! —exclamó Chub, mirando hacia la puerta por donde se había marchado—. ¡Vaya con la señora Soloja! ¡Cuidado con la ocurrencia que tuvo de esconder a semejante hombre dentro de un saco! ¡Qué bruja está hecha! ¡Tonto de mí! ¿En dónde está ese maldito saco?

—Lo he tirado a aquel rincón, puesto que está vacío —le dijo Oksana.

—¿Dices que está vacío? ¡Conozco estas artimañas! Tráemelo en seguida, no sea que haya quedado algo dentro. Sacúdelo bien. ¿Qué, no hay nada? ¡Vaya con la bruja! Y al mirarla parece una santita incapaz de probar la carne.

Pero dejemos ahora a Chub que desahogue su cólera a sus anchas y volvamos al herrero, pues se va haciendo tarde.

Al principio Vakula se asustó de verse elevar tan alto y de ir perdiendo la vista a la Tierra, hasta el extremo de no poder distinguir casi nada de ella. Voló con rapidez de mosca, llegando hasta la luna, que hubiese rozado con su gorro de no haberse inclinado ligeramente. Poco a poco fue desimpresionándose y cobrando ánimo, y terminó por estar de humor hasta para darle broma al demonio. Se divertía extraordinariamente oyéndole estornudar cada vez que se quitaba la crucecita de ciprés y se la acercaba al hocico para hacérsela oler. Otras veces levantaba, alardeando en la ficción, la mano para rascarse la cabeza, y el diablo, creyendo que intentaba hacer la señal de la cruz, volaba con más rapidez aún. Todo era lúcido en las alturas: la atmósfera, parecida a una fina niebla plateada, era sumamente transparente. Veíase todo tan claro que pudieron distinguir a un mago que sentado sobre un puchero pasó vertiginosamente por su lado. Las estrellas, cogidas de la mano unas con otras, jugaban a la gallina ciega. Más allá veíase un enjambre de espíritus que se extendía a modo de nube. Un diablejo que bailaba cerca de la luna se quitó el gorro al ver pasar al herrero montado a caballo sobre el demonio. Una escoba tornaba a su destino al quedar abandonada por su dueña, la bruja que la dejó después de servirse de ella para su viaje. Mucha chusma encontraron aún. Al ver pasar al herrero, todos se paraban unos segundos para mirarle; luego seguían adelante, yendo cada cual a lo suyo.

El herrero siguió volando hasta que, de repente, se encontró sobre San Petersburgo, que resplandecía, pues había iluminaciones, no sabemos por qué. El diablo, una vez que traspuso las puertas de la ciudad, se transformó en caballo, y Vakula se vio caballero en un brioso corcel en medio de una calle de la gran urbe. ¡Qué ruido, qué tránsito y qué esplendor! A uno y otro

lado se alzaban casas de cuatro pisos; el ruido producido por las ruedas de los coches y los cascos de los caballos resonaba tronando por todas partes. Las casas parecían nacer, irguiéndose a cada momento; los puentes trepidaban, y parecían tener alas los carruajes, cuyos cocheros y postillones gritaban sin cesar. A toda esta baraúnda se unía el ruido de la nieve, que silbaba bajo miles y miles de trineos que se precipitaban por todas partes. Los peatones apretujábanse en las aceras, y sus sombras, que subían hasta los tejados y a veces hasta las chimeneas, se proyectaban, enormes y alargadas, sobre los muros de los edificios iluminados con lamparillas. Nuestro herrero miraba lleno de asombro a su alrededor. Sentía la sensación de que todas las casas clavaban en él sus soberbios ojazos de fuego. Vio tantos señores, todos envueltos en sus capotes de paño forrado, que no sabía a quién debía saludar, creyéndolos personajes.

«¡Dios mío, cuánto señorío! —pensaba—. Me parece que todos los que van pasando con sus capotes son jueces, y los que van metidos en estos espléndidos coches cerrados, si no son alcaldes, deben de ser comisarios, o tal vez ocupen cargos más importantes».

Estas ideas fueron interrumpidas por el diablo, que le preguntó:

—¿Quieres que vayamos directamente al palacio de la zarina?

El herrero, atemorizado, pensó que no, y se dijo: «No sé dónde deben de parar por aquí los zaporogos que allá por el otoño atravesaron la aldea. Procedían de Zaporogie y llevaban documentos para la zarina. Mejor sería que ellos me aconsejaran...».

—Diablo, métete en mi bolsillo y condúceme hacia los zaporogos».

Al instante, el diablo se redujo de tal modo que pudo, sin dificultad ninguna, metérsele en el bolsillo.

No tuvo Vakula tiempo siquiera para volver la cabeza, cuando se vio ante una gran casa. Subió la escalera como un autómata, abrió una puerta y retrocedió al ver lo esplendoroso de la habitación, pero cobró ánimo al reconocer a los mismos zaporogos que pasaron por Dikanka en el otoño y que se hallaban sentados sobre ricos sofás de brocado, encogiendo sus pies, calzados con grandes botas untadas de alquitrán, y fumando un tabaco fortísimo, llamado vulgarmente de raíces.

—¡Buenas tardes, señores, y que Dios os proteja! ¡Quién hubiese dicho que nos volveríamos a ver aquí! —dijo el herrero, aproximándose a ellos y saludándolos con respeto.

—¿Quién es ese hombre? —preguntó el zaporogo que estaba más cerca del herrero, al que tenía a su lado.

—¿No me reconocéis? —siguió el herrero—. Soy Vakula, el herrero de Dikanka. Cuando en el otoño pasasteis por allí os detuvisteis cerca de dos días en mi casa. Que Dios os mande salud y os conceda una larga vida. ¿No recordáis que os puse entonces un aro nuevo a una de las ruedas de vuestra berlina?

—¡Ah! —dijo el zaporogo—, es el herrero que también era pintor. ¿No es eso? ¿Y qué tal, paisano? ¿Para qué viniste?

—¡Phs! Quise darme una vueltecita por aquí. Dicen...

—Y qué —dijo con aire suficiente el zaporogo, queriendo hacer resaltar su instrucción—, ¿no es cierto que es esta una gran ciudad?

El herrero, aunque mostrando ignorancia, no quiso ser menos y, como tenía algunas nociones de habla distinguida —ya tuvimos ocasión de verlo cuando Pazuk—, se lanzó de esta manera y como queriendo quitar importancia a lo que decía:

—Es una provincia notable, es preciso reconocerlo; por todas partes se pueden admirar obras de arte, y las casas son muy hermosas; varias de ellas ostentan letras pintadas tan relumbrantes que dan sensación de un gran oropel. Las proporciones son magníficas, evidentemente.

Los zaporogos, al oír que el herrero se expresaba con tanta fluidez, formaron de él opinión bien distinta y favorable.

—Más tarde tendremos sumo gusto en conversar contigo, paisano. Ahora tenemos que ir a palacio.

—¿Al de la zarina? Pues tened la bondad de llevarme con vosotros.

—¿A ti? —dijo el zaporogo con aire de protección, como lo hiciera un ayo para contestar a un niño de cuatro años que pidiera que le montasen en un caballo grande—. ¿Qué se te ha perdido a ti allí? ¡No, no es posible!

Y tomando luego un aire grave dijo:

—Nosotros tenemos que hablar de nuestros asuntos con la zarina...

—¡Llevadme! —insistió el herrero—. ¡Pídeselo a ellos! —dijo luego al diablo, palpándose el bolsillo.

Y apenas había terminado, cuando uno de los zaporogos intervino en su favor diciendo:

—¿No os parece que le podríamos llevar como si fuera uno de nosotros?

—¡Pues bien, sea! ¡Vamos allá! —exclamaron los restantes—. Pero es preciso que te pongas un traje como el nuestro.

El herrero apenas tuvo tiempo de ponerse un caftán verde que le proporcionaron, cuando se abrió la puerta y un criado, con infinidad de galones, dijo que ya era la hora marcada para la audiencia imperial.

Al herrero le pareció de nuevo estar soñando cuando se vio dentro de un enorme carruaje que, meciéndole, le llevaba a través de la gran ciudad. Otra vez pasaron entre las esbeltas casas, y el empedrado de la calle sonaba bajo los cascos de los briosos caballos.

«¡Dios mío, cuánta luz! —iba pensando, mientras tanto, el herrero—. ¡En nuestro país no se goza de tanta ni en pleno día!».

Los carruajes se detuvieron al fin delante del palacio; los zaporogos descendieron, entrando en un espacioso y magnífico portal, y, después, subieron por una escalera profusamente iluminada.

«¡Vaya una escalera! —se decía el herrero—. Da lástima subir por ella. ¡Cuántos adornos! ¡Y luego dicen que en los cuentos se miente! ¡Qué se ha de mentir! ¡Qué hermoso pasamanos! ¡El hierro solo ha debido de costar unos cincuenta rublos!».

Cuando terminaron de subir, atravesaron la primera sala. Vakula seguía a los zaporogos con gran timidez, temiendo, a cada momento, resbalar por el bruñido entarimado. Traspasaron tres salas sin que decreciera el asombro de nuestro herrero, quien al entrar en la cuarta y fijarse en uno de los muchos cuadros que encerraba se acercó sin darse cuenta a él. Representaba la imagen de la Virgen con el Niño Jesús en brazos.

«¡Valioso cuadro! ¡Qué pintura tan espléndida! ¡Enteramente parece que van a romper a hablar; qué vida tienen! Y el Niñito aprieta las manitas y sonríe, ¡pobrecito! ¿Y los colores? ¡Dios de mi alma, qué colorido! Seguramente no han empleado en ellos ni un centimillo de ocre; todo está pintado con carmín y oro, y ¡qué brillo el de ese azul! ¡El fondo está, ciertamente, hecho con el más exquisito azul claro! Pero si esta pintura es cosa magistral, ¿qué será esta manecilla de cobre? —se dijo acercándose para tocar la cerradura de una puerta—. ¡Este trabajo es todavía más asombroso! Creo que deben de haberlo hecho herreros alemanes y que habrán cobrado por ella un dineral!».

Quizá hubiese seguido admirando por mucho tiempo todo y haciendo conjeturas sobre su valor, si el criado de los galones dorados no le hubiera empujado, recordándole, al mismo tiempo, que no debía separarse del grupo.

Los zaporogos atravesaron aún otras dos salas y al fin hicieron alto en la tercera, donde les dijeron que esperasen. En aquella sala había un grupo de generales con sus uniformes recargados de oro. Los zaporogos saludaron a derecha e izquierda y luego formaron también grupos. Minutos después entró, acompañado de numeroso séquito, un hombre de majestuosa estatura, bastante robusto y vistiendo uniforme de atamán y zapatos amarillos. Sus cabellos estaban en desorden, era tuerto y tenía un aire altivo. Todos sus movimientos delataban el hábito de mandar.

Los generales, que minutos antes se paseaban con aire orgulloso y cargados de oro, se doblaron servilmente ante él, con ceremoniosos saludos. Cada palabra que pronunciaba el atamán la recogían como si quisieran poner inmediatamente en práctica sus ideas, pero el otro no parecía parar en mientes, y apenas si se dignó a hacer un ligero movimiento de cabeza, yendo directamente al grupo de los zaporogos.

Estos le hicieron una reverencia, que les hizo, casi, dar con la cabeza en el suelo.

—¿No falta ninguno de vosotros? —preguntó con habla un poco gangosa.

—¡No, *batko;*[16] estamos todos! —contestaron con otra reverencia.

—¡Que no os olvidéis de decir lo que os enseñé!

—No, *batko;* no lo olvidaremos.

16 «Padre».

—¿Es este el zar? —preguntó el herrero a uno de los zaporogos.

Y este le respondió:

—¡Qué ha de ser el zar! ¡Es el mismísimo Potemkin![17]

De la sala inmediata salía gran murmullo de voces, y, al mirar, el herrero no supo decidir dónde posar la vista: tal era la multitud de damas ataviadas con trajes de raso de largas colas y de cortesanos con peluca y casaca bordada en oro. No podía sino sentirse deslumbrado, ¡y nada más!

De repente los zaporogos se postraron exclamando a una:

—¡Gracia, madre; gracia!

El herrero, sin darse cuenta, también se tiró al suelo con el mayor fervor.

—¡Levantaos! —ordenó una voz imperiosa y al mismo tiempo agradable.

Varios cortesanos, adelantándose, empujaron a los zaporogos para que se levantaran, pero estos exclamaron:

—¡No nos levantaremos, madre! ¡Aunque muramos no nos levantaremos!

Potemkin se mordía los labios, y al fin, acercándose a uno de ellos, le habló en voz baja e inmediatamente se levantaron todos.

Entonces el herrero se atrevió a levantar la vista y vio ante sí a una mujer de estatura mediana, más bien gruesa, con el pelo empolvado y de ojos azules. Tenía una cara afable e imperiosa, y toda ella conquistaba con esa fascinación que poseen las mujeres que son reinas.

—Su Alteza me prometió que hoy conocería a mi pueblo. Hasta ahora no lo vi jamás —dijo la dama de ojos azules, examinando con curiosidad a los zaporogos—. ¿Os encontráis a gusto aquí? —continuó, acercándose a ellos.

—¡Estamos muy bien, madre! Los comestibles son buenos, aunque los carneros no sean tan sabrosos como los de Zaporogie, pero ¿cómo no vivir venturosamente?

Potemkin se impacientaba al ver que los zaporogos no decían lo que les había enseñado, y entonces, comprendiéndolo uno de ellos, se levantó con un gesto digno.

—¡Venimos a pedirte gracia, madre! ¿En qué defendió tu fiel pueblo? ¿Estuvimos acaso alguna vez de acuerdo con los impuros tártaros? ¿Oramos

17 Potemkin fue uno de los favoritos de la emperatriz Catalina la Grande.

en consonancia con el pueblo turco? ¿Hemos traicionado, acaso, con la acción o con pensamiento? ¿Por qué caímos, pues, en desdicha? Primero nos dijeron que mandabas construir fortalezas contra nosotros; ahora nos han dicho que nos amenazan otras desventuras. ¿Cuál fue la culpa del ejército zaporogo? ¿Fue quizá la de guiar a tu armada cuando pasó el Perokop o tal vez es la de haber ayudado a tus generales cuando la matanza de tártaros de Crimea?

Potemkin guardaba silencio y, distraídamente, se limpiaba con un cepillo las sortijas de diamantes que adornaban sus manos.

—¿Qué es lo que pretendéis? —preguntó con inquietud Catalina.

Los zaporogos miráronse significativamente.

«Ahora es el momento, puesto que la zarina nos pregunta qué es lo que deseamos», dijo para sus adentros el herrero.

Y echándose al suelo:

—¡Majestad Imperial: perdonadme, no me déis al suplicio! ¡No quiero ofenderos, Majestad! ¿De qué están hechos los zapatitos que calzáis? Imagino que no habrá en ningún Estado del mundo un zapatero capaz de hacer otros semejantes. ¡Dios mío! ¿Qué pasaría si yo consiguiese unos como esos para mi mujercita?

La emperatriz soltó una carcajada; los cortesanos siguieron su ejemplo. Potemkin frunció el entrecejo, pero sin poder contener la risa, y los zaporogos daban codazos al herrero para volverle a la realidad, creyendo que había perdido el juicio.

—Levántate —dijo cariñosamente la emperatriz—. Si tanto deseas poseer unos zapatitos como estos, es fácil conseguírtelo. ¡Que le traigan inmediatamente los mejores zapatos, los que tienen bordados de oro! Me encanta, en verdad, esta sencillez. Ahí tenéis —continuó la zarina, fijando su mirada en una persona que se hallaba algo apartada de los demás, que tenía una faz redonda y pálida y cuya casaca modesta, con botones de nácar, denotaba que no era cortesana—: ¡un sujeto digno de vuestra ingeniosa pluma!

—¡Su Majestad Imperial me confunde! Sería necesario que viniese por lo menos un Lafontaine —contestó el hombre de los botones de nácar, haciendo una reverencia.

—He de deciros con franqueza que ahora estoy bajo el encanto de vuestro brigadier, y, además, ¡leéis tan acabadamente!... Sin embargo —continuó dirigiéndose otra vez a los zaporogos—, he oído decir que a los zaporogos no os está permitido casaros.

—Pero, ¡madre!, tú sabes bien que el hombre no puede vivir sin una mujercita —dijo entonces el zaporogo que estuvo de conversación con el herrero.

Este se asombraba de oírle apear el tratamiento a la zarina, cuando era hombre que tenía alguna ilustración y que sabía tratar a los superiores. Parecía como si por propia iniciativa se dirigiera a la zarina en el dialecto que se usa entre los mujiks. El herrero pensó para sus adentros que de seguro tenía sus razones para hablar así y que eran los zaporogos gente muy astuta.

—No somos monjes —seguía el zaporogo—; somos pecadores; nos atrae, como a todos, lo prohibido. Hay un cierto número, entre los nuestros, que tienen sus mujeres, solo que no viven con ellas en Zaporogie. Unos las tienen en Polonia, otros en Ucrania y algunos hasta en Turquía.

Entretanto, le trajeron al herrero los zapatitos.

—Jesús mío, qué riqueza de adornos! —exclamó lleno de gozo, cogiéndolos—. Pues si Su Majestad Imperial usa tales zapatitos, con los que, seguramente, patinará sobre el hielo, ¿cómo serán los piececitos? ¡Se me figura deben de ser como terrones de azúcar!

La emperatriz, que realmente tenía unos pies muy lindos, no pudo dejar de sonreír ante la cortesía del ingenuo herrero, el cual, con su traje de zaporogo, tenía, por otra parte, una apuesta figura, a pesar de su rostro tostado.

El herrero, animado ante tanta benevolencia, intentó hacer a la zarina varias preguntas: si era verdad que los zares no comían más que miel y tocino, y otras cosas por el estilo, pero, al ver que los zaporogos le llamaban la atención dándole golpecitos en la espalda, decidió callarse; y cuando la zarina se dirigió a los más ancianos para interrogarles sobre su modo de vivir y sus costumbres, el herrero, apartándose del grupo, se inclinó hacia el bolsillo donde tenía al diablo y le dijo en voz baja:

—¡Llévame inmediatamente lejos de aquí!

Y, de repente, se encontró fuera de la ciudad.

—¡Se ahogó! ¡Os aseguro que se ahogó! Que me quede inmóvil si no digo verdad —decía la gruesa esposa del tejedor a un grupo de mujeres de Dikanka que formaba corro en el centro de la calle.

—¿Soy acaso una embustera? ¿Robé a alguien una vaca? ¿Di mala sombra a algunas para que no se tenga fe en mis palabras? —gritaba una mujer que llevaba una pelliza de cosaco y que tenía la nariz amoratada—. ¡Que no me sea posible tragar siquiera un sorbo de agua, si la vieja Pereperchija no vio con sus propios ojos ahorcarse al herrero!

—¿Que se ha ahorcado el herrero? ¡Valiente cosa! —dijo el alcalde, que en aquel momento salía de casa de Chub y se abrió paso entre el grupo de charlatanas.

—Di, más bien, que te es imposible tomar un sorbo más de aguardiente, ¡vieja borracha! —contestó la mujer del tejedor—. ¡Se necesita estar loco para ahorcarse! ¡Se ha tirado al río, se ahogó en la brecha![18] Estoy tan segura de esto como es cierto que tú sales en este mismo instante de la taberna.

—¿No te da vergüenza echarme en cara esto? —repuso, llena de ira, la mujer de la nariz amoratada—. ¡Imbécil, más valdría que te callases! ¿Crees que ignoro que el diácono te visita todas las noches?

La mujer del tejedor se puso muy colorada.

—¿El diácono? ¿A quién visita el diácono? ¿A qué viene ahora inventar mentiras?

—¿El diácono? —dijo la mujer de este, que vestía una pelliza de paño azul forrada de piel de conejo, acercándose a las que reñían—. ¿Cuándo aprenderéis a no nombrarlo? ¿Quién es la que tiene que decir algo en contra suya?

—Es esta quien recibe su visita —dijo la de la nariz amoratada, señalando a la mujer del tejedor.

—¿Conque es a ti, perra? —dijo la mujer del diácono abordándola—. ¿Conque eres tú, bruja, la que le hechizas dándole a beber drogas para que vaya a verte?

18 Agujero grande que se hace en el río helado para poder sacar agua durante el invierno.

—¡Déjame en paz, demonio! —gritó la tejedora, echándose hacia atrás.

—¡Fuera, bruja maldita, y que no consigas nunca verte con hijos! ¡Libertina! ¡Uf!

Y la mujer del diácono le escupió en el rostro.

Esta quiso hacerle otro tanto, pero, como el alcalde se había ido acercando para seguir más al pie de la letra la disputa, recibió en sus barbas lo que iba destinado a la cara de la otra.

—¡Ah, puerca! —gritó, secándose la cara con el faldón de la pelliza y, al mismo tiempo, levantó el látigo.

Este gesto hizo que las demás huyeran, profiriendo injurias, cada una por su lado.

—¡Valiente porquería! —continuó el alcalde frotándose—. ¿Será verdad que el herrero se haya ahogado? ¡Qué lástima, Dios mío! Era un pintor notable, y ¡qué cuchillos y qué arados tan resistentes sabía hacer! ¡Valiente hombre forzudo! En realidad —dijo, siguiendo en sus reflexiones— no hay muchos como él en la aldea. Por eso, aun dentro del maldito saco, pude advertir que el pobrecito estaba de un humor de perros. ¡Infeliz! ¡Hace un momento que vivía entre nosotros y ya no existe! ¡Y yo que necesitaba que herrase a la yegua!

Y embargado por estos pensamientos cristianos se encaminó lentamente hacia su casa.

Oksana perdió la serenidad al saber la noticia. No tenía gran fe en lo que los ojos de la vieja Pereperchija hubiesen podido ver, ni tampoco se fiaba de lo que pudieran charlar entre sí las comadres; creía más en la fe cristiana del herrero, que, como sabemos, era un hombre muy piadoso, y no le creía capaz de cometer una acción semejante, que comprometía la salvación de su alma. Pero ¿y si se había marchado con el propósito firme de no volver jamás a poner los pies en la aldea?

¡Sería tan difícil que ella pudiera encontrar, por otra parte, un mozo como él y que la quisiese tanto! Él había soportado sus caprichos con más paciencia que ninguno. La linda muchacha estuvo revolviéndose durante toda la noche bajo la ropa de la cama, inquieta y sin poder conciliar el sueño; destapábase y quedaba en una encantadora desnudez que la oscuridad de la noche velaba aun a sus propios ojos. Se acusaba casi en voz alta y luego, conteniéndose, decidía no volver a pensar más en lo pasado, pero, aunque se proponía olvidar, seguía pensando y su cuerpo ardía. Al amanecer, se confesó que estaba locamente enamorada del herrero.

Chub no demostró ni alegría ni pesar al conocer la suerte de Vakula. Sus pensamientos estaban ocupados en otra cosa: no podía, en manera alguna, olvidar la traición de Soloja, y hasta soñando le reprochaba su conducta.

Amaneció al fin, y la iglesia estaba, desde las primeras horas de la madrugada, llena de fieles. Las viejas llevaban sobre la cabeza sendos pañuelos blancos y vestían capotes del mismo color. Al entrar persignábanse con unción. Las nobles llevaban chaquetas amarillas, verdes, y alguna que otra hasta la llevaba azul, bordada en oro. Estas se colocaban en primer término. Las cabezas de las mozas ostentaban tal profusión de cintas que enteramente parecían escaparates, y también se habían adornado el cuello con gran cantidad de collares y cruces y monedas. Ellas procuraban aproximarse todo lo posible al altar. Pero los que iban siempre delante eran los nobles y mujiks de robustos cuellos, mechones, largos bigotes y barbas recién afeitadas.

En su mayoría llevaban pellizas bajo las cuales dejaban entrever los capotes blancos y azules. En todos los rostros se reflejaba la alegría de los días de fiesta. El alcalde se relamía de gusto, pensando en el rico salchichón que le servirían para el desayuno. Las mozas pensaban en lo que se divertirían con los muchachos cuando corriesen sobre el río helado. Las ancianas, con más ahínco que nunca, musitaban sus oraciones. En todo el templo se oía el chocar de la cabeza del cosaco Sverbigus contra el pavimiento: ¡tan profundas eran las reverencias que hacía! Solo en Oksana se había operado un cambio radical. Oraba como una autómata, porque su corazón estaba oprimido por mil pensamientos, cada cual más triste y angustioso. En su lindo rostro se reflejaba toda esta agitación que, luego, dejaban ver bien a las claras las lágrimas que resbalaban por sus mejillas. Sus amigas, ante su actitud, eran incapaces de comprender qué podría sucederle, y ni por asomo sospechaban que el herrero fuese el causante de tanto trastorno.

Pero no solo ella le echaba de menos, pues todos notaron su falta en la fiesta, que decaía un poco, ya que el diácono, después de la estancia en el saco, estaba ronco y le temblaba la voz, que apenas podía sacar del cuerpo; bien es verdad que su pariente, el que provenía del coro arzobispal, lanzaba de vez en cuando profundas y potentes notas, mas hubiese sido mucho más agradable, como en años anteriores, oír la voz del herrero que, siempre, al iniciarse el paternóster, subía al coro y empezaba a cantar, con cadencia que aprendió en Poltava. Además, a él le había sido encomendado el cargo de mayordomo de la iglesia. En esto acabó la misa del alba y luego la mayor.

¡Qué extraño! ¿Dónde se habría metido el herrero?

El diablo aceleró aún más el vuelo en las últimas horas de la madrugada, cuando volvía, con Vakula a cuestas, a la aldea. Así es que este en un abrir y cerrar de ojos se encontró junto a su cabaña. En aquel momento se oyó el canto del gallo.

—¿Adónde vas? —exclamó el herrero cogiendo al demonio por el rabo, al ver que quería huir—. ¡Aguarda, amiguito; aún no acabó esto, que no te di las gracias!...

Y cogiendo una rama seca le dio con ella tres fuertes azotes que le hicieron correr como si fuera un mujik que huyese del castigo de un policía. Así es que, en vez de lograr la perversión y de engañar al herrero, fue este quien engañó al enemigo de la especie humana.

Después de despedir al diablo, entró Vakula en el establo, cubriose con heno y se quedó dormido. No despertó hasta el mediodía, y al ver que el sol estaba ya tan alto se inquietó, pensando que había dejado pasar la hora de la misa.

Le entró gran desaliento entonces, pues imaginó que Dios le quería castigar por la intención que tuvo de pecar, perdiendo así su alma y que, tal vez por lo mismo, le había hecho caer en aquel letargo que le hizo perder la solemne fiesta religiosa.

Pero al poco rato se fue tranquilizando e hizo propósito de confesárselo todo, la semana siguiente, al padre Condrat, y, mientras tanto, aquel mismo día empezaría la penitencia de hacer cincuenta reverencias diarias, y así durante un año. Miró dentro de la cabaña y vio que estaba desierta. Seguramente su madre no había vuelto aún.

Sacó cuidadosamente los zapatitos que traía escondidos dentro del pecho, y otra vez admiró el magnífico trabajo bordado. Recordó entonces con asombro el incidente de la noche anterior. Lavose la cara, se vistió con las mejores prendas que tenía, poniéndose el traje que recibió de los zaporogos. Sacó después del arca un gorro de pieles de Rechetilov, que tenía la copa azul y que jamás se puso desde que lo compró en Poltava; luego sacó una faja de colores abigarrados, y todo lo colocó en un pañuelo, junto con el látigo; y, hecho esto, encaminose hacia la cabaña de Chub.

Este abrió desmesuradamente los ojos al verle aparecer, y no sabía qué era lo que le causaba más extrañeza: si la resurrección del herrero o el que se atreviese a trasponer el umbral de la puerta. También le llenaba de asombro el verle con aquellas ricas galas de zaporogo. Pero su asombro llegó al colmo cuando vio que Vakula, desatando el pañuelo que traía, puso ante sus ojos el flamante gorro, la faja sin igual, y que luego, echándose al suelo, exclamaba con voz suplicante:

—¡Perdóname, padre: no te enfurezcas! Ahí tienes el látigo para que me pegues cuanto tu corazón te dicte. Ya ves que soy yo mismo el que me entrego, al estar arrepentido de todo lo que te pude ofender. Perdóname, puesto que fraternizaste tanto con mi difunto padre y ambos comisteis antaño pan y sal reunidos y luego brindasteis por esa hermandad.

Chub contemplaba con oculta satisfacción al herrero, a aquel hombre que nunca se doblegó ante nadie en la aldea y que era capaz de torcer con sus dedos las monedas de cobre y las herraduras como si fuesen de masa de pan; al mismísimo herrero, que era a quien veía tendido a sus plantas. Para no perder autoridad Chub tomó el látigo y le pegó por tres veces en la espalda.

—¡Toma, pues! ¡Con esto te basta; levántate ya! Así aprenderás a ser siempre respetuoso con los ancianos. Quede olvidado cuanto pasó entre nosotros. Y ahora dime: ¿qué es lo que deseas de mí?

—¡Dame, padre, por esposa a tu Oksana!

Chub se quedó un poco pensativo; luego miró el gorro y la faja. Si el primero era una maravilla, la segunda no le iba a la zaga. Recordó la traición de Soloja, y entonces resueltamente dijo:

—¡Bueno, mándame los testigos!

—¡Oh! —exclamó Oksana apareciendo en el umbral de la puerta.

Advirtiendo al herrero, clavó en él sus ojos, asombrados y llenos de júbilo.

—Mira los zapatitos que te traje —le dijo él—: son los mismos que usaba la zarina.

—No, ya no necesito zapatitos —dijo ella haciendo ademán de protesta y sin apartar de él sus ojos—. Sin necesidad de zapatitos, yo... ya...

Y llena de rubor quedó en suspenso.

Entonces el herrero se le acercó, la cogió suavemente de un brazo y ella bajó los ojos. Nunca la había visto tan hermosa como entonces, y el subyugado joven la besó dulcemente. Ruborizase ella todavía más, aumentando así aún en belleza.

Una vez que el arzobispo atravesó Dikanka, alabó la situación geográfica de la aldea y al pasar por una de las callejas hizo parar su carruaje ante una cabaña acabada de construir.

—¿A quién pertenece esta bella cabaña pintada? —preguntó Su Eminencia a una hermosa mujer que se encontraba junto a la puerta y que tenía un niñito en brazos.

—Es del herrero Vakula —dijo Oksana, haciéndole una reverencia, pues no era otra sino ella la mujer que tenía en brazos al niño.

—¡Precioso trabajo el suyo! —dijo el arzobispo, examinando puertas y ventanas. Estas realzaban su marco con un color rojo muy vivo, y, en las puertas, habíase entretenido su dueño en pintar varios cosacos a caballo y fumando en sus pipas.

Pero aún hubo de elogiar más el arzobispo a Vakula, cuando supo que no solo cumplió la penitencia que le impuso su confesor, y que consistía en pintar, de balde, toda la nave izquierda del templo —la pintó de verde con flores rojas—, sino que, en el muro lateral izquierdo según se entra, pintó, además, al diablo en el infierno, dándole un aire tan feo y desagradable que, todos, al pasar ante la pintura aquella, sentían repugnancia; y las mujeres de la aldea, cuando uno de sus hijos hacía algo malo o lloraba, lo llevaban ante el cuadro diciéndole:

—¡Mira, mira qué ogro!

Y el niño cesaba de llorar, miraba con susto al cuadro y se apretujaba contra su madre.

LAS TRES MISAS REZADAS

ALPHONSE DAUDET

1

CUENTO DE NAVIDAD

—Garrigou, ¿dos pavos trufados?

—Sí, reverendo, dos hermosos pavos atiborrados de trufas. Y lo sé porque yo mismo ayudé a rellenarlos. La piel estaba tan tensa que parecía que iba a romperse mientras se asaban...

—¡Jesús María, con lo que me gustan las trufas! Garrigou, deprisa, dame la sobrepelliz. Los pavos, ¿y qué más has visto en la cocina?

—¡Ay! Toda clase de suculencias. Desde las doce de la mañana hemos estado desplumando faisanes, abubillas, grévoles y urogallos sin parar. Las plumas volaban por todas partes... Después, del estanque llevaron anguilas, carpas doradas, truchas y...

—Garrigou, las truchas, ¿cómo de grandes?

—Así de grandes, reverendo. ¡Enormes!

—¡Ay, Dios! Creo estar viéndolas... ¿Has llenado la vinajera de vino?

—Sí, reverendo, he llenado la vinajera de vino... Pero, bueno, ese no tiene parangón con el que luego beberá cuando salga de la misa del gallo. ¡Si viera las jarras de vino de todos los colores expuestas en el comedor del castillo!

¡Y la cubertería de plata, los centros de mesa labrados, las flores, los candelabros...! Nunca se ha visto una cena de Nochebuena igual. El señor marqués ha invitado a todos los nobles de los alrededores. Como poco, serán unos cuarenta a la mesa, y eso sin contar al merino ni al tabelión... ¡Ay, reverendo, qué suerte tiene de estar entre ellos! Solo con oler los pavos, el aroma a trufa me persigue por todas partes... ¡Buaf...!

—Vamos, vamos, hijo mío. Guardémonos del pecado de la gula, sobre todo en la noche de la Natividad... Corre a encender los cirios y a tocar la primera llamada a misa; ya son casi las doce, no debemos retrasarnos.

Una Nochebuena del año de gracia de mil seiscientos y tantos, el reverendo don Balaguère, antiguo prior de los barnabitas y, por entonces, capellán a gaje de los señores de Trinquelage, hablaba así con Garrigou, su monaguillo, o, al menos, con quien él creía que era su monaguillo, pues han de saber ustedes que, esa noche, el demonio adoptó la cara redonda y los rasgos imprecisos del joven sacristán para tentar mejor al reverendo padre a cometer un pecado abominable de gula. Así pues, mientras el supuesto Garrigou —¡ejem!, ¡ejem!— repicaba con todas sus fuerzas las campanas de la capilla señorial, el reverendo terminaba de ponerse la casulla en la pequeña sacristía del castillo; y, mientras se vestía, ya excitado por las descripciones gastronómicas, repetía para sus adentros: «¡Pavos asados..., carpas doradas..., truchas así de grandes...!».

2

Entretanto

Fuera, el viento nocturno soplaba y dispersaba la música de las campanas y, al compás, aparecían unas luces en la oscuridad del monte Ventoux, en cuya cima se alzaban las antiguas torres de Trinquelage. Eran las familias de los aparceros que acudían al castillo a oír la misa del gallo. Subían la ladera cantando en grupos de cinco o seis, el padre siempre por delante, con un farol en la mano, y las mujeres envueltas en unos enormes mantos marrones, con los hijos apretujados a ellas para resguardarse. A pesar de la hora y el frío, caminaban alegremente; los animaba la idea de que, al salir de misa, se sentarían a mesa y mantel abajo, en las cocinas, como todos los años. De vez en cuando, por la subida empinada, la luz de la luna relucía en los cristales de la carroza de algún señor, precedida de unos lacayos con antorchas; o una mula trotando agitaba el cencerro, y, al tenue resplandor de los faroles envueltos en la bruma, los aparceros reconocían a su bailío y lo saludaban al pasar:

—¡Buenas noches, buenas noches, amo Arnoton!

—¡Buenas noches, buenas noches, hijos!

La noche era clara, el frío daba brillo a las estrellas; el viento del norte picaba y una cellisca fina, que resbalaba por la ropa sin mojarla, conservaba con fidelidad la tradición de la blanca Navidad. En lo más alto de la pendiente, el castillo aparecía como la ansiada meta, con su masa enorme de torres y fachadas, el campanario de la capilla alzándose en el cielo azul negruzco, y en las ventanas, sobre el fondo oscuro del edificio, multitud de lucecitas parpadeaban, iban, venían y se movían; parecían esas chispas que corren por las cenizas del papel cuando se quema.

Una vez pasados el puente levadizo y la poterna, para ir a la capilla había que atravesar el primer patio, lleno de carrozas, lacayos y sillas de manos, iluminado con el fuego de las antorchas y de los fogones en las cocinas. Se oía el tintineo de los espetones, el alboroto de las cacerolas, el entrechocar de la cristalería y los servicios de plata de los preparativos de una cena. Por encima, un vapor tibio, que desprendía el buen aroma de los asados y de las hierbas fuertes de las salsas elaboradas, provocaba que los aparceros y el capellán y el bailío y todo el mundo dijera:

—¡Vaya cena de Nochebuena nos espera después de misa!

3

Primera misa

¡Tilín, tilín! ¡Tilín, tilín!

Empieza la primera misa.

En la capilla del castillo —una catedral en miniatura con bóveda de crucería y una *boiserie* de roble que sube a la altura de las paredes—, están los tapices desplegados y todos los cirios encendidos. ¡Cuánta gente! ¡Qué atuendos! Primero, sentado en una de las sillas labradas del coro, el señor de Trinquelage, con traje de tafetán en color salmón, y, junto a él, todos los invitados de la nobleza.

Enfrente, en sendos reclinatorios tapizados de terciopelo, la anciana marquesa viuda, con un vestido de brocado en color fuego, y la actual señora de Trinquelage, con un tocado alto como una torre, de encaje encañonado, a la última moda de la corte de Francia. Detrás, el bailío Thomas Arnoton y el tabelión letrado Ambroy, vestidos de negro, con amplias pelucas en punta y la cara afeitada; dos notas graves entre las sedas llamativas y los brocados de las señoras. A continuación, los mayordomos gruesos, los pajes, los capataces, la señora Barbe, con todas las llaves a un lado, colgadas de un llavero de plata fina. Al fondo, en los bancos, los oficios viles, criados y aparceros con sus familias. Y, por último, aún más atrás, junto a la puerta que entreabren y vuelven a cerrar discretamente, los señores marmitones que, entre salsa y salsa, van a recibir un poco de aire de la misa y aportan el olor de la cena de Nochebuena a una iglesia en fiesta que templan los cirios encendidos.

¿Qué distrae al oficiante?, ¿esos gorritos blancos o será la campanilla de Garrigou? Esa endiablada campanilla que se agita al pie del altar, con una prisa infernal, como diciendo todo el tiempo: «Rápido, rápido... Cuanto antes acabemos, antes nos sentaremos a la mesa».

Lo cierto es que cada vez que tintinea la maldita campanilla el capellán olvida la misa y solo piensa en la cena. Se imagina a los cocineros ajetreados, los hornos con la lumbre de fragua ardiendo, el vapor que sube de las tapaderas y entre el vaho caliente dos hermosísimos pavos rellenos, tensos y vetados de trufas... O, también, cómo pasan los pajes en fila con los platos humeantes de efluvios tentadores y cómo él entra con ellos en el gran comedor, ya preparado para el festín. ¡Qué exquisiteces! La mesa inmensa, completamente llena y resplandeciente, los pavones con sus plumas, los faisanes con las alas cobrizas desplegadas, las frascas de color rubí, las pirámides de fruta esplendorosa entre su ramaje verde y los pescados maravillosos de los que hablaba Garrigou —¡ah!, ¡pues sí, Garrigou!— extendidos sobre un lecho de hinojo, con las escamas nacaradas como si salieran del agua con una ramita de hierba aromática en las narinas monstruosas. La imagen es tan vívida que a don Balaguère le parece que todos esos platos impresionantes están servidos delante de él, en el mantel bordado del altar y, dos o tres veces, en lugar de *Dominus vobiscum,* se sorprende pronunciando el benedícite.

Al margen de esos pequeños lapsus, el digno hombre despacha el oficio muy concienzudamente, sin saltarse ni una línea hasta el final de la primera misa, pues sabrán ustedes que, en Nochebuena, el mismo oficiante debe celebrar tres misas consecutivas.

«Y va una», piensa el capellán con un suspiro de alivio. Luego, sin perder ni un minuto, le hace una señal al monaguillo, o al que cree que es su monaguillo, y...

4

Segunda misa

¡Tilín, tilín! ¡Tilín, tilín!

Empieza la segunda misa y, con ella, también el pecado de don Balaguère.

—Rápido, rápido, deprisa —le grita la campanilla de Garrigou con su vocecilla desagradable. Esta vez, el desafortunado oficiante, completamente entregado al demonio de la gula, se abalanza al misal y devora las páginas con la avidez que le provoca un apetito calenturiento.

Se inclina y se levanta frenéticamente, hace un ademán de señal de la cruz, las genuflexiones, abrevia todos los gestos para terminar antes. En la lectura del Evangelio, casi no extiende los brazos, se golpea el pecho en el confíteor. A ver quién farfulla más rápido, si el monaguillo o él. Los versículos y las respuestas se precipitan, se empujan. Pronuncian las palabras a medias, sin abrir la boca, tardarían demasiado, y las acaban en murmullos incomprensibles.

—*Oremus ps... ps... ps...*

—*Mea culpa... pa... pa...*

Los dos chapotean en el latín de la misa, como vendimiadores apresurados pisando las uvas en la cuba, que salpican por todas partes.

—*Dom... scum...* —dice Balaguère.

—*... Stutuo...* —responde Garrigou.

Y todo el tiempo la maldita campanilla está ahí, tintineando en sus oídos, como esos cascabeles que les ponen a los caballos de posta para que galopen más rápido. Ya imaginarán que, a ese paso, una misa rezada se ventila rápidamente.

—¡Y van dos! —dice el capellán sin aliento.

Luego, sin perder tiempo ni para respirar, baja corriendo los escalones del altar enrojecido, sudoroso y...

5

Tercera misa

¡Tilín, tilín! ¡Tilín, tilín!

Empieza la tercera misa.

Solo hay que dar unos pocos pasos más para llegar al comedor, pero, por desgracia, el desdichado Balaguère se siente presa de una impaciencia y una gula enloquecedoras. Las visiones se agravan, las carpas doradas y los pavos asados están allí mismo, ahí... Los toca. Los..., ¡ay, Dios!, los platos humean, los vinos aroman y la campanilla, sacudiendo su rabioso cascabel, le grita:

—¡Rápido, rápido, aún más rápido...!

Pero ya casi no mueve los labios ni pronuncia las palabras, no puede ir más rápido, a no ser que engañe completamente a Dios y le escamotee una misa. Y el desgraciado es lo que hace. De tentación en tentación, empieza por saltarse un versículo, luego dos. Después, la epístola es demasiado larga, no la termina, roza el Evangelio, pasa por delante del Credo sin entrar, se salta el padrenuestro, saluda de lejos el prefacio y así, a grandes

zancadas, se precipita hacia la condena eterna, siempre con el infame Garrigou detrás —*vade retro*, Satanás—, secundándolo en perfecta armonía: le quita la casulla, pasa las páginas de dos en dos, empuja el atril, derrama las vinajeras y agita la campanilla sin parar, más y más fuerte, más y más rápido.

¡Hay que ver la cara perpleja de todos los presentes! Se ven forzados a seguir por la mímica del sacerdote una misa de la que no entienden ni una palabra: unos se levantan y otros se arrodillan; cuando se sientan, otros están de pie, y todas las fases de este oficio singular se mezclan en los bancos en un montón de actitudes diferentes. Y, cuando la estrella de Navidad, en ruta hacia el establo allá por los caminos del cielo, ve esa confusión, palidece de horror.

—El padre va demasiado rápido... No podemos seguirlo —murmura la anciana viuda, moviendo el tocado, aturdida.

El bailío Arnoton, con unos grandes anteojos de acero sobre la nariz, busca en el misal por dónde diantres van. Pero, en el fondo, a esa buena gente, que como el capellán solo piensa en cenar, no le molesta que la misa vaya a ese ritmo; y cuando don Balaguère, con la cara radiante, se vuelve hacia los feligreses gritando con todas sus fuerzas «*Ite, missa est*», la capilla a una responde un «*Deo gratias*» tan alegre, tan animado, que parece que ya están todos sentados a la mesa, brindando por la cena de Nochebuena.

6

El castigo

Cinco minutos después, los nobles se sentaban en el gran comedor del castillo con el capellán en medio. El castillo, iluminado de arriba abajo, retumbaba con los cantos, los gritos, las risas y el ajetreo; el venerable don Balaguère hincaba el tenedor en el ala de un grévol y ahogaba los remordimientos de su pecado con un raudal de vino Châteauneuf-du-Pape y buen jugo de carne. El pobre santo varón comió y bebió tanto que murió esa misma noche de un ataque terrible, sin tiempo para arrepentirse; luego, por la mañana, llegó al cielo aún con el humor festivo de la noche anterior. Figúrense ustedes cómo lo recibieron.

—¡Quítate de mi vista, mal cristiano! —le dijo nuestro Señor, juez soberano—. Tu pecado es lo suficientemente grave como para superar toda una vida virtuosa. ¡Ay, me has escamoteado una misa del gallo...! Bien, como penitencia, dirás trescientas misas y no entrarás en el paraíso hasta que hayas celebrado en tu propia capilla esas trescientas misas del gallo delante de todos los que pecaron por tu culpa y contigo...

7

Y ESTA ES...

Y esta es la auténtica leyenda de don Balaguère, según la cuentan en el país de los olivos. En la actualidad, el castillo de Trinquelage ya no existe, pero la capilla aún está en pie en lo más alto del monte Ventoux, en un bosquecillo de encinas. El viento bate la puerta desvencijada, la hierba invade la entrada, hay nidos en las esquinas del techo del altar y hace tiempo que desaparecieron las vidrieras de los ventanales. Sin embargo, se dice que todos los años, en Nochebuena, una luz sobrenatural vaga entre sus ruinas, y los campesinos, cuando van a las misas y las cenas de medianoche, ven el espectro de la capilla iluminado con cirios invisibles que arden a la intemperie, incluso bajo la nieve y el viento.

Ríanse ustedes si quieren, pero un viñador del lugar que se llama Garrigue, probablemente descendiente de Garrigou, me aseguró que una Nochebuena estaba un poco piripi y se perdió en la montaña cerca de Trinquelage. Y esto es lo que vio.

Hasta las once de la noche, nada. Todo en silencio, oscuro, tranquilo. De pronto, hacia las doce, un carillón sonó en lo alto del campanario, un carillón muy muy antiguo, que parecía estar a diez leguas. Y, enseguida, Garrigue vio temblar unas llamas y moverse unas sombras borrosas por el camino que sube. En el pórtico de la capilla, esas sombras se movían y decían en voz baja:

—¡Buenas noches, buenas noches, amo Arnoton!

—¡Buenas noches, buenas noches, hijos!

Después de que todo el mundo entrara, el viñador, que era un hombre muy valiente, se acercó despacito y, cuando miró por la puerta desvencijada, se encontró con un espectáculo extraordinario. Toda la gente que había visto pasar estaba en fila en el coro y en la nave en ruinas, como si aún existieran los antiguos bancos: unas señoras elegantes con trajes de brocado y tocados de encaje, unos señores engalanados de arriba abajo y unos campesinos con levitas floreadas, igual que las de nuestros abuelos; todos con aspecto viejo, descolorido, polvoriento y extenuado. Todas esas luces habían despertado a unas aves nocturnas, residentes habituales de la capilla, y de vez en cuando revoloteaban alrededor de los cirios, cuyas llamas subían rectas y difusas como si ardieran detrás de una gasa. Lo que le pareció muy divertido a Garrigue fue un personaje con anteojos de acero que movía constantemente una peluca negra, en la que uno de los pájaros estaba posado, muy recto, completamente enredado, y batía las alas en silencio.

Al fondo, un viejecillo muy bajito, arrodillado en medio del coro, movía desesperadamente una campanilla sin cascabel, muda, mientras un sacerdote con una casulla de oro viejo trajinaba delante del altar recitando oraciones de las que no se entendía ni una palabra... Por supuesto, era don Balaguère diciendo la tercera misa rezada.

Felices

Władysław Reymont

—¿Va a tomar el té?, ¿se lo preparo?

—¿Y dónde está Mateusz?, ¿le has avisado?

—¡Si tiene días libres! Voló a casa de la novia por Nochebuena.

—Ah, es cierto. ¿Pero no están de nieve hasta las cejas?

—Es idílico, como de postal; nieva todo el tiempo, ¡pero la escarcha gruñe como un perro! —replicó una muchacha joven, que era la típica belleza campesina. Es decir, alta, de buena constitución, sonrojada como la luna nueva, con rasgos faciales regulares y unos enormes y resplandecientes ojos azules.

Acto seguido, se ajustó el pañuelo rojo que llevaba en la cabeza y sacudió con un atizador el montón de leña de la chimenea. No se atrevía a seguir hablando. Simplemente miraba de soslayo al hombre sentado junto a la ventana. Contempló con una mezcla de timidez y pena su rostro encorvado y seco, que parecía nublado por la tristeza. Era un rostro todavía joven, pero con una expresión totalmente pasiva, e incluso aturdida, tensa por la fatiga. Los ojos azules y taciturnos brillaban con desgana, como somnolientos. Había también cierta lentitud en sus movimientos, hija del desaliento.

—Marcysia, hazme una taza de té —dijo tras un largo silencio. Luego, la miró.

La muchacha bajó los ojos y dispuso con energía el samovar.

—¿Padre está en casa?

—No. El padrecito se fue al pueblo a comprar alguna cosilla para las fiestas.

—¿Hoy es Navidad? —volvió a preguntar.

—Ya es Nochebuena. ¿La pasa con los suyos?

—Me marcho, tengo que espabilar y todo.

Se levantó y empezó a recorrer la habitación. «Pero, si estoy de vacaciones, ¡me largo!», pensó mientras se tambaleaba por el suelo de arcilla.

—Me voy... de vacaciones... ¡Adiós! —dijo, y se detuvo de repente en medio de la habitación—. Ajá, iré con Józek, ¡él me lo pidió! —respondió, y empezó a beber el té.

Acabó el té apresuradamente y se vistió de forma casi frenética. A cada segundo miraba el reloj. Salió a la puerta de la casa, recorrió el cielo y la tierra con la mirada y se volvió hacia el otro lado de la cabaña, hacia sus anfitriones, con los que convivía e incluso había compartido mesa y mantel.

—¡Con Dios, señora Wawrzon! —dijo, tendiéndole la mano.

—¡Vaya usted con Dios! —replicó la anciana y, secándose la mano con el delantal, le apretó tímidamente la mano.

—¡Que sigas con salud, Marcysia!

La joven enrojeció y quiso despedirse de él con un beso en la mano, pero él se la retiró rápidamente.

—¿Cuándo llegará usted? —le preguntó la señora Wawrzon.

—Mmm, aún no lo sé con seguridad, pero probablemente por San Esteban. ¡Bueno, quédense con Dios!

—Hágase su voluntad, ¡buen viaje! —respondieron ambas, con una inclinación.

Fuera la nieve había cuajado, tanto que centelleaba y relucía bajo el sol. Una tupida capa cubría los árboles y las vallas con una pelusa plateada, que se agitaba como hacen las finas fibras sobre los tejados de paja. Los cables del telégrafo, que se extendían justo detrás de la cabaña de los Wawrzon, en paralelo a la vía ferroviaria, parecían gruesas bolas de algodón retorcidas y zumbaban con un quejido sordo y astillado. Entró en la planta e inmediatamente le salió a su encuentro un ferroviario.

—¿Por qué no me suelta para la misa del gallo? Mi mujer me puede sustituir en el cruce —pidió con humildad.

—Bien.

—Por favor, señor, dos avecillas se estrellaron con los cables, Ploszka las encontró y nos las trajo.

—Tráemelas y dile a la señora Wawrzon que las devuelva a la nieve.

Recorrió la planta. La nieve había cubierto con una capa blanca tanto los campos como las zanjas y las plantaciones. Tan solo destacaban cuatro vías azuladas y relucientes de la vía férrea que discurrían en línea recta. Los árboles y arbustos que crecían por encima del ferrocarril se doblaban bajo la gruesa capa de nieve. Alrededor no había un alma: tres cuartos del horizonte estaban cercados por densos bosques azulados de amplias dimensiones, y en el resto se veían los pueblos a lo lejos, como aplastados bajo el peso de la nieve. Un inmenso silencio reinaba en el aire. Tan solo los cuervos graznaban mientras planeaban en pos de alimento, separándose repentinamente con un grito. A veces, una bandada de perdices se elevaba con un chirrido y luego se desplomaba sobre las enormes piedras esparcidas por unos campos que parecían pajares. Caminó deprisa, pues aún le quedaban cinco verstas[1] hasta la estación. Pasó junto a las casetas rojas de los cocheros. Estos permanecieron muy erguidos, no en vano se encontraban de servicio, mientras él los recorría impacientemente con la mirada.

Los trenes de mercancías pasaban a su lado tan silenciosamente como si flotasen en el aire sin rozar los raíles, esparciendo una larga nube de humo condensado y rosáceo, que formaba una niebla espesa sobre el aire en calma.

Llegó a la estación cansado. Aún le quedaba una hora hasta que partiese su tren.

En el despacho del jefe de estación, encontró solo al oficial de guardia ante el telégrafo.

---

1 Unidad de longitud rusa que equivale a 1 067 metros. *(N. de la t.)*

—¿Qué?, ¿estás solo? —preguntó, después de saludar.

—Todos se han ido a Witkowski a por las obleas; volverán en otro expreso.

—¡Ah! A por las obleas... —susurró, sentándose silenciosamente en la cheslón. Después de un rato, se preguntó a sí mismo con sinceridad: «En realidad, ¿adónde voy a ir por Navidad? ¿Adónde?».

Hacía un mes que un colega le había pedido que se reuniera con él por Navidad; aún tenía que escribirle para confirmar, pero no lo había hecho. Y él se había preparado tanto, se había imaginado pasarla allí con tan buen ánimo, que no había caído en la cuenta de que su colega no había renovado la invitación por carta. Así, él solo había hecho un esfuerzo por librar y ahora tenía que irse. Y, sin embargo, la incertidumbre le hacía vacilar, e incluso una especie de vergüenza se apoderó de él.

«¿Por qué no me habrá escrito? —pensó cada vez más molesto—. Quizá es que no quiere...».

—Oiga, usted. Ya han llegado las damas y los caballeros. Movilícese.

—Stanisław, sustitúyame al aparato un rato; pasaré rápidamente por casa a saludar, compartiremos las obleas de la cena de Navidad y regresaré de inmediato —le pidió el telegrafista.

—Bien. —Inmediatamente se sentó en el puesto—. Claro, ¿pero adónde iré por Navidad? ¿Con quién? —se susurró a sí mismo, y lentamente una sorda soledad le anegó toda su alma—. ¿Adónde iré por Navidad? —Sus pensamientos recorrieron el ancho mundo, pero no había ningún punto en el que pudiera encontrarse a sí mismo, ningún lugar al que ir, ningún alma cándida esperándole. Nada, el vacío era total.

El telégrafo empezó a funcionar con rapidez, así que él hizo saber que estaba presente. Sacó la cinta de papel y leyó: «Saludos cordiales para todos desde Bolimów».

«Quizá Józiek solo me invitaba por cortesía», pensó.

—Equipaje, los adornos del árbol de Navidad número 1 247, transporte número 112, guardar y devolver —gritó de nuevo el aparato. Stanislawn leía, anotaba, contestaba, pero sentía cada vez más dolorosamente en su cerebro que no tenía adónde ir y pensaba amargamente que todo el mundo se unía hoy, que tantos corazones extraían felicidad en este día de candor familiar.

Tan solo él estaba solo, completamente solo, ajeno a la alegría y el júbilo de aquel día solemne.

—Todo lo de los vagones de pasajeros, incorporarlo al tren número 7 —gritó el telégrafo de nuevo.

«¡Menudo gentío! Viajan todos por Nochebuena», pensó con una especie de celos silenciosos, pero de nuevo el aparato empezó a traquetear:

—¡Mamá! Sorpresa, llegamos esta noche con toda la pandilla. Hala, prepara dulces y encarga cosas buenas, Władek.

Pasó a máquina el telegrama y lo envió enseguida a través de un mensajero. En la oficina reinaba el silencio, que solo interrumpía el tictac monótono del reloj: ¡tic, tac; tac, tac!

—¡Mamá, mamá! —transmitía Stanislaw con cierto cariño, y en su alma era como si una cuerda de algún tipo de pena se tensara y crispase, débil, pero dolorosamente…

El telegrafista entró, con la cara enrojecida de alegría, le contó rápidamente lo suyo y se puso a trabajar. Kubicki volvió a sentarse en la *chaise longue* y guardó silencio.

—¡Que se va tu expreso! —le espetó el telegrafista.

Kubicki selló sus billetes en taquilla y se dirigió al andén.

Llegó el tren y la tranquila estación se inundó de bullicio a medida que desembarcaban masas de pasajeros; otros tantos esperaban en el andén. Kubicki observó los cálidos saludos y los besos; oía bien los gritos de alegría, así que apretó aún más los labios y subió al tren. Este estaba absolutamente abarrotado. Recorrió los vagones, pero en todas partes había un gentío indescriptible.

Por todas partes había mujeres, niños, bultos, paquetes, caras sonrientes, siluetas engalanadas y bulliciosas. Todo el mundo hablaba con los ojos chispeantes de alegría y todas las bocas reían expectantes.

Finalmente, se detuvo en el mirador del último vagón y, cuando el tren ya estaba en marcha, bajó de un salto y se quedó.

—¡Que me parta un rayo! El perro al menos tiene una caseta y un amo, mientras que yo… —siseó enfadado, se fue al bufé y bebió un vaso tras otro.

Varios conocidos entraron, se saludaron, intercambiaron algunas palabras de cortesía y se marcharon; él se quedó sentado, porque en el fondo de su corazón tenía alguna esperanza escondida de que tal vez alguien lo invitara a su cena de Nochebuena..., pero nadie se lo pedía.

El sol ya se había puesto rojo por el oeste cuando se levantó, compró otra botella de vodka y varias naderías en el bufé, y volvió a entrar en casa.

Cuando llegó a su asiento, las nieves se habían oscurecido, mientras los ópalos centelleaban con violencia y el oeste se cubría de oro y púrpura. Pero él no prestaba atención a nada ni veía nada..., excepto que estaba absolutamente solo en el mundo.

Aunque el matrimonio Wawrzon lo miró con asombro, él no dijo ni pío. Al contrario, agarró la llave y se dirigió a su habitación. Se arrojó, ya de pie, sobre la cama y se tumbó cuan largo era. Las horas discurrían perezosamente, mientras él permanecía tumbado, incapaz de hacer frente al dolor, de superar aquella inmensa añoranza ni tampoco la pena que lo desgarraba.

Se retorcía en aquel lecho de agonía, estirando los brazos como pidiendo ayuda, suplicando con sus labios febriles algún tipo de misericordia, pero el tormento continuaba, la orfandad continuaba..., y no había piedad. Una penumbra verdosa y rojiza se colaba en la habitación a través de las ventanas esmeriladas, parecía como si lo fagocitara, catapultándolo al olvido. Empezó a recordar todos sus años errantes, fragmentos de su vida pasada, la eterna miseria del vagabundo, su persona arrojada de un rincón a otro del país y su último destino de cuatro años en el ferrocarril. Llevaba cuatro años merodeando por las vías de hierro en un trabajo que era miserable para cualquiera, mientras que él lo consideraba un lugar bendito, porque había pasado cuatro años en paz. Hasta le parecía que ya había acabado su penoso destino. Aquello le sentaba bien. Se entendía bien con los lugareños y se acostumbró a vivir por su cuenta muy deprisa: evitaba tanto a sus amigos de antes como la ciudad misma. De hecho, no iba a ninguna parte, porque, había que reconocerlo, tampoco tenía a nadie a quién visitar. Solo pensaba a veces con miedo en que se lo llevaran de aquí y lo enviaran al otro extremo de la línea. Los campesinos lo trataban con amabilidad, porque era bueno con los trabajadores, y de hecho él mismo se sentía atraído por el campo y sus gentes.

En cierta forma, se había olvidado por completo de aquel otro mundo, de la otra gente y de su soledad. Pero aquel día le escocieron sus heridas casi secas; le embargaba el dolor de constatar que estaba solo en el mundo, pues no tenía familia ni amigos, ni un solo corazón compasivo... ¡Solo!

Sus pensamientos se precipitaron al mundo, como si buscaran un corazón y un alma cercana, pero cayeron como telas rasgadas con tanta virulencia que gimió pesadamente... ¡Solo! Empezó a dar vueltas por la habitación para amortiguar sus emociones y rompió a llorar, lo que inundó su corazón de una oleada de sufrimiento tan aguda y mordaz que gimió y se apretó el pecho, porque parecía que iba a estallarle de tanto sollozar... El tormento continuaba y lo sacudía, dejándolo casi inconsciente.

Mientras la oscuridad del atardecer llenaba la habitación de un polvo esmeralda, se extinguían las brasas en el fogón. A través de la ventana, se veía el vasto mundo helado, sumido en un gran silencio y quietud.

—¡Solo! ¡Solo en el mundo, sin hogar, abandonado como un perro! ¡Que me parta un rayo! ¡Que me parta...! —dijo casi a voz en cuello, y sintió una oleada tan repentina de dolor por la soledad, una desesperación tan infinita que cayó sobre la cama y se rompió en un llanto inmenso y varonil, que le desgarró el corazón en pedazos, quemándolo como el fuego cuando consume y duele, duele, duele.

El silencio lo rodeaba todo y era gris, solo el llanto espasmódico rasgaba el aire con la veta sangrienta de una desesperación inconsolable. La pena fluía con una queja inmensa hacia el infinito.

—¡Oiga, mozo! —susurró Wawrzon en voz baja.

Kubicki se levantó de la cama y miró al campesino con ojos trémulos.

—Venga con nosotros esta Nochebuena; mi mujer ya se ha esmerado lo suyo. No es ninguna oferta desdeñable. Al fin y al cabo, siempre es más agradable cenar con paisanos, aunque sea un convite pequeño, que quedarse solo.

—¡Ah..., bueno..., bueno! —no podía decir nada más por la emoción que le embargaba.

«Qué bondadoso, bueno...», pensó con sincera gratitud, y cruzó al otro lado de la habitación.

Marcysia se hallaba fuera del vestíbulo, buscando la primera estrella.

Menudo silencio... Con el cielo sereno y oscurecido por las espirales de la niebla, el espacio más blanquecino parecía tan infinito como incomprensible.

Por las ventanas titilaban las luces de las cabañas; a ratos, una grulla graznaba en un pozo, la nieve resonaba sobre la tierra o una teja o una valla chirriaban en medio de la escarcha, y, luego, de nuevo reinaba el silencio, extendiendo una dulce paz en el corazón.

—¡Eh! ¡Qué bien! Con cuánto espacio y paz se está aquí, ¿eh?

—Ya hay estrellas —susurró Marcysia al entrar.

Wawrzon se acercó a Kubicki con un plato de obleas. Empezaron el intercambio: las partieron, las figuras se inclinaron, los brazos se abrazaban mientras susurraban los labios. En los ojos, resplandecía la alegría de las almas creyentes y emparejadas.

En un rincón había una gavilla de centeno, y la señora Wawrzon colocó cuencos de patatas y sopa de remolacha con setas sobre el blanco mantel de la mesa. Se mandó callar a los niños, mientras una unción religiosa se extendía por todos sus rostros. Después de la sopa de remolacha con patatas, Marcysia sirvió el arenque cocido con harina en aceite, los champiñones fritos y la col con ciruelas, seguida de albóndigas de semillas de amapola. Por último, los bollos en aceite, ya que los campesinos no utilizan productos lácteos en Nochebuena. Todos comieron con bastante avidez. Tan solo Kubicki no podía tragar, pues la emoción lo ahogaba.

—Por favor, señor, ¡qué desplante dejar comida en el cuenco! —pidió Wawrzon.

—No es un alimento noble, pero las gentes de buen corazón deben dar buena cuenta —añadió la anciana.

—Gracias, ¡nunca olvidaré lo buenos que han sido conmigo...!

—Bueno, usted también pone de su parte: ninguno de los nuestros no sería mejor ni más simpático. Ya es como de la familia.

—Soy auténtico, pero tan persona como cualquiera de los que se sientan a esta mesa. Y, la verdad, me siento mejor entre ustedes, bastante mejor...

Se calló, aunque cada vez notaba más el calor y el silencio. Parecía como si la amargura, la pena y la soledad se disiparan por el bosque. Sintió que ahora se encontraba muy a gusto, y que estaba, por así decirlo, con sus hermanos y hermanas... Aquel grillo, que gorjeaba tras la chimenea; aquella mesa, aquellas gentes, aquel ambiente, aquel silencio alrededor, roto solo por el estrépito de las cercas y el ladrido de los perros y el rugido de los trenes que pasaban; aquellos ojos desbordantes de alegría, aquellas almas rebosantes de bondad... Todo esto le trajo a la memoria algunas viejas imágenes de la familia, durante su infancia, y le invadió una melancólica ternura.

Entonces, les sacó té, azúcar, vodka de su propia cosecha... En resumen: todas sus existencias.

—Tomad, queridos, tomad —susurró, sintiendo que les daría su alma si la quisieran. Entonces, Marcysia empezó a leer el nacimiento de Jesús según los Sagrados Evangelios. La señora Wawrzon estaba preparando el té y el anfitrión fumaba de una pipa corta y mecía con una pierna la cuna del más pequeño

—¡Diantre! ¡Dulce Jesús mío! —murmuraba a ratos la señora Wawrzon, retorciéndose las manos—. ¡Oh, pobreza sincera; oh, niño amado, nacido entre pajas, en un establo! ¡Semejante rey y en la miseria!

Kubicki solo escuchaba, languidecía cada vez más. No le irritaban sus rostros, ni sus exclamaciones ingenuas o sus ropas sencillas. Tampoco la lectura tosca de Marcysia, a la que él mismo había enseñado a leer. Todo lo contrario; se sentía como si hubiera crecido entre esas gentes y aquellas cuatro paredes, como si nunca se hubiera aventurado fuera de esa casita, y que era como ellos, pues empezaba a reaccionar igual, a conmoverse por la miseria de Jesús, y, de corazón, sentía la misma gran fe y el mismo gran amor por él, que había nacido en un establo.

Aquellas emociones eran tan buenas para él, tan dulces, tan apacibles que, a veces, se le pasaba por la cabeza un pensamiento. Entonces, recorría a Marcysia con la mirada y pensaba: «Me quedaré aquí... ¡Qué demonios! Me quedaré». Sentía aún más calor en su corazoncito, y algunos sueños y pensamientos vagos sobre la felicidad, la tierra y los suyos recorrían obstinadamente su cerebro. «¡Pero qué demonios, me quedo!».

Les agradeció calurosamente la cena de Nochebuena y se retiró a su cuarto. Andaba por la isba, meditabundo, y se decía a sí mismo una y otra vez: «¡Me quedo aquí!». Veía la casa del campesino y a la familia Wawrzon como su único refugio, y aquella vida futura se perfilaba ante él como una veta brillante, como campos cubiertos de césped primaveral, llenos de paz y tranquilidad. Los gallos empezaron a cantar, pero él seguía caminando y reflexionando, mientras repetía de forma totalmente consciente:

—Me quedo. ¿Dónde si no iba a buscar y qué más podría desear?

La puerta crujió en el pasillo. Entonces, él se asomó y preguntó:

—¿Vais a la iglesia?

—Sí, mi madre a la de la tarde, pero yo a la misa del gallo; mi padre viene luego a buscarme.

—Marcysia, espera un poco, iremos juntos.

Se vistió apresuradamente, con botas largas y piel de oveja, y salieron juntos.

La noche seguía siendo clara, aunque las estrellas se habían atenuado un poco y brillaban como a través de la niebla. Una nube de vapor se cernía sobre la nieve. Había luz en las cabañas, y, en el camino, desgastado por las marcas de los trineos, o bien se veían las siluetas de personas y se oía el traqueteo de los trineos, o se notaba el silencio abrumador de una noche invernal.

Las voces sonaban claras en el frío, la nieve crujía seca bajo los pies y bocanadas de vapor se elevaban por encima de la gente y los caballos.

—¡Marcysia! —susurró, agarrándola de la mano.

—¿Eh? —Y levantó los ojos hacia él.

—¡Feliz Navidad! ¿A dónde van? —les dijo un campesino, acercándose—. Hace una noche de perros, ¡un frío que muerde! —Se echó las manos a los hombros, pero, al no oír respuesta, los adelantó y se marchó.

Detrás del pueblo, caminaban por una ancha carretera bordeada de álamos gigantes, entre los que se veía una larga cola de gente sumida entre las sombras. El viento rozaba la nieve con un crujido y traía las palabras entrecortadas de conversaciones o rezos, recitados a media voz.

—¡Marcysia! —musitó, con una voz tan baja y sutil que la muchacha se estremeció—. ¿Te gustaría…? —titubeó, sintiendo cierto alivio, porque le costaba formularlo de forma fácil y directa.

La chica se detuvo, lo miró con ojos inflamados y se alejó sin decir palabra.

—¿Te gustaría estar conmigo? —volvió a preguntar él.

—¡Jesús! ¡Pero ¿qué dice usted?! —contestó, con cierto horror en su voz.

—Te digo la verdad. Si me quieres, serás mi mujer; te pido la mano enseguida.

—¡Diantre! No te hemos hecho ningún daño, y te ríes tanto de mí... ¡Pardiez! —Y se oyó un llanto silencioso, acompañado de sollozos.

—No llores, Marcysia, no lo hagas, te estoy siendo sincero: si me quieres, nos casamos enseguida.

—¡Pardiez! ¡Diantre! —susurró entre lágrimas. Su corazón temblaba al compás del aturdimiento y el miedo, y continuó susurrando—: No es posible, digo, es imposible. Estás haciendo el ridículo, y yo, como una pobre huérfana... —gritó sin poder contenerse.

—¡Tonta! —murmuró él con impaciencia, y se separó. Un grupo de personas los alcanzó y se unió a ellos.

Kubicki miró a Marcysia. Si bien ella lloraba en silencio, erguía la cabeza cada vez más. Luego, empezó a recitar las oraciones en voz alta, y los campesinos las repetían tras ella en susurros. La iglesia estaba llena de gente. Delante del gran altar ardían todas las velas y, sobre el cáliz, ardía una más en lo alto, semejante a una estrella. A los lados de los altares y junto a los bancos, se erguían tantos abetos que el bosque parecía haber invadido el lugar sagrado, pues las paredes brillaban por la escarcha, con el blanco de los muros resplandeciendo a través de las ramas.

El cura salió y pronunció la primera misa.

Kubicki se detuvo en medio de la iglesia, Marcysia se agachó justo detrás y él se enderezó. Las anchas manos de los campesinos le ofrecían su amistad, y constantemente alguien decía: «¡Feliz Navidad!». Vio rostros azulados por la escarcha y duros, como tallados con un hacha. También las frentes despeinadas de los labradores o con flequillos cortados uniformemente entre los viejos campesinos, así como ojos brillantes de bondad e ingenua y profunda fe. Sonreían y lo miraban amistosamente. No podía oler las botas recién engrasadas para la helada, ni las pieles de oveja mal ceñidas, ni la congestión, impregnada de olor a pan integral rancio. Las mujeres murmuraban sus oraciones en voz alta, se golpeaban el pecho y, a veces, suspiraban profundamente; en otros momentos, la multitud vacilaba, alguien tosía o un niño lloraba, y de nuevo todo se hundía en el silencio, en los tonos graves del órgano y el resplandor de las velas, que brillaban como un sagrario de oro. La voz del sacerdote sonaba en tono grave, las campanas levantaban un torbellino de sonidos ásperos... y cada vez se fortalecía más el sentimiento de pertenencia a esa congregación. Terminada la misa, el sacerdote entonó:

—¡Dios ha nacido! ¡Tiemble el poder! —Y los muchos fieles se apoderaron de la melodía, entonándola a voz en grito, hasta que la tierra entera se sacudió, tanto que las ramas de los abetos y las llamas de las velas temblaban. Unían su parpadeo y resplandor al brillo de las pupilas y al temblor de los corazones, que se fundían en un único y alegre himno.

—¡Ignorado, pero cubierto de gloria! —repitió Kubicki. Una especie de cálido escalofrío lo anegó; aquellas voces y la solemne tensión de las almas verdaderamente le imponían.

—¡Y el verbo se hizo carne! —cantaban, cada vez con más fuerza. Palabras, sonidos, resplandores... Todo parecía confluir y discurrir por el mundo. El profundo aliento de la fe parecía transportar a los creyentes a los pies del Desconocido.

—¡Mortal! ¡Rey por los siglos de los siglos! —cantaba Kubicki cada vez más alto, poniendo toda su alma en aquellas palabras. Sentía que para él aquella iglesia, aquella muchedumbre que cantaba y aquellas notas impregnadas de fe expulsaban de su memoria todos los malos recuerdos. Se sentía tranquilo y confiado, como un niño.

—Marcysia, ¡levántate! —susurró al terminar el villancico. Mientras, la chica seguía arrodillada. Casi podía sentir su cara contra su pierna.

Tras la segunda misa, abandonaron la iglesia.

Wawrzon estaba esperándolos con los caballos. El mundo se veía borrascoso a la luz del día, y la gente se diseminaba ante la iglesia, apiñada en grupúsculos, mientras hablaba y daba manotazos, o se calzaba las botas para el camino, pues la escarcha se hacía notar.

Ya se ensangrentaba el mundo al sol con su resplandor y se había despejado el cielo por completo para cuando se sentaron en el trineo y volvieron a casa.

Reinaba el silencio en el mundo. La escarcha lo cubría todo, como si alguien hubiese rociado los árboles con lana. Salió el sol, y el cielo se tiñó de oro, carmesí y unas tonalidades que parecían extender un arcoíris sobre el planeta. Entre la nieve, la escarcha y los árboles, el cielo estaba tan brillante, claro y luminoso que cuando los caballos relinchaban bocanadas de vapor brotaban de sus fosas nasales.

Kubicki y Marcysia se sentaron juntos, mientras que Wawrzon lo hizo junto a los caballos.

—Me deseas, ¿eh? —preguntó, echándole el brazo sobre el hombro derecho. Ella se apretó firmemente contra él y susurró en voz baja:

—Mi... mi... ¡Stachno! —Y escondió la cara, turbada por su propia osadía.

El trineo se balanceaba sobre el camino gastado, deslizándose con soltura. Quiso él ponerse de pie y gritar de alegría, pero solo la apretó más contra sí y susurró:

—¡Marcysia! ¡Marta...!

—¡Stachno! ¡Diantre...! —susurró ella, temblando de emoción.

—¡Wawrzon! —gritó Kubicki en voz alta.

—¿Eh?, ¿cómooo? ¡Arre, arre! —Y blandió el látigo.

—Wawrzon, dame a Marcysia, ¿quieres?

—¡Arre...! ¡Arre, pequeños, arre! —Azotó a sus caballos con un par de latigazos, de modo que brincaban como locos; no dijo nada de lo aturdido que le había dejado la pregunta.

—Va en serio, ¿me darás a Marcysia? Haz el favor de responder, no es cosa de risa.

—¡Arre...!

Frenó a los caballos y se dio la vuelta. Primero, miró atentamente a Kubicki y a su hija; luego, soltó las riendas, blandió el látigo y volvieron a volar, ligeros como el viento. Entonces, se inclinó hacia ellos y susurró con voz temblorosa, de pura satisfacción:

—Yerno..., ¡arre!, ¡cáspita, arre!, yerno, le daré a usted media torta, una vaca gris o un ternero, un cerdo..., la madre no perdonará al ganso ni a la gallina..., y hasta a una prostituta engalanada si es necesario. ¡Arre! Arre, arre... y cuatro mil... ¡Arre!, ¡hop! —gritó con virulencia, subiéndose al trineo y conduciendo negligentemente a los caballos. Iban tan deprisa que estos se desbocaron como locos, hasta que trozos de nieve helada les golpearon en la cara y una gélida ráfaga de viento les mordió el rostro. Pero apenas notaron nada, porque el viejo no dejaba de dar vueltas ni de murmurar.

—¡Bueno, yerno...! ¡Arre! ¡Cáspita, arre!

—Marcysia, ¿me quieres? —susurró Kubicki sin oír nada más.

—¡Stachno..., mi... Stachno...! —respondió ella suavemente. Le agarró la mano y se la besó largo rato. Ya no dijeron nada más; tan solo sus ojos sonreían. Sus almas, vibrantes de amor y felicidad, levitaban sobre el mundo, que resplandecía.

Y eran felices, dichosos y felices... ¡Felices!

El banquete de Navidad

Nathaniel Hawthorne

—Aquí he tratado... —dijo Roderick mientras desdoblaba varias páginas manuscritas y tomaba asiento en el cenador junto a Rosina y el escultor— he tratado de captar la esencia de un personaje con el que me cruzo de vez en cuando en mi devenir por la vida. Como sabéis, mis tristes experiencias pasadas me han concedido cierto grado de conocimiento sobre los lóbregos misterios del corazón humano, por los que he deambulado como un alma extraviada en una caverna oscura, con su antorcha pronta a la extinción. Mas este hombre, esta clase de hombres, resulta un enigma irresoluble.

—Bien, pues preséntanoslo —lo animó el escultor—. Hagámonos una idea de cómo es, para empezar.

—Por descontado —contestó Roderick—. Se trata de un ser al que concebiría esculpido por ti en mármol e incluso dotado de un remedo exquisito de intelecto gracias a alguna perfección todavía no lograda por la ciencia humana; sin embargo, aun así, carece de la última e inestimable intervención de un creador divino. Parece un hombre, o acaso un ejemplar mejor que los que acostumbramos a conocer. Podría considerársele instruido, con capacidad para cultivarse y refinarse; y, al menos, posee una consciencia externa, pero las exigencias que el espíritu se plantea a sí mismo son precisamente a las que no puede responder. Cuando consigues acercarte a él, descubres a un ser frío e insustancial, mero humo.

—Creo que empiezo a vislumbrar lo que quieres decir —declaró Rosina.

—En ese caso, puedes sentirte afortunada —contestó su esposo con una sonrisa—, pero no esperes mayor aclaración en lo que procedo a leer. He imaginado aquí que tal hombre es consciente de su ausencia de organización espiritual, aunque probablemente no lo haya sido nunca. En consecuencia, a mi parecer, caminaría por el mundo envuelto en una estremecedora sensación de fría irrealidad, anhelando cambiar su gélido lastre por cualquier carga de pesar auténtico que el destino pueda imponer a un ser humano.

Dándose por satisfecho con este prefacio, Roderick empezó a leer.

—En el testamento y últimas voluntades de cierto anciano caballero, aparecía un legado que, en forma de obra y pensamiento postreros, estaba singularmente en consonancia con su larga vida de melancólica excentricidad. El hombre destinaba una suma considerable a la constitución de un fondo cuyos intereses debían invertirse, un año tras otro y hasta su extinción, en la preparación de un banquete de Navidad para las diez personas más desdichadas que pudieran encontrarse. No parecía que el propósito del testador fuera alegrar esa media veintena de corazones tristes, sino procurar que la manifestación severa o feroz del descontento humano no quedara ahogada, ni siquiera en ese día sacrosanto y dichoso, entre las aclamaciones de gratitud festiva que lanza toda la cristiandad. Deseaba, asimismo, perpetuar su propia protesta contra el curso terrenal de la providencia y su triste y agrio disentimiento con las religiones o filosofías que, o bien encuentran la luz del sol en el mundo, o bien la hacen descender del cielo.

»La labor de invitar a los comensales, o de escogerlos entre quienes reclamaran su derecho a participar de tan lúgubre hospitalidad, se encomendó a los dos fideicomisarios o administradores del fondo. Dichos caballeros, al igual que su difunto amigo, eran personas de humor sombrío que habían convertido en su ocupación principal la tarea de contar los hilos negros que formaban el tejido de la vida humana, dejando los dorados fuera de los

cálculos. Llevaban a cabo su cometido con juicio e integridad. El aspecto del grupo congregado el día de la primera celebración podría no haber convencido a todo espectador de que aquellos fueran precisamente los individuos, escogidos de entre todo el mundo, cuyas penas merecieran alzarse como indicadores del conjunto del sufrimiento humano. No obstante, tras la debida consideración, resultaba indiscutible que allí se hallaba una gran diversidad de desasosiego y desesperanza, que, aun derivándose de causas en apariencia insuficientes, por ese mismo motivo eran la acusación más acertada contra la naturaleza y el mecanismo de la vida.

»La disposición y decoración del banquete seguramente pretendía representar esa muerte en vida que el testador había definido como existencia. El salón, iluminado con antorchas, estaba guarnecido con cortinas de un morado intenso y oscuro y adornado con ramas de ciprés y guirnaldas de flores artificiales que imitaban las que solían arrojarse sobre los muertos. Junto a cada plato había una ramita de perejil. La reserva de vino principal era una urna sepulcral de plata desde la que el licor se distribuía por la mesa en pequeños vasos, réplicas perfectas de los que contenían las lágrimas de las antiguas plañideras. Los administradores, si era su gusto el que dictaba aquellos detalles, tampoco habían olvidado la fantasía de los antiguos egipcios, quienes sentaban a un esqueleto a la mesa en todas las celebraciones y se burlaban de su propio regocijo con la sonrisa imperturbable de una calavera. Tan espantoso invitado, envuelto en un manto negro, ocupaba la cabecera en aquella ocasión. Se rumoreaba, aunque ignoro hasta qué punto es cierto, que el propio testador antaño transitó el mundo visible con la maquinaria de ese mismo esqueleto, y que era una de las estipulaciones del testamento que se le permitiera asistir de esa manera, un año tras otro, al banquete que había instituido. De ser así, tal vez el gesto implicara, de modo velado, que el testador nunca había albergado esperanza alguna de dicha en la otra vida que compensara los males que percibía o imaginaba en esta. Y si, en sus turbadas conjeturas acerca del propósito de la existencia terrenal, los comensales apartaran el velo y lanzaran una mirada inquisitiva a esa representación de la muerte, como si buscaran en ella la solución de otro modo inasible, solo obtendrían por respuesta la mirada de unas cuencas vacías y la sonrisa de unas mandíbulas de esqueleto. Esa fue la réplica que el fallecido había imaginado recibir tras pedirle a la muerte que resolviera el enigma de su vida, y deseaba emularla cuando a los agasajados con su lúgubre hospitalidad los acosara la misma cuestión.

»—¿Qué significa esa guirnalda? —preguntaron varios invitados mientras contemplaban la decoración de la mesa.

»Se referían a la guirnalda de ciprés que sostenía en alto el brazo de esqueleto que asomaba por el manto negro.

»—Es una corona —contestó uno de los administradores—, aunque no está destinada a los más ilustres, sino a los más afligidos, cuando se demuestren merecedores de ella.

»El primer invitado en recibir la bienvenida al banquete era un hombre dulce y afable que carecía de arrestos para luchar contra el pesado abatimiento al que su temperamento lo hacía propenso; por consiguiente, aun sin nada que en apariencia lo excusara de ser feliz, había pasado la vida sumido en un sufrimiento mudo que le adormecía la sangre, le robaba el aliento y le constreñía con la indolencia de un demonio nocturno los latidos de su corazón sumiso. Su desdicha parecía tan profunda como su naturaleza original, si no idéntica. La desgracia de un segundo invitado estribaba en albergar en su pecho un corazón enfermo, tan terriblemente delicado que las continuas e inevitables fricciones del mundo, el golpe de un enemigo, el empujón fortuito de un extraño e incluso el roce inocente y candoroso de un amigo lo ulceraban por igual. Como es costumbre en las personas con tal afección, había convertido en su ocupación principal la exhibición de esas heridas supurantes ante quien se tomara la molestia de contemplarlas. El tercer invitado era un hipocondríaco cuya imaginación practicaba la necromancia en su mundo exterior e interior y le hacía ver rostros monstruosos en el fuego que ardía en el hogar, dragones en las nubes del atardecer, demonios disfrazados de damas hermosas y algo horrible o malvado en todos los semblantes gratos de la naturaleza. Su vecino de mesa era una de esas personas que, habiendo depositado demasiada confianza en la humanidad durante su juventud y albergado grandes esperanzas en ella, había devenido en un ser extremadamente amargado tras las muchas decepciones con que se había topado. Durante años, este misántropo se había dedicado a acumular motivos para odiar y despreciar a sus semejantes,como el asesinato, la lujuria, la traición, la ingratitud, la deslealtad de los amigos de confianza, los vicios instintivos de los niños, la impureza de las mujeres, la culpa que ocultan los hombres de aspecto santurrón y, en suma, todo tipo de realidades aciagas que pretendían adornarse con gracia o gloria aparentes. Sin embargo, con cada hecho atroz que añadía a su catálogo, con cada nuevo y triste conocimiento a cuya recopilación había dedicado su vida, el impulso natural del corazón candoroso y confiado del pobre hombre lo hacía gemir de angustia. Acto seguido, entró en el salón, con sigilo y las prominentes cejas fruncidas en un ceño, un hombre de naturaleza seria y apasionada que, desde que tenía uso de razón, había sentido el deber moral de transmitir un mensaje elevado al mundo; sin embargo, cuando había tratado de difundirlo, no había encontrado ni voz ni forma de expresión, así como tampoco oídos prestos a escucharlo. Por consiguiente, su vida entera era un agrio cuestionamiento personal: "¿Por qué los hombres no han respondido a mi misión? ¿Acaso soy un necio que se engaña a sí mismo? ¿Cuál es mi cometido en la tierra? ¿Dónde he de yacer?". Durante todo el festejo, bebió con frecuencia vino de la urna sepulcral con la esperanza de sofocar así el fuego celestial que torturaba su pecho sin que beneficiara a sus semejantes.

»A continuación, entró, tras haber arrojado una invitación a un baile, un hombre que en otros tiempos fue un alegre galán y que ahora había detectado cuatro o cinco arrugas en su frente y más canas en la cabeza de las que era capaz de contar. A pesar de estar dotado de buen juicio y sensibilidad, había vivido la locura de la juventud, y al fin había alcanzado ese temido punto en la vida en que la locura nos abandona por voluntad propia para que entablemos amistad con la sabiduría, si acaso somos capaces. De modo que, apático y desolado, el hombre había acudido al banquete en su busca, y se preguntó si no la encarnaría el esqueleto. Para completar la decena, los administradores habían recogido a un poeta angustiado en una casa de beneficencia y a un idiota melancólico en la calle. Este último poseía el asomo justo de inteligencia para apreciar un vacío que el pobre hombre había tratado de llenar toda la vida con algo de seso, aun entre brumas, deambulando por las calles y lamentándose con abatimiento ante la futilidad de sus intentos. La única dama del salón era una mujer a quien un simple e insignificante defecto, una ligera desviación del ojo izquierdo, la privaba de la belleza perfecta y absoluta. Sin embargo, y a pesar de su nimiedad, aquella mácula atribulaba no su vanidad, sino el ideal puro de su alma, y la mujer pasaba la vida en soledad y ocultaba su rostro tras un velo incluso a su propia mirada. De este modo, el esqueleto envuelto en su manto ocupaba uno de los extremos de la mesa y la pobre dama, el otro.

»Queda por describir a un último invitado. Era un hombre joven, de frente serena, tez blanca y porte elegante. Por cuanto decía su apariencia externa, podría haber encontrado un asiento mucho más adecuado en una alegre mesa navideña en lugar de contarse entre aquel grupo de comensales malhadados, infelices y desdichados a quienes torturaban delirios. Un murmullo recorrió el salón cuando los invitados advirtieron el rápido vistazo con que el intruso estudió a sus compañeros. ¿Qué tenía que ver con ellos? ¿Por qué el esqueleto del difunto fundador del festejo no estiraba sus chirriantes articulaciones, se alzaba e indicaba al inoportuno extraño que abandonara la estancia?

»—¡Qué vergüenza! —protestó el hombre enfermo al tiempo que una nueva úlcera laceraba su corazón—. ¡Viene a mofarse de nosotros! Seremos el hazmerreír de sus amigos de taberna... ¡Convertirá nuestras desgracias en una farsa y la interpretará ante ellos!

»—¡Oh, no le hagan caso! —dijo el hipocondríaco, sonriendo con amargura—. ¡Que se harte del caldo de víboras de aquella sopera! ¡Y si hay fricasé de escorpiones en la mesa, permítanle que se sirva a placer! De postre, que pruebe las manzanas de Sodoma y, luego, si nuestro festín navideño es de su gusto, ¡que vuelva el año que viene!

»—Déjenle tranquilo —murmuró el hombre melancólico, con cortesía—. ¿Qué importa si la conciencia del infortunio llega unos años antes o después? Si este joven se considera feliz en estos momentos, dejen que nos acompañe a la mesa en nombre de la desdicha venidera.

»El pobre idiota se acercó al recién llegado con ese aire curioso envuelto de tristeza y vacuidad que solía ser su expresión habitual y que llevaba a la gente a decir que siempre andaba en busca de la inteligencia que le faltaba. Tras no poco examen, tocó la mano del extraño, pero retiró la suya de inmediato, temblando y sacudiendo la cabeza.

»—¡Frío, frío, frío! —murmuró.

»El joven también se estremeció y sonrió.

»—Caballeros y usted, señora —dijo uno de los administradores del festejo—, no nos consideren tan faltos de criterio o prudencia para creer que hayamos podido admitir a este joven extraño, que responde al nombre de Gervayse Hastings, sin haber realizado una investigación completa y un atento balance de sus afirmaciones. Confíen en mí, ningún invitado a esta mesa tiene más derecho a su asiento que él.

»No tuvieron otro remedio que tomar su garantía por satisfactoria. De modo que los comensales ocuparon sus asientos y dedicaron toda su atención al serio banquete, aunque el hipocondríaco, que echó la silla atrás para quejarse de que le habían colocado delante una fuente de sapos y culebras guisados y le habían servido agua verde de foso en la copa de vino, no tardó en interrumpirlos. Enmendado el error, volvió a sentarse. El vino de la urna sepulcral, que corría libremente, parecía estar imbuido de toda clase de inspiraciones lúgubres, de manera que, lejos de infundir alegría, o bien sumía a los borrachos en una melancolía más profunda, o alzaba sus ánimos hasta el paroxismo de la desdicha. La conversación era variada. Se contaban historias tristes sobre personas que habrían podido ser dignos invitados a una fiesta como la presente. Se hablaba de sucesos espeluznantes acaecidos a lo largo de la historia de la humanidad; de extraños crímenes que, bien mirados, no eran más que convulsiones agónicas; de vidas totalmente desgraciadas y de otras que, a pesar de su apariencia de felicidad, tarde o temprano habían sido visitadas por el infortunio, igual que la intromisión de un rostro sombrío en un banquete; de escenas junto al lecho de muerte y de las tétricas insinuaciones que recogían las palabras de los moribundos; del suicidio, y de si el modo más idóneo era la soga, el cuchillo, el veneno, el ahogamiento, la muerte lenta por hambre o el humo del carbón. Casi todos los invitados, como acostumbran las personas que viven absoluta e irremediablemente angustiadas, ansiaban convertir sus propios pesares en el tema de conversación y demostrar su excelencia como penantes. El misántropo se adentró en la filosofía del mal y deambuló en la oscuridad, en la que de vez en cuando se atisbaba un destello de luz desvaída que se cernía sobre formas espantosas y escenarios horribles. Desenterró de nuevo pensamientos siniestros, esos con que la humanidad siempre ha tropezado a lo largo de su historia, y se recreó en ellos como si se tratara de gemas de valor incalculable, de diamantes, de tesoros muy preferibles a las brillantes revelaciones espirituales de un mundo mejor, que son las piedras preciosas que pavimentan el camino hacia el cielo. Y, luego, en mitad de su acervo de desdichas, ocultó el rostro y rompió a llorar.

»Era un festejo al que el afligido hombre de Uz podría haber acudido como invitado, junto con aquellos que, en épocas sucesivas, han probado las hieles más amargas de la vida. Y también sea dicho que todo hijo o hija de mujer, por mucho que le sonriera la feliz fortuna, en algún momento triste podría reclamar el privilegio del corazón acongojado de sentarse a aquella mesa. Mas, a lo largo del banquete, se hizo patente que, a pesar de sus intentos, el extraño joven, Gervayse Hastings, no logró participar del espíritu que dominaba la ocasión. Se mostraba perplejo y desconcertado ante los pensamientos sólidos y profundos que hallaban expresión, arrancados, por así decirlo, de los más tristes recovecos de la conciencia humana. Incluso más que el pobre idiota, quien, en cambio, parecía tratar de penetrarlos poniendo en ello todo su empeño y, de este modo, lograba comprenderlos de vez en cuando. La conversación del joven era más atemperada y ligera, a menudo brillante, pero carecía de los rasgos poderosos de un carácter forjado por el sufrimiento.

»—Señor, le ruego que no vuelva a dirigirse a mí —le espetó el misántropo en respuesta a una de sus observaciones—. Usted y yo no tenemos nada de que hablar. Nuestras opiniones divergen por completo. Desconozco con qué derecho se ha presentado en este banquete, pero creo que para un hombre capaz de decir lo que usted acaba de decir, mis compañeros y yo debemos resultarle poco más que sombras parpadeantes en la pared. Y una sombra es, precisamente, lo que constituye usted para nosotros.

»El joven sonrió e inclinó la cabeza, pero, arrellanándose en la silla, se abotonó la chaqueta sobre el pecho, como si hubiera descendido la temperatura en el salón. Una vez más, el idiota clavó su melancólica mirada en él y murmuró:

»—¡Frío, frío, frío!

»El banquete llegó a su fin y los invitados partieron. Tan pronto como cruzaron el umbral, la escena que allí se había desarrollado se les antojó el producto de una imaginación calenturienta o la exhalación de un corazón anquilosado. Sin embargo, a lo largo del año siguiente, aquellos personajes melancólicos de cuando en cuando se atisbaban los unos a los otros, de manera fugaz, cierto, pero lo suficiente para constatar que caminaban por el mundo con la cuota ordinaria de realidad. En ocasiones, algunos se encontraban cara a cara cuando deambulaban por el crepúsculo a hurtadillas, envueltos en sus mantos negros. O coincidían en cementerios. Sucedió una vez que dos de los taciturnos comensales se sobresaltaron al reconocerse a plena luz del día en una calle atestada, acechando como fantasmas errantes. Sin duda se preguntaron por qué el esqueleto no salía también a media mañana.

»Sin embargo, siempre que la urgencia de sus asuntos obligaba a estos invitados navideños a visitar el bullicioso mundo, se encontraban con el joven cuya presencia en el banquete continuaban sin explicarse. Lo veían entre los dichosos y los afortunados; advertían el brillo de sus ojos; oían el tono ligero y despreocupado de su voz, y murmuraban para sí mismos con una indignación que solo podía prender en la aristocracia de la desdicha: "¡El traidor! ¡El vil impostor! ¡Que la providencia, a su debido tiempo, le conceda el derecho a sentarse a nuestro lado!". Pero la mirada imperturbable del joven se detenía en sus lóbregas figuras cuando pasaban por su lado como si dijera, acaso con cierta sorna: "¡Primero, conoced mi secreto y, luego, medid vuestras pretensiones con las mías!".

»El tiempo avanzaba con paso sigiloso y pronto trajo de nuevo la alegre Navidad, con sus cultos faustos y solemnes en las iglesias, sus juegos, divertimentos y celebraciones, y en todas partes el radiante rostro de la dicha junto a la lumbre del hogar. Del mismo modo, el salón, con sus cortinas de un morado oscuro, volvía a estar iluminado por las antorchas fúnebres que lanzaban destellos sobre la decoración sepulcral del banquete. El esqueleto vestido estaba sentado con solemnidad y levantaba la corona de ciprés sobre su cabeza como si se tratara del galardón de un invitado que destacaba ilustremente en los requisitos que allí otorgaban prioridad. En tanto que los administradores consideraban el mundo una fuente inagotable de desdichas y deseaban conocerlas en todas sus formas, juzgaron que no era adecuado volver a reunir a los comensales del año anterior. En esa ocasión, rostros nuevos compartían su tristeza a la mesa.

»Entre ellos se contaba un hombre de buena conciencia, pero con una mancha de sangre en el corazón, la muerte de un semejante, la cual, para su mayor tortura, había acontecido en circunstancias tan peculiares que no podía afirmar con certeza absoluta que su voluntad no hubiera participado en ella. Por consiguiente, vivía atormentado por su propio juicio interno por asesinato, sometiendo su terrible desgracia a un examen perpetuo, hasta el extremo de que su mente no albergaba ningún otro pensamiento, ni su alma ninguna otra emoción, que no tuviera relación con ella. También había una madre, una madre antaño, mas un alma desolada en esos momentos, que, muchos años antes, había acudido a una fiesta y, a su regreso, había encontrado a su hijo asfixiado en su camita. Desde entonces, la atormentaba la fantasía de que su pequeño enterrado se ahogaba en su ataúd. También una anciana que vivía con el cuerpo sacudido por temblores constantes desde tiempos inmemoriales. Era espantoso distinguir su sombra agitada en la pared. Sus labios se estremecían por igual, y la expresión de sus ojos parecía transmitir que lo mismo le ocurría a su alma. Debido al desconcierto y la confusión que prácticamente sumían su intelecto en el caos, era imposible descubrir qué terrible desgracia había zarandeado su naturaleza hasta los cimientos, de manera que los administradores la habían invitado a la mesa no por conocer su historia en modo alguno, sino por el testimonio incontestable de su desdichado aspecto. Hubo expresiones de sorpresa ante la presencia de un caballero campechano y rubicundo, un tal señor Smith, cuya hechura atestiguaba muchos y sustanciosos festines y cuyos ojos poseían ese brillo habitual que delata cierta propensión a estallar en sonoras risotadas con poco motivo o ninguno. No obstante, resultó que, a pesar de una disposición de ánimo inmejorable, a nuestro pobre amigo lo aquejaba una enfermedad física del corazón que amenazaba con producirle una muerte instantánea ante la menor carcajada o incluso ante esa excitación del cuerpo que provocan los pensamientos alegres. Acosado por este dilema, había solicitado su admisión en el banquete valiéndose del pretexto aparente de su lamentable y desventurada situación, si bien en realidad albergaba la esperanza de imbuirse de una tristeza que lo ayudara a conservar la vida.

»Se había invitado asimismo a un matrimonio, una elección motivada por el rencor, entendiendo que se hacían mutuamente infelices cada vez que coincidían y, por lo tanto, eso los convertía en miembros aptos para el festejo. En contraste con ellos, había otra pareja que no estaba casada: se habían entregado sus corazones el uno al otro siendo muy jóvenes, pero circunstancias tan inasibles como la niebla matutina que cubre los campos los habían separado y los había mantenido alejados tanto tiempo que a sus almas les resultaba imposible reencontrarse. Anhelaban la comunión, pero al retroceder en presencia mutua y rechazar cualquier otra compañía carecían de compañero con quien compartir la vida y consideraban la eternidad un desierto infinito. Al lado del esqueleto se sentaba un mero hijo de la tierra —un cazador de la bolsa, un recolector de polvo brillante—, un hombre que anotaba su balance vital en un libro de contabilidad y tenía el alma encarcelada en las cámaras acorazadas del banco donde guardaba sus depósitos. Esta persona se había quedado muy perpleja ante la invitación, pues se consideraba uno de los hombres más afortunados de la ciudad; sin embargo, los administradores insistieron en reclamar su presencia, asegurándole que desconocía cuán desdichado era.

»Y, entonces, apareció una figura a la que debemos saludar por ser conocida del banquete anterior. Se trataba de Gervayse Hastings, cuya presencia había suscitado tantas críticas y preguntas. El hombre ocupó su lugar con la serenidad de quien considera que sus pretensiones son legítimas y deben ser aceptadas por los demás. Aun así, su semblante tranquilo e imperturbable no revelaba pesar alguno.

»Los observadores avezados lo miraron un momento a los ojos y sacudieron la cabeza, negándole la compasión tácita —el santo y seña imposible de falsificar— de aquellos cuyos corazones son bocas de caverna por las que descienden a una región de aflicción infinita y reconocen a quienes también deambulan por allí.

»—¿Quién es este joven? —preguntó el hombre de la mancha de sangre en la conciencia—. ¡Seguro que nunca ha visitado las profundidades! Conozco todos los semblantes de quienes han transitado el valle oscuro. ¿Con qué derecho se cuenta entre nosotros?

»—Ah, qué inmoralidad venir aquí sin pena alguna —murmuró la anciana con un tono que participaba del temblor eterno que sacudía todo su ser—. ¡Váyase, joven! Su alma nunca ha sufrido agitación alguna y, por eso, me estremezco aún más al mirarle.

»—¡Su alma agitada! No, doy fe de ello —dijo el campechano señor Smith, llevándose la mano al pecho y entristeciéndose cuanto pudo por miedo a un mortífero estallido de risa—. Conozco bien al muchacho; disfruta de tan buenas perspectivas como cualquier joven de la ciudad, y tiene el mismo derecho a contarse entre nosotros, criaturas desdichadas, que un niño nonato. ¡Nunca ha conocido la desdicha y probablemente nunca la conocerá!

»—Honorables invitados —intervinieron los administradores—, les rogamos que tengan paciencia con nosotros y crean, al menos, que nuestra profunda veneración por el carácter sagrado de esta ceremonia impediría cualquier violación deliberada de este. Acójanle en su mesa. ¡Acaso no sea exagerado decir que ningún invitado de los que están aquí cambiaría su corazón por el que late en el pecho de ese joven!

»—Yo aceptaría el trato, y con mucho gusto —murmuró el señor Smith con una desconcertante mezcla de tristeza y presunción alborozada—. ¡Basta ya de tanta tontería! Mi corazón es el único realmente miserable de todos los que hay aquí, ¡el que de verdad me llevará a la tumba!

»Sin embargo, como en la ocasión anterior, los comensales tomaron asiento ante el juicio inapelable de los administradores. El detestable invitado, lejos de tratar de imponer su conversación a quienes lo rodeaban, parecía escuchar cuanto se decía en la mesa con una diligencia peculiar, como si algún secreto inestimable, que de otro modo no alcanzaría a oír, fuera a transmitirse en una palabra fortuita. Y debe reconocerse que, para aquellos capaces de entenderlo y valorarlo, había enjundia en las efusiones y desahogos de estas almas iniciadas para quienes el dolor había sido un talismán que les había franqueado el paso a profundidades espirituales imposibles de conocer mediante ningún otro hechizo. A veces, en mitad de la más densa de las tinieblas, estallaba un breve resplandor, puro como el cristal, brillante como el fuego de las estrellas, y vertía tal claridad sobre los misterios de la vida que los invitados se veían prontos a exclamar: "¡El enigma tiene que estar a punto de resolverse!". Los dolientes más apenados consideraron que esos intervalos de luz revelaban que los pesares mortales son oscuros y externos, voluminosos mantos negros que cubren una realidad divina, indicando así lo que de otra manera sería totalmente invisible a los ojos mortales.

»—Hace un momento he creído ver más allá del exterior —observó la anciana estremecida—. ¡Y mi eterno temblor desapareció!

»—¡Ojalá pudiera morar para siempre en esos destellos momentáneos de luz! —se lamentó el hombre de conciencia atormentada—. Así se limpiaría la mancha de sangre de mi corazón.

»Al buen señor Smith le resultaron tan ininteligiblemente absurdas aquellas divagaciones que lo asaltó el ataque de risa contra el que sus médicos lo habían prevenido por su posible traducción en una muerte instantánea. En efecto, el hombre se desplomó contra el respaldo de la silla siendo ya cadáver, con una amplia sonrisa en el rostro, mientras su fantasma permanecía a su lado, acaso desconcertado ante su impremeditada salida. Huelga decir que tal catástrofe interrumpió el festejo.

»—¿Cómo es posible? ¡No tiembla! —advirtió la trémula anciana mirando a Gervayse Hastings, que contemplaba al difunto con singular atención—. ¿No es terrible ver cómo la vida abandona de manera tan repentina a este hombre de carne y hueso, y de una naturaleza mundana tan fuerte y afable? ¡El temblor de mi alma no conoce descanso, pero se estremece de nuevo ante algo así! ¡Y usted está tranquilo!

»—¡Ojalá pudiera enseñarme algo! —se lamentó Gervayse Hastings, exhalando un largo suspiro—. ¡Los hombres pasan ante mí como sombras en la pared; sus actos, pasiones, sentimientos son destellos de luz que se desvanecen en el acto! Ni el cadáver, ni aquel esqueleto, ni el eterno temblor de esta anciana pueden ofrecerme lo que busco.

»Tras aquello, los comensales partieron.

»No podemos detenernos a narrar, con tanto detalle, más episodios de estos singulares banquetes, los cuales, en conformidad con el testamento del fundador, continuaron celebrándose con la regularidad de una institución establecida. Con el paso del tiempo, los administradores adoptaron la costumbre de invitar a individuos procedentes de todas partes, cuyas desgracias superaban las de otros hombres y a cuya evolución mental y moral se le podía suponer, por tanto, un interés correspondiente. El noble exiliado de la Revolución francesa y el soldado vencido del Imperio estuvieron representados por igual en la mesa. Monarcas caídos, que vagaban por el mundo, encontraron asiento en aquel festín triste y pesaroso. El político, tras ser expulsado de su partido, podía volver a ser un gran hombre durante el espacio de un solo banquete, si así lo deseaba. El nombre de Aaron Burr aparece en los registros en un momento en el que su ruina, la más profunda y sorprendente, con más instancias morales que la de casi cualquier otro hombre, era completa en su solitaria vejez. Stephen Girard, cuando su riqueza pesaba sobre él como una montaña, una vez solicitó por su cuenta que lo admitieran. Sin embargo, es improbable que estos hombres tuvieran nada que enseñar en cuanto al descontento y la infelicidad que no pudiera aprenderse asimismo en el transitar de la vida. Los desdichados ilustres despiertan más compasión, no porque sus penas sean mayores, sino porque, al hallarse en pedestales elevados, sirven mejor a la humanidad como ejemplos y sinónimos de la calamidad.

»Conviene a nuestro propósito presente decir que Gervayse Hastings se personó en todos los festejos sucesivos y que la belleza tersa de su juventud fue mudando gradualmente en el encanto reflexivo de la madurez y en la sobria e imponente dignidad de la edad provecta. Fue el único individuo que siempre estuvo presente. Aun así, en todas las ocasiones hubo murmullos, tanto de quienes conocían su carácter y posición como de aquellos cuyos corazones se encogían, rechazando la pertenencia de Gervayse Hastings a su mística fraternidad.

»—¿Quién es ese hombre impasible? —se habían interrogado un centenar de veces—. ¿Ha sufrido? ¿Ha pecado? No muestra indicios de ninguna de las dos cosas. Entonces, ¿por qué está aquí?

»—Pregunte a los administradores o a él mismo —era la respuesta invariable—. Pareciera que es bien conocido aquí, en nuestra ciudad, y todo cuanto sabemos de él lo hace afortunado y encomiable. Sin embargo, año tras año, viene a este triste banquete y se sienta entre los invitados como una estatua de mármol. ¡Pregunte a aquel esqueleto, quizá él desvele el misterio!

»Ciertamente, era un enigma. Gervayse Hastings disfrutaba de una vida no solo próspera, sino también deslumbrante. Todo le había ido de fábula. Era rico, mucho más allá del desembolso que exigían unos hábitos dispendiosos, el gusto por lo puro, lo extraordinario, lo refinado, la pasión por viajar, la inclinación del amante de los libros por reunir una biblioteca espléndida y, además, lo que parecía una espléndida generosidad para con los necesitados. Había buscado la felicidad en el hogar, y no en vano, con una esposa bella y afectuosa y unos hijos prometedores que la garantizasen. Asimismo, había trascendido el límite que separa el anonimato de la prominencia y se había granjeado una reputación intachable en asuntos de la mayor importancia pública. No es que fuera un personaje popular o poseyera los misteriosos atributos que son esenciales para esa clase de éxito. Para el público, era una fría abstracción, totalmente desprovisto de los ricos matices de la personalidad, del calor humano y de la rara facultad para dejar huella en el corazón de los demás por los que el pueblo reconoce a sus favoritos. Y debe decirse que, a pesar de los esfuerzos de sus amistades más cercanas por conocerlo a fondo y estimarlo, se sorprendían al descubrir la poca mella que sus afectos dejaban en Gervayse Hastings. Lo aprobaban, lo admiraban, pero, aun así, en esos momentos en que el espíritu humano más necesita de realidad, se alejaban de él, considerándolo incapaz de darles lo que buscaban. Les embargaba esa sensación de pesar receloso con el que retiramos la mano tras haberla tendido, en un crepúsculo ilusorio, para asir la de una sombra en la pared.

»A medida que decaía el fervor superficial de la juventud, este efecto peculiar del carácter de Gervayse Hastings se volvía más perceptible. Cuando extendía los brazos, sus hijos acudían fríamente a sentarse en sus rodillas, pero nunca lo hacían por iniciativa propia. Su esposa lloraba en secreto y casi se consideraba una criminal porque se estremecía en la frigidez de su pecho. En alguna ocasión, él también parecía consciente de la frialdad de su atmósfera moral y deseaba, en la medida de lo posible, calentarse junto a un buen fuego. Pero los años avanzaron con sigilo y lo entumecieron cada vez más. Cuando la escarcha empezó a cubrirlo, su esposa se fue a la tumba, donde encontró más calor; sus hijos murieron o se desperdigaron, yendo a vivir a sus propios hogares; y el viejo Gervayse Hastings, a salvo de cualquier pesar, solo, pero sin necesidad de compañía, prosiguió con su firme andadura por la vida, y no había Navidad que no asistiera al lúgubre banquete. A esas alturas, su privilegio como invitado se había vuelto prescriptivo. Si hubiera reclamado la cabecera de la mesa, incluso el esqueleto habría sido expulsado de su asiento.

»Finalmente, llegada la feliz Navidad, y contando ya más de ochenta años, aquel anciano pálido, de frente alta y facciones marmóreas, entró una vez más en el salón, frecuentado desde tiempos inmemoriales con el mismo semblante impasible que había suscitado tantos comentarios contrariados en su primera aparición. El tiempo, salvo en aspectos meramente externos, no había hecho nada por él, ni para bien ni para mal. Cuando ocupó su lugar, recorrió la mesa con una mirada tranquila e inquisitiva, como para cerciorarse de si por fin había aparecido algún invitado, después de tantos banquetes infructuosos, capaz de revelarle el secreto —el cálido y profundo secreto, la vida dentro de la vida— que, ya se manifieste en alegría o tristeza, da sustancia a un mundo de sombras.

»—Amigos míos —dijo Gervayse Hastings, asumiendo una posición que su larga intimidad con el festejo hizo que resultara natural—, ¡sean bienvenidos! Brindo por todos ustedes con esta copa de vino sepulcral.

»Los invitados respondieron con cortesía, pero aun así se mostraron incapaces de recibir al anciano como a un miembro de su triste fraternidad. Quizá convenga ofrecer al lector una idea de los comensales que asistieron a aquel banquete.

»Uno de ellos había sido clérigo, un entusiasta de su profesión y, por lo visto, de la auténtica dinastía de aquellos antiguos eclesiásticos puritanos cuya fe en su vocación, y el ejercicio severo de esta, le había colocado entre los poderosos de la tierra. Sin embargo, cediendo a la tendencia especulativa de la época, se había apartado de los cimientos firmes de una fe antigua y deambulaba por regiones brumosas donde todo era difuso, engañoso y se burlaba de él con una apariencia de realidad que se desvanecía cuando trataba de atraparla en busca de apoyo y descanso. Su carácter y su primera formación exigían solidez, pero cuando miraba al frente, veía vapores sobre vapores y, tras él, un abismo infranqueable entre el hombre del presente y el del ayer, por cuyos bordes deambulaba sin descanso, a veces retorciendo las manos, atormentado, y a menudo convirtiendo su infortunio en motivo de risas desdeñosas. Era, sin duda, un hombre infeliz. También había acudido un teórico, uno de entre tantos que constituyen su numerosa tribu, aunque se consideraba único desde la creación, que había concebido un plan que acabaría con toda la desgracia del mundo, moral y física, y lograría de inmediato la dicha de los mil años de reinado de Cristo. Sin embargo, la incredulidad de la humanidad le impedía actuar y se sentía abrumado por que le hubiesen negado la oportunidad de remediar tanta desdicha, lo que le producía una angustia que se acumulaba en su pecho en forma de hondo pesar. Un anciano anodino vestido de negro atrajo la atención de gran parte de los comensales al suponer que no era otro que el padre Miller, quien, al parecer, se había entregado a la desesperación ante el tedioso retraso del fuego final. Luego había un hombre que se distinguía por su orgullo y su obstinación innatos, quien tiempo atrás había poseído inmensas riquezas y el control de vastos intereses económicos, los cuales había manejado del mismo modo que un monarca despótico ejerce el poder sobre su imperio, y había mantenido una guerra moral formidable, cuyo rugido y temblor se sintió en todos los hogares del país. Finalmente, le sobrevino una ruina demoledora, un declive total de la fortuna, el poder y el carácter, cuyo efecto sobre su naturaleza imperiosa y, en muchos aspectos, noble y altiva le habría dado derecho a un asiento, no solo en nuestro banquete, sino también entre los pares del pandemonio.

»Había un filántropo moderno que se había vuelto tan profundamente consciente de las calamidades de miles y millones de sus semejantes, y de la impracticabilidad de cualquier medida general para aliviarlas, que carecía del valor para hacer el poco bien que estuviera al alcance de su mano y se contentaba con sentirse desconsolado en su compasión. Cerca de él, se sentaba un caballero que se hallaba en un aprieto sin precedentes en aquel entonces, pero del que la época actual quizá ofrezca numerosos ejemplos. Desde que tenía capacidad para leer la prensa, esa persona se enorgullecía de su adhesión leal a un partido político, mas el caos de los últimos tiempos lo había sumido en el desconcierto y ya no sabía dónde estaba dicho partido. Esta terrible situación, tan moralmente desoladora y desalentadora para un hombre acostumbrado durante tanto tiempo a fundir su individualidad con la masa de un cuerpo mayor, solo pueden concebirla quienes la hayan experimentado. El comensal que tenía al lado era un orador de gran popularidad que había perdido la voz y, como era casi todo lo que tenía que perder, había caído en un estado de melancolía irreparable. La mesa también estaba honrada con la presencia de dos miembros del sexo bello: la primera era costurera tísica y medio muerta de hambre, que representaba a miles de personas igual de desdichadas; la otra, una mujer sin ocupación alguna, que carecía de metas que alcanzar, pasatiempos con los que entretenerse o incluso algo por lo que sufrir en la vida. Por consiguiente, sombrías disquisiciones sobre los agravios de su sexo y su exclusión de un verdadero campo de actuación la habían llevado al borde de la locura. Completa así la lista de invitados, se había dispuesto una mesa auxiliar para tres o cuatro aspirantes a funcionario frustrados, sumamente afligidos, a quienes los administradores habían admitido en parte porque sus calamidades les daban derecho a estar allí y en parte porque les hacía falta una buena cena. Asimismo, había un perro callejero, con el rabo entre las patas, que recogía las migajas con la lengua y roía las sobras del festín, un perro tan tristón como los que a veces se ven por las calles, sin dueño, prestos a seguir al primero que acepte sus servicios.

»A su manera, se trataba del grupo de personas más desdichadas que jamás se hubiera reunido para el festejo. Allí estaban sentadas, con el esqueleto del fundador vestido y sosteniendo en alto la corona de ciprés en un extremo de la mesa y, en el otro, envuelta en pieles, la figura marchita de

Gervayse Hastings, majestuoso, tranquilo y frío, causando sobrecogimiento a los comensales, aunque inspirando tan poca lástima que podría haberse desvanecido en el aire sin que nadie exclamara ni una sola vez: “¿Adónde ha ido?”.

»—Señor —dijo el filántropo, dirigiéndose al anciano—, usted ha sido invitado durante tanto tiempo a este festejo anual y, por consiguiente, debe de estar tan versado en tantas variedades de aflicción humana que, cabe suponer, habrá extraído grandes e importantes lecciones. ¡Ojalá pudiera revelarnos un secreto con el que poner fin a todo este cúmulo de infortunios!

»—Solo conozco una desgracia —respondió Gervayse Hastings sin alterarse— y es la mía.

»—¡La suya! —exclamó el filántropo—. Y, echando la vista atrás a su plácida y próspera vida, ¿cómo puede afirmar que es el único desgraciado entre sus congéneres?

»—No lo entenderá —respondió Gervayse Hastings con un hilo de voz, una pronunciación curiosamente deficiente y confundiendo a veces las palabras—. Nadie lo ha entendido, ni siquiera quienes experimentan algo parecido. ¡Es una frialdad, una ausencia de ardor, una sensación de que mi corazón está hecho de humo, una inquietante percepción de irrealidad! Por eso, aunque parezca que poseo todo lo que los demás hombres tienen, todo a lo que aspiran, en realidad no he poseído nada, ni penas ni alegrías. Como se me dijo con sumo acierto hace muchísimo tiempo en esta misma mesa, todo, las cosas, las personas, han sido sombras que parpadean en la pared. Así sucedió con mi esposa y mis hijos, con aquellos que parecían mis amigos; así es con ustedes, a quienes ahora tengo delante. Tampoco yo poseo una existencia real, sino que soy una sombra como los demás.

»—¿Y cómo contempla una vida futura? —preguntó el clérigo teórico.

»—Peor que usted —contestó el anciano con voz apagada y débil—, porque no puedo concebirla con la suficiente pasión para sentir miedo o esperanza. ¡Mía, mía es la desdicha! ¡Este corazón helado..., esta vida irreal! ¡Ah! Y cada vez lo noto más frío.

»Quiso el azar que en ese momento cedieran los ligamentos podridos del esqueleto y que sus huesos se desplomaran en un montón, haciendo que la polvorienta corona de ciprés cayera sobre la mesa. Cuando los presentes volvieron a mirar a Gervayse Hastings después de que su atención se viera así desviada un instante, advirtieron que el anciano había sufrido un cambio: su sombra había dejado de parpadear en la pared.

»Bueno, Rosina, ¿qué opinas? —preguntó Roderick mientras enrollaba el manuscrito.

—Sinceramente, en absoluto has logrado tu propósito —respondió ella—. Es cierto que me he hecho una idea del personaje que tratas de describir, pero ha sido gracias a mi empeño y no tanto a tu expresión.

—Eso es inevitable —observó el escultor—, porque todas las características son negativas. Si Gervayse Hastings se hubiera infundido de un solo pesar humano en el lúgubre banquete, la labor de describirlo habría sido infinitamente más sencilla. Nos resulta difícil concebir cómo tales personas, y de vez en cuando nos topamos con estos monstruos morales, pueden existir aquí, o qué hay en ellos capaz de existir en el más allá. Parecen estar fuera de todo, y nada cansa más al alma que el intento de comprenderlas con ella.

Un árbol de Navidad y una boda

FIÓDOR DOSTOIEVSKI

Hace unos días vi una boda... ¡pero no! Mejor les cuento lo del árbol de Navidad. La boda estuvo bien, me gustó mucho, pero la otra celebración estuvo mejor. No sé por qué, al ver aquella boda, me acordé del árbol de Navidad. Ocurrió así.

Hace exactamente cinco años, la víspera de Año Nuevo, me invitaron a una fiesta infantil con baile. El anfitrión era un célebre hombre de negocios con contactos, conocidos, trapicheos, con lo cual se podía suponer que el baile infantil era solo un pretexto para que los padres se relacionasen y conversasen de asuntos interesantes de manera inocua, casual, imprevista. Yo era un extraño, no tenía ningún asunto pendiente, por eso pasé la velada tranquilamente por mi cuenta.

Había un invitado que parecía estar más solo que la una y que, al igual que yo, había ido a parar a esa felicidad familiar... Fue él quien atrajo mi atención antes que nadie. Era un hombre alto, enjuto, muy serio, muy bien vestido. Pero, sin duda alguna, las alegrías y la felicidad del hogar no le importaban lo más mínimo: en cuanto se apartaba en un rincón, dejaba de sonreír inmediatamente y fruncía las cejas negras y pobladas. Salvo al anfitrión, no conocía ni a un alma en toda la fiesta. Era evidente que se aburría de manera espantosa, pero soportaba con gallardía, hasta el final, el papel de persona perfectamente entretenida y feliz. Más adelante, supe que se trataba de un hombre de provincias, con un asunto pendiente, decisivo e intrincado en la capital, que había presentado una carta de recomendación a nuestro anfitrión, que nuestro anfitrión no le protegía con *amore* para nada y que le había invitado a la fiesta infantil solo por compromiso. Nadie jugaba a cartas con él, nadie le invitaba a fumar, nadie entablaba conversación con él, quizá porque habían reconocido al pájaro por sus plumas. Y como el buen hombre no sabía qué hacer con las manos, se veía obligado a acariciarse las patillas todo el rato. Sus patillas eran muy favorecedoras. Pero se las acariciaba con tanto ahínco que, si alguien se hubiera percatado, podía llegar a creer que primero habían venido al mundo las patillas y que después se les había asignado aquel buen hombre para acariciarlas.

Además del individuo en cuestión, que participaba de esta manera en la felicidad familiar del anfitrión (padre de cinco niños bien nutridos), también me fijé en otro personaje. Sin embargo, este era de una categoría muy distinta. Se trataba de toda una personalidad. Se llamaba Yulián Mastákovich. A primera vista, ya se veía que era un invitado distinguido y que guardaba con el anfitrión la misma relación que el anfitrión guardaba con el individuo que se acariciaba las patillas. El anfitrión y la anfitriona se deshacían en cumplidos, lo halagaban, le llenaban la copa, lo agasajaban, llevaban ante su presencia a otros invitados, se los presentaban y recomendaban, pero a él no lo llevaban ante nadie. Me di cuenta de que al anfitrión empezaron a saltársele las lágrimas cuando Yulián Mastákovich dijo que en raras ocasiones había transcurrido una velada de forma tan agradable. De algún modo, me sentí cohibido en presencia de tal personaje, por lo que, tras observar con fascinación a los niños, me fui a un saloncito que estaba completamente vacío y me senté en una galería llena de flores de la anfitriona que ocupaba casi la mitad del espacio.

Todos los pequeñajos inspiraban una ternura increíble y no querían portarse de ninguna manera como los mayores, a pesar de las reprimendas de las institutrices y las mamás. Desmontaron en un santiamén el árbol de Navidad, hasta el último caramelo, y ya habían roto la mitad de los juguetes antes de saber qué le tocaba a cada uno. Había un crío especialmente gracioso, con los ojos negros, el pelo rizadito, que todo el rato quería dispararme con su fusil de madera. Pero aún me llamó más la atención su hermana, una chiquilla de once años, enternecedora como un querubín, silenciosa, pensativa, pálida, con unos ojos grandes, prominentes, reflexivos. Los otros críos la debieron de fastidiar de alguna manera, por eso se fue al mismo saloncito donde estaba yo y se sentó en un rincón a jugar con su muñeca. Los invitados señalaron respetuosamente al padre de aquella niña, un rico recaudador de impuestos, y alguien comentó en voz baja que a la pequeña le correspondía una dote de trescientos mil rublos. Me di la vuelta para dar una ojeada a los que chismorreaban sobre tal circunstancia, y me fijé en Yulián Mastákovich, que escuchaba muy atento la cháchara de aquellos invitados, con las manos detrás de la espalda y la cabeza ligeramente ladeada.

Me había dejado atónito la sabiduría de los anfitriones en el reparto de regalos. La pequeña que ya tenía una dote de trescientos mil rublos recibió la muñeca más espléndida. Luego, los regalos fueron disminuyendo de valor en consonancia con la categoría de los padres de aquellas criaturas tan felices. Al final, el último chiquillo, un niño de diez años, delgadito, menudo, pecoso, pelirrojo, recibió solo un librito de historias sobre la grandeza de la naturaleza, sobre las lágrimas de emoción y cosas por el estilo, sin ilustraciones ni viñetas. Era el hijo de la institutriz de la casa, una mujer viuda y pobre. El pequeño, sumamente apocado y miedoso, llevaba una chaqueta de mísero nanquín. Tras recibir su libro, se pasó mucho rato contemplando los otros juguetes; tenía unas ganas locas de jugar con los demás, pero no podía. Era obvio que ya se percataba de su posición a conciencia.

Me encanta observar a los niños. Sus primeras expresiones de autonomía son muy curiosas. Me di cuenta de que el chiquillo pelirrojo había quedado tan fascinado por los magníficos juguetes de los demás, sobre todo por un teatro en el que a toda costa quería desempeñar un papel u otro, que decidió actuar con astucia. Intentaba congraciarse con los otros niños con una sonrisa, regaló su manzana a un retaco al que ya le había tocado un pañuelo repleto de golosinas y durante un buen rato hasta cargó a cuestas con un chaval, solo para que no le echaran del teatro. Pero al cabo de nada un gamberro empezó a propinarle una buena paliza. El pequeño no se atrevía a echarse a llorar. Entonces apareció la institutriz, su madre, y le mandó que no incordiara a los que jugaban. El niño se fue al mismo saloncito donde estaba la chiquilla. Ella dejó que se le acercase y ambos se pusieron a vestir a la magnífica muñeca con gran cuidado.

Cuando ya llevaba media hora sentado cerca de la pérgola por donde trepaba la enredadera y casi me dormía escuchando el murmullo infantil del niño pelirrojo y la hermosura de trescientos mil rublos, ambos enfrascados con la muñeca, entró en el saloncito Yulián Mastákovich. Había aprovechado una ruidosa pelea entre algunos críos para escabullirse del salón. Deduje que el hombre había conocido allí mismo al padre de la futura novia rica, con el que acababa de hablar muy animadamente de las ventajas de no sé qué profesión respecto a otra. Ahora parecía que cavilase contando con los dedos.

—Trescientos... trescientos —susurraba—. Once..., doce..., trece..., dieciséis dentro de cinco años. Y pongamos un cuatro por ciento... Bueno, pues doce por cinco, sesenta. Sí, y sobre esos sesenta..., pues pongamos que dentro de cinco años sean cuatrocientos. Sí, pero... no se conformará con el cuatro por ciento aquel tramposo. A lo mejor pide el ocho o hasta el diez por ciento. En fin, digamos quinientos, al menos quinientos mil, eso seguro. Y el resto, en ajuar... Mmm...

Terminó sus cavilaciones, se sonó la nariz y ya estaba a punto de salir del saloncito cuando de repente reparó en la niña y se detuvo. A mí no me vio detrás como estaba de los tiestos verdosos. Parecía que el hombre sentía mucho desasosiego. Sus cuentas, o bien alguna otra cosa, le habían afectado, se frotaba las manos y no podía estarse quieto. Su desazón aumentó sobremanera cuando se detuvo y clavó los ojos en la futura novia. Iba a dar un paso adelante, pero primero echó un vistazo a su alrededor. Luego, de puntillas, como si se sintiera culpable, se fue en dirección a la chiquilla. Se le acercó con una sonrisita, se agachó un poco y la besó en la cabeza. Ella no se esperaba esa ofensiva y dio un grito de sobresalto.

—¿Qué estás haciendo aquí, chiquitina? —le preguntó en voz baja, pellizcándole la mejilla y mirando a su alrededor.

—Jugamos...

—Pero... ¿con él? —Yulián Mastákovich miró de reojo al pequeño—. Tú, renacuajo, más vale que te vayas al salón —le dijo al niño.

El chiquillo se quedó callado y le miró con los ojos muy abiertos. Yulián Mastákovich echó otro vistazo a su alrededor y volvió a agacharse.

—¿Y qué tienes ahí, chiquitina? ¿Una muñeca? —le preguntó el hombre.

—Una muñeca —respondió tímidamente la niña, frunciendo el ceño.

—Una muñeca... ¿Y ya sabes de qué está hecha tu muñeca?

—No lo sé... —contestó ella, con un hilo de voz, cabizbaja.

—Pues de trapo, chiquitina. Tú, niño, que te vayas al salón con los demás —le dijo Yulián Mastákovich al chiquillo con una mirada severa.

La pequeña y el pequeño fruncieron el cejo y se apiñaron. No querían separarse.

—¿Y sabes por qué te han regalado esta muñeca? —preguntó Yulián Mastákovich, bajando aún más y más la voz.

—No lo sé...

—Pues porque has sido una buena niña y te has portado bien toda la semana.

Entonces Yulián Mastákovich, visiblemente excitado, dio una ojeada a su alrededor y, bajando cada vez más y más la voz, paralizado por la emoción y la impaciencia, le preguntó finalmente con una voz casi imperceptible:

—¿Y vas a ser cariñosa conmigo, chiquitina, cuando vaya a visitar a tus padres?

Tras decir esto, Yulián Mastákovich quería volver a besar a la chiquitina otra vez, pero el niño pelirrojo, viendo que ella iba a echarse a llorar, le agarró la mano y empezó a sollozar plenamente solidario con ella. Yulián Mastákovich se enfadó de veras.

—¡Vete, largo de aquí, vete! —le dijo al chiquillo—. ¡Que te vayas al salón te digo! ¡Vete con los demás niños!

—¡No, que no, que no! Más bien váyase usted, señor —dijo la pequeña—. ¡Déjele, déjele! —añadió a punto de echarse a llorar.

Se oyeron unos pasos cerca de la puerta y enseguida Yulián Mastákovich irguió su voluminoso tronco. Se asustó. Pero el niño pelirrojo se asustó aún más que Yulián Mastákovich, por eso se separó de la niña y, sigilosamente, rozando la pared con la espalda, salió del saloncito y se fue al comedor. Para no levantar sospechas, Yulián Mastákovich también se fue al comedor. Estaba rojo como un tomate y dio la impresión de que se avergonzaba de sí mismo al verse reflejado en el espejo. Tal vez le inquietaba haberse mostrado exaltado e impaciente. Tal vez se había quedado tan asombrado con el resultado de sus cálculos, tan tentado y a la vez e inspirado que, a pesar de ser una persona respetable e importante, se había portado como una criatura abordando su objetivo directamente, aunque dicho objetivo no pudiera materializarse hasta transcurridos al menos cinco años. Yo entré en el comedor después del honorable invitado y me encontré con una escena chocante. Yulián Mastákovich, sonrojado por el enojo y la frustración, acosaba al niño pelirrojo mientras este se escapaba muerto de miedo sin saber adónde huir.

—¡Largo! ¿Qué haces aquí? ¡Vamos, granuja, largo de aquí! Conque estás robando fruta, ¿eh? ¡Estás robando fruta! ¡Largo, granuja! ¡Vamos, mocoso, vete! ¡Vete con los demás!

El chiquillo, aterrorizado, se escondió debajo de la mesa en un gesto desesperado. Entonces su perseguidor, sumamente acalorado, se sacó del bolsillo un largo pañuelo de batista y empezó a sacudirlo como un látigo contra el chiquillo, que estaba acurrucado debajo de la mesa con una actitud del todo sumisa. Hay que decir que Yulián Mastákovich era un hombre corpulento. Mofletudo, rubicundo, rollizo, panzudo, con los muslos gruesos, en pocas palabras, lo que se dice rechoncho, y gordo como un lechón. Ahora sudaba y jadeaba, increíblemente sonrojado. Su indignación y, quizá, quién sabe, sus celos eran tan grandes que terminó poniéndose muy furioso. Yo me eché a reír con una sonora carcajada. Yulián Mastákovich se dio la vuelta y, a pesar de saberse un hombre importante, se sintió del todo intimidado. Entonces, por la puerta de enfrente, apareció el anfitrión. El niño salió de debajo de la mesa a gatas y luego se sacudió las rodillas y los codos. Yulián Mastákovich se apresuró a llevarse el pañuelo a la nariz, aguantándolo por una punta.

El anfitrión nos miró a los tres con cierta perplejidad, pero, como persona que conocía la vida y la consideraba una cosa seria, enseguida aprovechó la ocasión de tener ante él a ese invitado.

—Mire usted por dónde, este es el chaval... —dijo, señalando al pelirrojo— para el que respetuosamente quería pedirle...

—¿Cómo? —respondió Yulián Mastákovich, que aún no se había recuperado del todo.

—El hijo de la institutriz de mis niños —siguió el anfitrión con un tono de súplica—, una mujer pobre, viuda de un funcionario honrado; es por eso por lo que... Yulián Mastákovich, si fuera posible...

—¡Ah, no, no! —exclamó enseguida Yulián Mastákovich—. No, discúlpeme, Filipp Alekséyevich, con todos mis respetos, no puede ser, ni por asomo. Me he informado: no hay vacantes y, si hubiera una, ya tendrían a diez candidatos mucho más merecedores que... Lo siento, lo siento...

—Cuánto lo siento —repitió el anfitrión—. Es un chiquillo humilde, tranquilo...

—Un gran revoltoso, ya veo, ya... —respondió Yulián Mastákovich con una mueca nerviosa—. Andando, niño. ¿Qué haces ahí como un pasmarote? Vete con los demás —le dijo al pequeño.

Entonces, evidentemente, no pudo aguantarse más y me miró con el rabillo del ojo. Yo tampoco pude aguantarme más y me eché a reír delante de sus narices. Yulián Mastákovich se dio la vuelta al instante y, con voz alta y clara, le preguntó al anfitrión quién era ese joven tan raro. Se pusieron a cuchichear y salieron del comedor. Entonces vi como Yulián Mastákovich sacudía la cabeza, incrédulo, escuchando lo que le decía el anfitrión.

Después de darme un hartazgo de reír, volví al salón. Ahí el gran personaje, rodeado por los padres y las madres, por el anfitrión y la anfitriona, hablaba animadamente con una dama que le acababan de presentar. La dama agarraba de la mano a la pequeña con la que Yulián Mastákovich había protagonizado la escena en el saloncito diez minutos antes. Ahora se deshacía en elogios, cautivado por la belleza, los talentos, las gracias y la buena educación de la niñita. Sin duda alguna, quería halagar a la madre, que le escuchaba con las lágrimas a punto de empañarle los ojos. Los labios del padre perfilaban una sonrisa. El anfitrión estaba muy contento con aquella efusión general de alegría. Todos los invitados compartían el mismo sentimiento, y hasta los juegos infantiles se detuvieron para no estorbar esa conversación. El aire estaba impregnado de veneración. Luego, escuché como la madre de aquel tesoro, emocionada hasta el fondo del alma, elegía las palabras más adecuadas para preguntarle a Yulián Mastákovich si tendrían el honor de contar con su valiosa visita en casa; oí como Yulián Mastákovich aceptaba la invitación con un estupor genuino, y como luego los invitados, apartándose conforme a las buenas maneras, se deshacían en elogios conmovedores dirigidos al recaudador de impuestos y su esposa, a la niña y sobre todo a Yulián Mastákovich.

—¿Está casado ese señor? —le pregunté en voz alta a un conocido mío que se encontraba más que los otros cerca de Yulián Mastákovich.

Yulián Mastákovich me dirigió una mirada escrutadora y furiosa.

—¡No! —me contestó mi conocido, afligido hasta el fondo del alma por aquella torpeza que yo había demostrado deliberadamente.

Días atrás, pasaba por delante de la iglesia de..., me llamó la atención el gentío que se aglomeraba. Hablaban de una boda. Hacía un día nublado, empezaba a chispear. Entré en la iglesia, me abrí paso entre la multitud y vi al novio. Era un hombre bajo, rechoncho, mofletudo, barrigudo, muy acicalado. Iba de un lado a otro, con gran ajetreo, dando órdenes. Al final, corrió la voz de que llegaba la novia. Me hice un lugar entre la muchedumbre y vi a una belleza cautivadora que estrenaba apenas la primavera de la vida. Pero su belleza era pálida y triste. Se la veía aturdida. Incluso me pareció que tenía los ojos enrojecidos como reflejo de un llanto reciente. Sus facciones eran graves, de escultura clásica, lo cual daba una cierta grandeza y solemnidad a su belleza. Pero, a través de esa grandeza y esa gravedad, a través de aquella tristeza, brillaba aún su primera fisionomía de niña inocente, y revelaba algo ingenuo, inmaduro, pueril, que calladamente parecía implorar clemencia.

Decían que acababa de cumplir dieciséis años. Miré con atención al novio y reconocí a Yulián Mastákovich, a quien no veía desde hacía justo cinco años. La miré a ella... ¡Dios mío! Di media vuelta y me abrí paso para salir enseguida de la iglesia. Entre la multitud se comentaba que la novia era rica, que la novia tenía una dote de quinientos mil rublos... Más el ajuar...

«¡O sea, que hizo bien las cuentas!», pensé al salir a la calle...

Las aventuras de la noche de San Silvestre

E. T. A. Hoffmann

Prefacio del autor

El viajero entusiasta de cuyo diario volvemos a tomar una fantasía a la manera de Callot separa tan poco, al parecer, su vida interior de la exterior que apenas se puede distinguir la línea divisoria entre ambas. Pero precisamente porque tú, ¡favorable lector!, no ves con claridad esta frontera, el vidente te atrae quizás a ella, y sin darte cuenta te hallas en un extraño reino mágico, cuyas extrañas figuras penetran en tu vida exterior y quieren tratar contigo de tú a tú como viejos conocidos. Por eso te ruego de corazón, ¡favorable lector!, que las aceptes como a tales, incluso que, entregado a su fantástico trajín, soportes de buen grado algún febril escalofrío que, aferrándote más, podrían provocarte. ¿Qué más puedo hacer por este viajero entusiasta, al que en todas partes, y también en la noche de San Silvestre en Berlín, le ocurren tantas cosas fantásticas y extrañas?

1

La amada

Llevaba la muerte, la gélida muerte en el corazón; incluso desde lo más íntimo, desde ese corazón punzaba como con afiladas púas de hielo en los nervios recorridos por su fervor. ¡Furioso, salí corriendo, olvidando mi abrigo y mi sombrero, a la noche oscura y tempestuosa!

Las banderas de la torre azotaban el mástil, era como si el tiempo moviera audiblemente su terrible maquinaria eterna y al mismo tiempo el viejo año rodara sordamente como un peso muerto hacia el oscuro abismo... Ya sabes que esta época, Navidad y Año Nuevo, que os sume a todos en tan espléndida y luminosa alegría, siempre me arroja fuera de mi tranquila celda para lanzarme a un mar rugiente y agitado. ¡Navidad! Son días festivos cuyo amable resplandor percibo a lo lejos. No puedo esperar... Soy mejor, más ingenuo que durante todo el año, ningún pensamiento sombrío ni odioso alimenta mi pecho, abierto a la auténtica alegría celeste; vuelvo a ser un chiquillo que grita de placer. Desde las tallas sobredoradas y policromadas de los puestecillos me sonríen dulces rostros angelicales, y a través del estrépito de las calles me llegan, como viniendo de muy lejos, sagrados sonidos de órgano: «¡Porque ha nacido el niño!».

Pero después de la fiesta todo el eco se apaga, el resplandor se extingue en medio de una turbia oscuridad. Más y más flores caen marchitas cada año, su semilla se extingue para siempre, ningún sol primaveral inflama nueva vida en las ramas secas. Lo sé bien, pero el poder hostil lo pone ante mis ojos incesantemente, cuando el año se acerca a su fin, con perversa alegría por el mal ajeno. «Mira —susurra en mis oídos—, mira cuántas alegrías pierdes en este año que jamás volverán, pero en cambio te has vuelto más sabio, y ya no valoras mucho la vil distracción, sino que vas siendo cada vez más un hombre serio... del todo carente de alegría». Para la noche de San Silvestre, el diablo me guarda cada vez una especial fiesta y una espina. Sabe clavar en el pecho la aguda garra en el momento adecuado, con terrible mofa, y se complace en la sangre que mana. Encuentra ayuda por doquier, tal como ayer le auxilió presto el consejero de Justicia.[1] En *su* casa (me refiero a la del consejero de Justicia) siempre hay gran recepción la noche de San Silvestre, y con motivo del Año Nuevo quiere dar una especial alegría a cada uno de los reunidos, mas se muestra tan torpe y desgarbado que todas las gracias que ha ideado tan trabajosamente sucumben en un cómico lamento.

Cuando entré al vestíbulo, el consejero de Justicia me salió raudo al paso, impidiendo mi entrada al sanctasanctórum, del que salían humo de té y fino tabaco. Se mostró en extremo complaciente y astuto, y me sonrió de forma muy extraña diciendo:

—Amiguito, amiguito, algo exquisito le espera en su cuarto..., una sorpresa sin igual en esta noche de San Silvestre..., ¡pero no se asuste!

Esto me pesó en el corazón, me asaltaron sombrías intuiciones y me sentí angustiado y temeroso. Se abrieron las puertas, avancé con rapidez, entré y de entre las damas sentadas en el sofá me salió al encuentro *su* imagen. Era *ella... ella* en persona, a la que no había visto desde hacía años; los momentos más dichosos de mi vida atravesaron mi interior como *un solo* rayo de poderosa llama... Ya no había pérdida mortal... ¡Quedaba aniquilada la idea del fin!

Sea cual fuere el fantástico azar que la había traído, sea cual fuere el acontecimiento que la había llevado a la recepción del consejero de Justicia, del que yo ignoraba que la hubiera conocido nunca, no pensé en todo eso... ¡Volvía a tenerla!

Debí quedarme inmóvil, como alcanzado por un mágico rayo; el consejero me dio un leve codazo:

—¿Y bien, amiguito... amiguito?

Seguí andando mecánicamente, pero solo la veía a *ella,* y de mi pecho oprimido escaparon con esfuerzo las palabras:

—Dios mío, Dios mío... ¿Julie aquí?[2]

1 El consejero de Justicia era un cargo asesor, no vinculado por relación funcionarial, normalmente elegido de entre juristas de prestigio.

2 Julie es el perpetuo amor de Johannes Kreisler, un personaje recurrente en la obra de Hoffmann.

Estaba pegado a la mesa del té, y solo entonces Julie advirtió mi presencia. Se levantó y dijo, en tono casi ajeno:

—Me alegra mucho verle a usted aquí... ¡Tiene muy buen aspecto!

Y con esto volvió a sentarse y preguntó a la dama sentada a su lado:

—¿Hay algo interesante la semana que viene en el teatro?

Te aproximas a la espléndida flor que resplandece con dulces y familiares aromas, ¡pero cuando te inclinas para ver de cerca su dulce rostro, de las brillantes hojas salta un liso y frío basilisco y te quiere matar con sus hostiles miradas!... ¡*Eso* era lo que me acababa de ocurrir a mí!

Torpe, me incliné ante las damas y, para añadir lo necio a lo dañino, tiré, al retroceder con rapidez, la taza de té humeante del consejero, que estaba justo detrás de mí, sobre sus chorreras pulcramente plisadas. Es preciso reírse de la mala estrella del consejero, y puede que más aún de mi torpeza. Todo estaba preparado para el pertinente enfado, pero me animé a aceptar las cosas con resignada desesperación. Julie no se había reído, mis extraviadas miradas la alcanzaron, y fue como si un rayo del espléndido pasado, de esa vida llena de amor y poesía, llegase hasta mí. Entonces, en el cuarto de al lado, alguien empezó a improvisar al piano, lo que puso en movimiento a toda la reunión. Decían que se trataba de un gran virtuoso extranjero llamado Berger,[3] que tocaba como los ángeles y al que era preciso escuchar con atención.

—No hagas ese espantoso ruido con la cucharilla, mi pequeña Mina —exclamó el consejero, y señalando hacia la puerta con mano levemente curvada y pronunciando un dulce «*Eh bien*» invitó a las damas a aproximarse al virtuoso. También Julie se había puesto en pie y caminaba lentamente hacia el cuarto de al lado. Toda su figura había adoptado un algo extraño, me parecía más alta, conformada con una belleza casi más exuberante que antes. El especial corte de su blanco vestido plisado, que tan solo cubría a medias el pecho, los hombros y la nuca, con unas anchas y ablusonadas mangas hasta los codos, el cabello peinado a raya desde la frente y singularmente recogido en muchas trenzas por detrás le daban un aire antiguo, casi tenía el aspecto de las vírgenes de los cuadros de

3 Ludwig Berger (1777-1839), compositor alemán, que sería maestro de Moses Mendelssohn.

Mieris...[4] y, sin embargo, también era como si hubiera visto claramente con ojos despejados el ser en el que Julie se había convertido. Se había quitado los guantes, y ni siquiera las artísticas pulseras enroscadas en torno a las muñecas dejaban de provocar, debido a la total igualdad del atuendo, ese oscuro recuerdo, con viveza y color cada vez mayores. Julie se volvió hacia mí antes de pasar a la otra estancia, y fue como si ese rostro angelical de encanto juvenil se deformara en sarcástica burla; algo espantoso se agitó dentro de mí, como un espasmo que recorriera todos mis nervios.

—¡Oh, toca de forma celestial! —susurró una damisela entusiasmada por el té dulzón, y ni yo mismo sé cómo ocurrió que colgara su brazo del mío, y si la llevé, o más bien ella a mí, a la habitación vecina. Berger hacía rugir en ese instante el más furioso de los huracanes; los poderosos acordes se alzaban y hundían como atronadoras olas del mar, ¡y eso me hacía bien!

Entonces, Julie estaba a mi lado y me decía, con la más dulce y amable voz: «¡Quisiera que *tú* estuvieras al piano y entonaras dulces cantos de pasado placer y esperanza!». El enemigo se había apartado de mí, y con el solo nombre ¡Julia![5] yo quise expresar toda la dicha celestial que me había inundado.

Pero otras personas llegadas entretanto la habían alejado. Me evitaba visiblemente, pero conseguí, ora tocar su vestido, ora respirar pegado a ella el calor dulcemente aromático de su cuerpo, su aliento, y la pasada primavera floreció para mí en mil colores centelleantes.

Berger había dejado pasar el huracán, el cielo había quedado despejado, dulces melodías pasaban como matinales nubecillas doradas y se evaporaban en el *pianissimo*. Se tributó al virtuoso bien merecido aplauso, la sociedad cambió de posiciones y ocurrió que me vi inesperadamente delante de Julie. El espíritu se hizo más fuerte en mí, quise retenerla, abrazarla con el loco dolor del amor, pero el maldito rostro de un ajetreado criado se metió entre nosotros, sosteniendo una gran bandeja y exclamando, adverso:

—¿Deseáis algo?

---

4 Frans van Mieris (1635-1681), pintor neerlandés de la escuela de Rembrandt.

5 La vacilación en la grafía del nombre «Julia», que aparece de pronto como «Julie» o «Jule», es típica de la época, por influencia del francés.

En medio de las copas llenas de humeante ponche había un cáliz delicadamente pulido, lleno, al parecer, de la misma bebida. Cómo había ido a parar entre las copas habituales lo sabe bien aquel al que voy conociendo poco a poco; hace, como el Clemens de *Octaviano,*[6] una agradable rúbrica al andar con un pie, y le encantan las túnicas rojas y las plumas rojas. Julie cogió ese cáliz finamente pulido y de extraño brillo, y me lo ofreció diciendo:

—¿Sigue gustándote como antes recoger la copa de mi mano?

—Julia, Julia —suspiré. Al coger el cáliz toqué sus tiernos dedos, y unos chorros eléctricos relampaguearon por todas mis venas... Bebí y bebí... Fue como si pequeñas llamitas azules crepitaran, lamiendo el cristal y mis labios. El cáliz estaba vacío, y, ni yo mismo sé cómo, me encontré sentado en una otomana, en un gabinete iluminado por una lámpara de alabastro... Julie... Julie junto a mí, mirándome con aire tan infantil y devoto como antaño. Berger estaba de nuevo al piano, tocando el andante de la sublime sinfonía en mi bemol mayor de Mozart, y sobre las alas de cisne del canto se agitaban y mecían todo el amor y el goce de mi suprema vida solar... Sí, era Julie... La propia Julia, angelical y suave... Nuestra conversación, nuestra nostálgica queja de amor, más mirada que palabra, su mano en la mía...

—Nunca te dejaré, tu amor es la chispa que arde en mí, encendiendo una vida superior en arte y poesía... Sin ti..., sin tu amor todo está muerto y rígido..., pero ¿acaso no has venido para ser mía para siempre?

En ese momento, una torpe figura de piernas de araña y salientes ojos de rana entró y llamó, graznando de mala manera y riendo como un necio:

—Jule... Jule...,[7] ¿dónde estás?

Julie se puso en pie y dijo con voz extraña:

—¿Por qué no vamos con los demás? Mi marido me llama... Ha sido muy divertido hablar con usted, querido, siempre de buen humor como antaño, pero modérese con la bebida.

Y el pequeñajo de piernas de araña le cogió de la mano, y ella le siguió riendo a la sala.

---

6 Personaje de la obra *El emperador Octaviano,* de Ludwig Tieck (1733-1853).

7 Véase la nota 5.

—¡Perdida para siempre! —grité.

—¡Sin duda, querido, *codille*! —se burló una bestia que jugaba a *L'Hombre*.[8] Fuera... fuera, corrí hacia la noche tempestuosa...

2

La reunión en la taberna

El paseo Unter den Linden[9] suele ser muy agradable, pero no en la noche de San Silvestre, con una buena helada y una tormenta de nieve. Lo sentí por última vez, sin abrigo ni sombrero, cuando los escalofríos empezaron a atravesar el ardor de la fiebre. Fuera, el camino llevaba pasando de largo ante el castillo, cruzando el puente de la Ópera... Torcí y crucé el puente de Schleusen, junto a la Casa de la Moneda.

Estaba en la Jägerstrasse, junto al local de Thiermann.[10] En las habitaciones ardían amables luces, y estuve a punto de entrar, porque tenía demasiado frío y necesitaba un buen trago de una bebida contundente; en ese momento salió un alegre grupo. Hablaban de espléndidas ostras y del buen vino de Eilfer.

—Qué razón tenía aquel —exclamó uno de ellos, un imponente oficial de ulanos,[11] según pude observar a la luz de las farolas—, qué razón tenía aquel que el año pasado, en Maguncia, discutía con esos malditos que en 1794[12] no querían aflojar el Eilfer.

Todos rieron a pleno pulmón; yo había avanzado involuntariamente unos pasos, me detuve delante de una taberna, un sótano del que salía

8 Así en el original. El hombre era un juego de cartas español en el que hombre es el que dice que entra y juega contra los demás y codillo, el lance que consiste en hacer más bazas que el que ha entrado, con lo que pierde este.

9 Significa «Bajo los tilos» y es la avenida central del Berlín clásico, que arranca de la puerta de Brandeburgo.

10 Entonces conocida tienda de vinos de Berlín.

11 En el ejército alemán, soldados de caballería ligera armados con una lanza. Su origen está en la caballería polaca, y se incorporaron al ejército alemán en la época de Federico el Grande de Prusia.

12 Alude a la entrada de las tropas prusianas en la ciudad en 1794, que puso fin a la autoproclamada República de Maguncia, fundada al amparo de las turbulencias de la Revolución francesa.

una luz solitaria; la alegre compañía se había alejado, se había hecho el silencio, y escuché claramente cómo un hombre y una mujer hablaban abajo:

La mujer

—Ahora volvemos a estar solos, y la vida empieza para la gente distinguida de ahí arriba.

El hombre

—Puede ser, pero ¿no hemos estado hoy acompañados de hombres capaces y dignos de respeto?

La mujer

—Oh, sí, diez u once hombres, ¿y qué hemos sacado en limpio?... Pero, claro, cuando no se tiene más que cerveza, ni siquiera ron, que es lo que quieren beber todos... Arriba es distinto, la puerta no hace más que cerrarse y abrirse, cerrarse y abrirse, y entra gente guapa y distinguida.

El hombre

—Déjame en paz, con tus gentes distinguidas y tus cargamentos extranjeros. Mis cervezas de Mannheim, Fredersdorf, Neuwald y Sttetin son las mejores, y mi compadre Kammacher y cada uno de mis clientes no piden más.

La mujer

—Pero tienes que tener ron y también sardinas.

El hombre

—Dios me guarde, esas cosas meridionales no deben entrar en mi local. En una ocasión estuve arriba, en el local del vecino Thiermann, que tiene muchos y hermosos cuadros. La gente se divertía, y un hombrecillo muy pálido llevaba una gran fuente con curiosas cositas de colores..., amarillo..., rojo..., azul..., verde, todo entremezclado. Lo llamaban ensalada italiana... ¡Que Dios me perdone! Me sentí mal e incómodo; ese tipo bajito me pareció un duende atrayendo a las gentes con una comida satánica.

La mujer
—¡Cómo eres!... Pero eso es porque nuestro caballero te llena la cabeza de toda clase de locuras... Hoy no vendrá.

El hombre
—Eso creo yo también... Vámonos a la cama.

Rápidamente, entré al sótano. La mujer estaba sentada en una mecedora junto a la estufa, el hombre ante ella en camisón y pantuflas.

—¿Qué deseaba? —salió él a mi encuentro, quitándose amablemente la gorra. Pedí una botella de cerveza de Stettin y una pipa grande de buen tabaco, y pronto me encontré en un estado de filisteísmo[13] del que el propio demonio tuvo respeto, y me dejó en paz. ¡Oh, consejero!, si me hubieras visto descender desde tu luminoso salón de té hasta esa oscura cervecería, te habrías apartado de mí con gesto orgulloso y murmurado: «¿No es asombroso que un hombre así pueda arruinar las mejores chorreras?».

Sin abrigo y sombrero, debo haber parecido un tanto extraño a aquellas gentes. Al hombre le flotaba una pregunta en los labios, cuando golpearon en la ventana y una voz llamó:

—¡Abre, abre, soy yo!

Ambos, marido y mujer, corrieron fuera. Pronto ella volvió a entrar, llevando en alto dos velas encendidas; le seguía un hombre muy alto y enjuto. Al pasar por la puerta, baja, este olvidó agacharse y se golpeó con fuerza en la cabeza, pero una gorra negra parecida a un birrete que llevaba puesta evitó el daño; tras él entró el marido, con otras dos velas encendidas. El desconocido caminó, de manera bien singular, a lo largo de la pared y se sentó

13 Alude al estado de felicidad de la persona estrecha de miras, el «filisteo» que solo aspira a su bienestar personal.

frente a mí, mientras se ponían las luces sobre la mesa. Casi se habría podido decir de él que «tenía un aspecto distinguido e insatisfecho».[14] Exigió malhumorado cerveza y pipa, y en pocas caladas levantó tal humo que pronto flotamos dentro de una nube. Por otra parte, su rostro tenía unos rasgos tan característicos y atractivos que a pesar de su sombrío humor lo encontré simpático al instante. Llevaba los negros y abundantes cabellos peinados a raya, colgando por ambos lados en muchos pequeños rizos, de tal modo que recordaba los cuadros de Rubens. Cuando se hubo quitado el gran capote cerrado hasta el cuello que llevaba, vi que iba vestido con una *kurtka*[15] negra con muchos alamares, pero también me llamó la atención que sobre las botas se había puesto unos delicados chanclos.[16] Me di cuenta cuando vació la pipa, que se había fumado en cinco minutos. Nuestra conversación no acababa de arrancar, el desconocido parecía muy ocupado con toda clase de extrañas plantas que había sacado de una cápsula y examinaba complacido. Yo le testimonié mi admiración ante las hermosas plantas y, dado que parecían recién arrancadas, pregunté si quizá había estado en el jardín botánico o en Boucher.[17] Él sonrió de manera bastante extraña y respondió:

—No parece que la botánica sea su especialidad, de lo contrario no habría hecho una pregunta tan… —Se detuvo, yo susurré a media voz:

—Tonta…

—Tonta —añadió con franqueza—. Habría reconocido al primer vistazo —prosiguió— que son plantas alpinas, concretamente como las que crecen en el Chimborazo.[18]

---

14 Cita de *La maravillosa historia de Peter Schlemihl,* original de Adalbert von Chamisso (1781-1838). El personaje alto y enjuto que acaba de entrar es, de hecho, como pronto veremos, el propio Peter Schlemihl, el hombre que vendió su sombra, según se explicitará más adelante (se incluye una nota del propio Hoffmann que remite a la edición de L. Schrag, publicada en 1814).

15 Uniforme con un pequeño faldón que utilizaban los soldados rusos y polacos del XVIII.

16 Al vender su sombra, Peter Schlemihl había recibido también el uso de las botas de siete leguas que Charles Perrault hacía calzar a su Pulgarcito. Lleva puestos los chanclos, pues, para poder caminar con normalidad, en vez de a grandes trancos, como le llevarían las botas.

17 Floristería en las cercanías de Berlín.

18 Provincia ecuatoriana donde se halla el volcán del mismo nombre, que, con sus 6 310 metros de altura, es la montaña más alta del país. Schlemihl lo visita en el cuento de Chamisso.

El desconocido dijo en voz baja estas últimas palabras, y puedes imaginar que me sentí muy extrañado. Toda pregunta se extinguió en mis labios; pero cada vez más se agitaba en mi interior una intuición, y sentía como si no hubiera tanto *visto* como *pensado* a menudo al desconocido. Entonces volvieron a aporrear la ventana, el posadero abrió la puerta y una voz gritó:

—Tened la bondad de cubrir vuestro espejo.

—Ajá —dijo el posadero—, aquí viene, aunque tarde, el general Suvarov.[19]

La mujer cubrió el espejo, y con una torpe rapidez, con pesado apresuramiento se podría decir, entró un hombre bajito y seco, vestido con un abrigo de extrañísimo color parduzco que, mientras el hombre brincaba por la estancia, se movía en torno a su cuerpo de forma singular, formando mil pliegues y plieguecillos, de manera que a la luz de las velas casi parecía como si fueran varias personas entrando y saliendo, como en las fantasmagorías de Ensler.[20] Se frotó las manos, que llevaba metidas en las anchas mangas, y exclamó:

—¡Qué frío!... ¡Oh, qué frío! En Italia es distinto, ¡es distinto!

Por fin, se sentó entre el hombre alto y yo, diciendo:

—¡Qué humo espantoso...! Tabaco contra tabaco... ¡Si tuviera una pizca de rapé!

Yo llevaba en la cartera que me regalaste mi tabaquera de acero pulido, la saqué enseguida y fui a ofrecerle el tabaco que pedía. Apenas la vio, la empujó con ambas manos y gritó apartándola:

—¡Apartad... apartad ese espantoso espejo!

Su voz tenía algo terrible, y cuando le miré sorprendido se había convertido en otra persona. Había entrado saltando, con un agradable rostro juvenil, pero ahora me miraba con ojos huecos y el rostro mortalmente pálido, marchito y surcado de arrugas de un anciano. Horrorizado, me volví hacia el alto:

19 Mariscal ruso durante las guerras napoleónicas, famoso por sus múltiples extravagancias.

20 J. C. Ensler (1782-1866), profesor alemán que poseía un establecimiento «óptico-cosmoránico» en el que llevaba a cabo ilusiones ópticas utilizando una linterna mágica.

—¡Por el amor del cielo, mire! —fui a gritar, pero el alto no se fijaba en absoluto en todo aquello, sino que estaba enteramente absorbido por sus plantas del Chimborazo, y en ese momento el pequeño pidió con afectación «vino del Norte». Poco a poco la conversación se fue animando. El bajito me resultaba sin duda muy inquietante, pero el alto sabía decir cosas profundas y regocijantes sobre cuestiones en apariencia baladíes, sin perjuicio de que parecía luchar con las expresiones y decía a veces alguna palabra inadecuada que, no obstante, daba a menudo un punto de graciosa originalidad a lo que decía, con lo que, haciendo creciente amistad con mi interior, atenuaba la mala impresión causada por el bajito. Este parecía impulsado por resortes, porque se movía de un lado para otro en su silla, gesticulaba mucho con las manos, y algo así como un río de hielo me recorrió la espalda cuando advertí con toda claridad que parecía tener dos rostros distintos. Miraba al alto, cuya calma destacaba extrañamente contra la movilidad del bajito, con el rostro de viejo, aunque no de manera tan espantosa como antes a mí.

En el juego de máscaras que constituye la vida terrenal, a menudo el espíritu ve con ojos luminosos más allá de la máscara, reconociendo al afín, y así pudo ocurrir que los tres extraños personajes del sótano nos mirásemos y reconociésemos de esa guisa. Nuestra conversación recayó en aquel humor que solo viene de los ánimos heridos hasta la muerte.

—Eso es algo en lo que también es posible quedar enganchado —decía el alto.

—Oh, Dios —tercié yo—, y cuántos ganchos no deja el diablo para nosotros, en paredes, matorrales, macizos de rosas, en los que al rozarlos dejamos algo de nuestro propio yo. Parece, señores, como si de este modo todos nosotros hubiéramos perdido algo, igual que en esta noche a mí me faltan, sobre todo, abrigo y sombrero. ¡Ambos cuelgan de un gancho del vestíbulo del consejero de Justicia, como ustedes saben!

El bajito y el alto se sobresaltaron visiblemente, como si les hubiera alcanzado un rayo de improviso. El bajito me miró con expresión odiosa con su rostro viejo, pero enseguida se subió a una silla y tensó más el paño sobre el espejo, mientras el alto despabilaba cuidadosamente las velas. La conversación se reanimó trabajosamente, se mencionó a un joven y despierto pintor llamado Philipp,[21] y el cuadro de una princesa que él había terminado con *ese* espíritu del amor y *ese* devoto anhelo de lo sublime que el profundo sentimiento religioso de la señora había prendido en él.

—Solo le faltaba hablar, y sin embargo no era un retrato, sino una *imagen* —dijo el alto.

—Es muy cierto —dije yo—, se podría decir que robada al espejo.

Entonces el bajito saltó furioso y mirándome con la cara vieja y los ojos centelleantes gritó:

—Eso es una necedad, eso es una locura, ¿quién puede robar imágenes a un espejo?... ¿Quién puede hacerlo? ¿Te refieres, quizá, al diablo? Oh, oh, hermano, él rompe el cristal con sus torpes garras, y las finas y blancas manos del cuadro quedarán también heridas y sangrarán. Es una necedad. ¡Vaya!... ¡Muéstrame esa imagen del espejo, esa imagen robada al espejo, y daré un salto de mil brazas, muchacho idiota!

El alto se levantó, se dirigió hacia el bajito y dijo:

—¡No se ponga así, amigo mío! De lo contrario lo echaremos escaleras arriba, puede que su propia imagen en el espejo tenga un aspecto lamentable.

—Ja, ja, ja —rio y graznó el bajito con loca mofa—, ja, ja, ¿tú crees? ¿Tú crees? Pero yo tengo mi hermosa sombra, oh, lamentable individuo, ¡yo tengo mi sombra!

Y con estas palabras se fue de un salto, y fuera todavía le oímos reír y burlarse con auténtica befa:

—¡Yo tengo mi sombra!

El alto se había hundido en la silla, como aniquilado, pálido como un muerto, había apoyado la cabeza en las manos y de lo más hondo de su pecho salía un pesado jadeo.

—¿Qué le ocurre? —pregunté compasivo.

—Oh, señor mío —respondió el alto—, esa mala persona que tan hostil nos parecía, que me ha perseguido hasta aquí, hasta mi taberna de siempre,

21 Philipp Veit (1793-1877). El cuadro mencionado a continuación es probablemente el de la princesa Guillermina de Prusia (1814).

donde normalmente estoy a solas, porque como mucho un espíritu de la tierra se metía debajo de la mesa a picar las migas de pan..., ese hombre malvado me ha devuelto a la más profunda de las miserias. Ah, he perdido, he perdido irrecuperablemente mi... ¡Que le vaya bien!

Se levantó y avanzó por la estancia hacia la puerta. Todo siguió iluminado en torno a él... No arrojaba sombra alguna. Extasiado, corrí en pos de él...

—Peter Schlemihl... ¡Peter Schlemihl![22] —grité alegremente, pero *él* se había quitado los chanclos. Vi cómo avanzaba por entre la tormenta y desaparecía en medio de la noche.

Cuando quise regresar al local, el posadero me dio con la puerta en las narices diciendo:

—¡Que Dios me guarde de tales clientes!

3

Apariciones

El señor Mathieu es un buen amigo mío y su portero, un hombre despierto que me abrió en cuanto llamé a la puerta del Goldener Adler.[23] Le expliqué que me había escapado de una reunión sin sombrero ni abrigo, que en este último estaba la llave de mi casa y que despertar a mi sorda asistenta era imposible. Ese hombre amable (me refiero al portero) abrió una habitación, dejó allí un candelabro y me deseó buenas noches. El ancho y hermoso espejo estaba cubierto, y ni yo mismo sé por qué se me ocurrió quitar el paño que lo cubría y poner las dos velas sobre la mesa. Cuando me miré al espejo, me hallé tan pálido y desfigurado que apenas pude reconocerme.

Era como si desde el fondo del espejo saliera una figura oscura, y cuando dirigí a ella con creciente fijeza mirada y pensamiento, se desarrollaron con

22 *La maravillosa historia de Peter Schlemihl,* escrita por Adalbert von Chamisso y editada por el barón Friedrich de la Motte Fouqué, Núremberg, L. Schrag, 1814. *(N. del a.)*

23 La posada Goldener Adler existió en realidad y su dueño se llamaba efectivamente Mathieu. Hoffmann se había alojado en ella dos veces, en 1807 y 1814.

extraño y mágico brillo los rasgos de una dulce imagen de mujer... Reconocí a Julie. Preso de ferviente amor y anhelo, sollocé a voces:

—¡Julia! ¡Julia!

Entonces oí gemir y suspirar detrás de las cortinas de una cama, al otro extremo de la habitación. Agucé el oído: el gemido se hacía cada vez más temeroso. La imagen de Julie había desaparecido, agarré decidido el candelabro, corrí rápidamente las cortinas de la cama y miré. Cómo describir la sensación que me estremeció cuando vi al bajito, allí tumbado con el rostro juvenil, aunque dolorosamente contraído, sollozando en sueños desde lo más hondo de su pecho: «Giulietta... Giulietta...». El nombre prendió en mi interior... El espanto había huido de mí, agarré y sacudí al bajito con aspereza, gritando:

—¡Eh..., amigo, cómo viene a parar a mi habitación, despierte y haga el favor de irse al diablo!

El bajito abrió los ojos y me miró con oscura mirada:

—Ha sido un mal sueño —dijo—. Gracias por despertarme.

Las palabras no sonaron más que como suspiros. No sé cómo ocurrió que entonces el bajito me pareció completamente distinto, es más, que el dolor que hacía presa en él penetró en mi propio interior, y toda mi ira se transformó en profunda melancolía. Hicieron falta pocas palabras para saber que el portero me había asignado por descuido la misma habitación que ya se había dado al bajito, y que así pues era yo el que, con inconveniente intrusión, había perturbado el sueño del bajito.

—Señor mío —dijo el bajito—, quizá en la taberna le haya parecido furioso y desenfrenado; atribuya mi conducta al hecho de que, no lo puedo negar, a veces se apodera de mí un loco espíritu que me expulsa de todos los círculos de lo moral y conveniente. ¿No le ha pasado a usted nunca una cosa así?

—Oh, Dios, sí —respondí apocado—, esta misma noche, cuando he vuelto a ver a Julie.

—¿Julia? —graznó el bajito con espantosa voz, y un temblor recorrió su rostro, que de repente volvió a ser viejo—. Oh, déjeme descansar... ¡Tenga usted la bondad de cubrir el espejo, amigo mío! —dijo agotado, volviendo la vista hacia la almohada.

—Señor mío —dije—, el nombre de mi amor perdido para siempre parece despertar extraños recuerdos en usted, que incluso hacen variar notablemente los agradables rasgos de su rostro. Pero espero pasar tranquilamente con usted la noche, por lo que voy a cubrir el espejo y meterme en la cama.

El bajito se incorporó, me dirigió la mirada en extremo suave y bondadosa de su rostro joven, me cogió la mano y dijo, apretándola levemente:

—Que duerma bien, señor, me doy cuenta de que somos compañeros en la desgracia... ¿También usted?... Julia... Giulietta... Bien, sea como quiera, ejerce usted un irresistible poder sobre mí... No puedo evitarlo, tengo que descubrirle el más profundo de mis secretos... Luego ódieme, luego desprécieme.

Con estas palabras el bajito se incorporó lentamente, se envolvió en un ancho batín blanco y se deslizó sigilosa y fantasmagóricamente hasta el espejo, ante el que se detuvo. ¡Ay!... El espejo me devolvía claramente la imagen de las dos velas, de los objetos de la habitación, de mí mismo, pero la figura del bajito no se veía, ningún rayo reflejaba su rostro inclinado sobre el azogue. Se volvió hacia mí, con un gesto de la más profunda desesperación, y me apretó las manos:

—Ahora conoce mi ilimitada desdicha —dijo—. Schlemihl, esa alma buena y pura, es envidiable al lado de mi abyección. Él vendió frívolamente su sombra, ¡pero yo!... ¡Yo le di mi imagen en el espejo *a ella... a ella!...* ¡Oh, oh, oh!

Gimiendo así de profundamente, cubriéndose el rostro con las manos, el bajito se tambaleó hasta la cama, en la que se arrojó con rapidez. Me detuve, petrificado: recelo, desprecio, espanto, misericordia, compasión, ni yo mismo sé qué se agitó en mi pecho en pro y en contra del bajito. Sin embargo, este pronto empezó a roncar, tan encantadora y melodiosamente que no pude resistir a la fuerza narcótica de esos sonidos. Rápidamente cubrí el espejo, apagué las luces, me lancé a la cama como había hecho el bajito y pronto quedé sumido en un profundo sueño. Puede que fuera ya por la mañana cuando un deslumbrante resplandor me despertó. Abrí los ojos y vi al bajito, con el batín blanco y el gorro de dormir en la cabeza, de espaldas a mí, sentado a la mesa y escribiendo con aplicación a la luz de las dos velas. Tenía un aspecto bastante fantasmagórico, sentí un escalofrío; de pronto el sueño se apoderó de mí, y volvió a llevarme a casa del consejero, donde estaba sentado en la otomana junto a Julie. Pronto fue como si todos los congregados fueran una grotesca exposición de Navidad en Fuchs, Weide, Schoch[24] o algún lugar por el estilo, y el consejero, una decorativa figura de caramelo con chorreras de papel. Los árboles y macizos de rosas iban haciéndose cada vez mayores. Julie se levantó y me entregó el cáliz cristalino, del que salían azuladas llamas. Entonces algo me tiró del brazo, el bajito estaba detrás de mí con su cara de viejo y siseaba:

—¡No bebas, no bebas..., ten cuidado! ¿No la has visto en los admonitorios cuadros de Breughel, de Callot o de Rembrandt?

Me estremecí ante Julie, porque, desde luego, en sus ropajes llenos de pliegues, con sus mangas de farol, con sus adornos en el pelo, parecía una de esas atractivas vírgenes rodeadas de monstruos infernales de los cuadros de aquellos maestros.

—¿Qué temes? —dijo Julie—. Te tengo a ti y tu imagen en el espejo.

Cogí el cáliz, pero el bajito saltaba como una ardilla sobre mis hombros y agitaba las llamas con la cola, chillando contrariado:

—¡No bebas..., no bebas!

En ese momento, todas las figurillas de azúcar de la exposición cobraron vida y movieron de forma grotesca las manecitas y los piececitos, el consejero de Justicia de caramelo vino hacia mí dando saltitos y gritó con una vocecita finísima:

—¿A qué todo ese ruido, querido? ¿A qué todo ese ruido? Plántese sobre sus pies, porque hace mucho que observo que camina usted por los aires, por encima de las mesas y las sillas.

El bajito había desaparecido, Julie ya no tenía el cáliz en la mano.

—¿Por qué no has querido beber? —dijo—. ¿Es que la espléndida y pura llama que resplandecía en el cáliz no era el beso que antaño recibiste de mí?

Quise abrazarla, pero Schlemihl se interpuso, diciendo:

—Esta es Mina, la que casó con Rascal.[25]

---

24 Famosas pastelerías de Berlín.

25 Personajes de *Peter Schlemihl.* Rascal es uno de sus criados y Mina, su novia.

Había pisoteado algunas figurillas, que gemían mucho. Pronto, estas se convirtieron en cientos y miles, que empezaron a brincar a mi alrededor y subirse a mí en abigarrado y feo tumulto, zumbando en mis oídos como un enjambre de abejas.

El consejero de Justicia de caramelo se me había subido hasta el lazo de la corbata, que apretaba cada vez con más fuerza.

—Maldito consejero de Justicia de caramelo —grité, y me desperté. Era de día, ya las once de la mañana. «Seguro que todo lo del bajito no ha sido más que otro vívido sueño», pensé, en el momento en que el camarero que entraba con el desayuno me dijo que el caballero que había dormido conmigo en mi habitación se había marchado temprano y se despedía de mí. En la mesa a la que en la noche se había sentado el fantasmagórico hombrecillo, encontré una hoja recién escrita cuyo contenido te comunico, porque es indudablemente su maravillosa historia.

4

La historia de la perdida imagen en el espejo

Por fin las cosas habían llegado al punto de que Erasmus Spikher pudiera hacer realidad el deseo que había alimentado en su corazón durante toda su vida. Con el corazón alegre y la bolsa bien llena, se subía a un coche para abandonar su patria norteña y viajar a las hermosas y cálidas tierras meridionales. Su dulce y devota esposa derramó mil lágrimas, y alzó al pequeño Rasmus, después de haberle limpiado cuidadosamente la nariz y la boca, hasta el coche, para que el padre le diera un beso de despedida.

—Que te vaya bien, mi querido Erasmus Spikher —dijo sollozando la mujer—, cuidaré bien tu casa, piensa en mí, mantente fiel a mí y no pierdas tu hermosa gorra de viaje cuando, como acostumbras, te duermas y saques la cabeza fuera del coche.

Spikher lo prometió.

En la hermosa Florencia, Erasmus encontró algunos compatriotas que gozaban, llenos de alegría de vivir y ánimo juvenil, de los abundantes placeres que ese país espléndido ofrecía a raudales. Se les reveló un despierto compadre, y se organizaron toda clase de regocijantes festines, a los que el espíritu especialmente alegre de Spikher y su talento para añadir lo ingenioso a lo travieso daban un especial brío. Así ocurrió que esos jóvenes (Erasmus no tenía más que veintisiete años, sin duda había que contar con ello) organizaron una noche, en un jardín de espléndidos aromas e iluminado bosquecillo, una alegre fiesta. Todos, no solo Erasmus, habían llevado consigo una dulce *donna*. Los hombres iban vestidos con decorativos trajes de antiguo cuño alemán, las mujeres con relucientes y fantásticos vestidos de colores, cada una distinta de la otra, de tal manera que parecían amables y errantes flores. Si esta o aquella cantaba una canción de amor italiana acompañada por las mandolinas, los hombres entonaban una recia canción alemana, entre el alegre tintineo de las copas llenas de vino de Siracusa.

Italia es el país del amor. El viento de la tarde susurraba como en nostálgicos suspiros, los aromas del naranjo y del jazmín recorrían el bosquecillo, mezclándose con el juego relajado y burlón que las dulces mujeres, ofreciendo todas las pequeñas y tiernas gracias que solo las mujeres italianas saben hacer, habían empezado. El placer iba haciéndose cada vez más vivo y ruidoso. Friedrich era el más ardiente de todos, con un brazo enlazaba a su *donna* y alzando con el otro la copa llena de perlado Siracusa gritó:

—Dónde pueden hallarse el placer y la dicha celeste sino en vosotras, dulces y espléndidas mujeres italianas, vosotras sois el amor mismo... Pero tú, Erasmus —prosiguió volviéndose hacia Spikher—, no pareces sentirlo especialmente, porque no solo no has invitado a nuestra fiesta a ninguna *donna,* en contra de todos los acuerdos, reglas y costumbres, sino que hoy estás tan triste e introvertido que, si no hubieras al menos bebido y cantado bravamente, creería que te habías convertido de pronto en un aburrido melancólico.

—Tengo que confesarte, Friedrich —respondió Erasmus—, que no puedo disfrutar de *ese* modo. Sabes que he dejado atrás una amable y devota esposa, a la que amo desde lo más hondo de mi ser y a la que obviamente traicionaría si eligiera una *donna,* aunque solo fuera por una noche, para un juego relajado e inocente. Para vosotros, jóvenes solteros, es distinto, pero yo, como padre de familia...

Los jóvenes rieron a carcajadas, porque al decir las palabras «padre de familia» Erasmus se esforzó por llenar su rostro agradable y juvenil de severas arrugas, lo que resultó muy grotesco. La *donna* de Friedrich hizo que le tradujeran al italiano lo que Erasmus había dicho en alemán, y entonces se volvió con gesto muy serio hacia él y dijo alzando el dedo, en tono ligeramente amenazador:

—¡Oh, frío, frío teutón!... ¡Guárdate, aún no has visto a Giulietta!

En ese momento se oyó un susurro a la entrada del bosquecillo, y de la noche oscura salió al claro resplandor de las velas una maravillosa estampa de mujer. Su blanco vestido de amplias mangas hasta los codos, que solo a medias cubría senos, hombros y nuca, caía en anchos y abundantes pliegues; los cabellos, peinados a raya en la frente, estaban recogidos por detrás en múltiples trenzas.

Unos collares de oro en torno al cuello, numerosas pulseras en las muñecas completaban el antiguo aderezo de la doncella, que parecía una estampa de Rubens o del delicado Mieris.[26]

—¡Giulietta! —gritaron asombradas las muchachas.

Giulietta, cuya belleza angelical los inundó en su resplandor a todos, dijo con voz dulce y adorable:

—Dejadme participar de vuestra hermosa fiesta, buenos jóvenes alemanes. Quiero llegar hasta aquel de entre vosotros que se halla sin goce y sin amor.

Con esto caminó, con sublime encanto, hacia Erasmus y se sentó en el sillón que había quedado vacío junto a él, porque se suponía que iba a llevar consigo una *donna*. Las muchachas sisearon entre ellas:

—Mirad, oh, mirad lo hermosa que está Giulietta hoy.

Y los muchachos decían:

—¿Qué pasa con Erasmus? ¿Se habrá traído a la más bella y se habrá reído de nosotros?

Desde la primera mirada que dedicó a Giulietta, Erasmus se sentía de un ánimo tan singular que ni él mismo sabía qué se agitaba con tal

26 Véase la nota 4.

ímpetu en su interior. Cuando se le acercó, una ajena violencia se adueñó de él y comprimió su pecho de tal modo que quedó sin aliento. Con la vista fija en Giulietta y los labios rígidos, no podía pronunciar una sola palabra mientras los jóvenes ensalzaban su encanto y belleza. Giulietta cogió un cáliz lleno hasta los bordes y se levantó, ofreciéndolo amable a Erasmus; él lo aferró, tocando ligeramente los delicados dedos de Giulietta. Bebió, y un fuego recorrió sus venas. Entonces Giulietta preguntó, con tono de broma:

—¿Queréis que sea vuestra *donna*?

Erasmus se arrojó como enloquecido a los pies de Giulietta, apretó las dos manos de ella contra su pecho y exclamó:

—¡Sí, eres *tú, a ti* he amado siempre, *a ti,* angelical estampa!... ¡A ti te he visto en mis sueños, *tú* eres mi alegría, mi dicha, mi vida superior!

Todos creyeron que el vino se le había subido a la cabeza, porque nunca le habían visto así, parecía otra persona.

—Sí, tú... tú eres mi vida, tú enciendes en mí un fuego devorador. Déjame sucumbir... sucumbir, solo en ti, solo tú quiero ser.

Así gritó Erasmus, pero Giulietta lo tomó dulcemente en sus brazos y, más tranquilo, él se sentó a su lado, y pronto el alborozado juego del amor se reanudó, con las alegres chanzas y canciones que Giulietta y Erasmus habían interrumpido. Cuando Giulietta cantaba, era como si de lo más hondo de su pecho salieran sonidos celestiales jamás escuchados, inflamando en todos un placer hasta entonces tan solo intuido. Su voz plena, maravillosa y cristalina llevaba en sí un misterioso ardor que atrapaba los ánimos por entero. Cada muchacho abrazaba con más fuerza a su *donna* y la miraba con más fuego a los ojos. Ya un rojo resplandor anunciaba el amanecer, cuando Giulietta aconsejó dar fin a la fiesta. Así se hizo. Erasmus se dispuso a acompañar a Giulietta, ella lo rechazó y le indicó la casa en la que podría encontrarla en el futuro. Durante la canción alemana que los jóvenes habían entonado para terminar la fiesta, Giulietta desapareció del bosquecillo; se la vio caminar por un lejano pasillo en la espesura, detrás de dos criados que la precedían con antorchas. Erasmus no se atrevió a seguirla. Los muchachos cogieron cada uno del brazo a su *donna* y se fueron felices y contentos. Por fin, del todo perturbado e interiormente desgarrado por la nostalgia y la pena de amor, les siguió Erasmus, al que su pequeño criado alumbraba con la antorcha. Una vez que los amigos lo abandonaron, se dirigió a un camino apartado que llevaba a su casa. El amanecer ya había roto, el criado aplastó la antorcha contra el pavimento, pero entre las chispas que se alzaron apareció de pronto ante Erasmus un extraño personaje, un hombre alto y enjuto con afilada nariz de azor, ojos centelleantes, boca torcida en irónica mueca y vestimenta roja como el fuego con relucientes botones de acero. *Él* se echó a reír y exclamó, con voz desagradablemente estridente:

—Vaya, vaya..., parecéis salido de un viejo libro de estampas, con vuestra capa, vuestro jubón acuchillado y vuestro birrete emplumado... Tenéis un aspecto muy singular, señor Erasmus, ¿es que queréis ser el hazmerreír de la gente por las calles? Regresad tranquilo al volumen del que habéis escapado.

—Qué os importa a vos mi vestimenta —dijo Erasmus malhumorado, y quiso echar a un lado al tipo de rojo, que gritó a sus espaldas:

—Bueno, bueno..., no corráis así, ahora no podéis ir a casa de Giulietta.

Erasmus se volvió con rapidez:

—¡Qué decís de Giulietta! —gritó furioso, agarrando al tipo de rojo por el pecho. Pero este se volvió como una flecha y, antes de que Erasmus pudiera darse cuenta, había desaparecido. Erasmus se quedó perplejo, con el botón de acero que había arrancado al de rojo en la mano.

—Era el curandero Signor Dapertutto[27] que quería algo de vos —dijo el criado, pero Erasmus sintió un escalofrío y corrió a su casa.

Giulietta recibió a Erasmus con el maravilloso encanto y amabilidad que le eran propios. A la loca pasión que inflamaba a Erasmus oponía una conducta suave e indiferente. Solo de vez en cuando sus ojos centelleaban, y Erasmus sentía cómo lo estremecían leves escalofríos, venidos de lo más hondo de su ser, cuando ella le dedicaba a veces una extraña mirada. Nunca le dijo que lo amaba, pero todo en su forma de tratarlo permitía intuirlo con

27 En italiano, «en todas partes».

claridad, de tal modo que unos lazos cada vez más fuertes lo envolvieron. Empezó una auténtica vida de esplendor; veía raras veces a los amigos, porque Giulietta lo había introducido en una sociedad distinta.

Un día se encontró a Friedrich, que no lo dejó ir, y cuando Erasmus se ablandó, tras algún que otro recuerdo de su patria y su casa, Friedrich dijo:

—¿Sabes, Spikher, que estás conociendo a gentes muy peligrosas? Tienes que haberte dado cuenta de que Giulietta es una de las más astutas cortesanas que ha habido nunca. Cuentan toda clase de extrañas y misteriosas historias, que la presentan bajo una luz muy especial. Veo en ti que, cuando quiere, ejerce un poder irresistible sobre los hombres y los envuelve en lazos indisolubles. Has cambiado por completo, te has entregado a la seductora Giulietta, ya no piensas en tu querida y devota esposa.

Entonces Erasmus se cubrió el rostro con las manos, sollozó ruidosamente y gritó el nombre de su mujer. Friedrich se dio cuenta de que había empezado una dura lucha interior.

—Spikher —prosiguió—, vámonos deprisa.

—Sí, Friedrich —exclamó Spikher con vehemencia—, tienes razón. No sé cómo, de pronto me acometen siniestros y terribles presentimientos... Tengo que irme, tengo que irme hoy mismo.

Los dos amigos corrían por la calle cuando se les atravesó el Signor Dapertutto; *él* se rio en la cara de Erasmus y exclamó:

—Ah, corred, corred aprisa, Giulietta ya espera, con el corazón lleno de nostalgia y los ojos de lágrimas... ¡Ah, corred, corred!

Erasmus se sintió como alcanzado por un rayo.

—Ese tipo —dijo Friedrich—, ese *ciarlatano*[28] me repugna hasta el fondo de mi alma, y que *él* entre y salga de casa de Giulietta y le venda sus maravillosas esencias...

—¿Qué? —exclamó Erasmus—, ese tipo repugnante en casa de Giulietta..., ¿de Giulietta?

—Pero ¿dónde habéis estado tanto tiempo? Todo os está esperando, ¿es que no habéis pensado en mí?

28 En italiano, «charlatán».

Así gritó una dulce voz desde un balcón. Era Giulietta, ante cuya casa los amigos se habían detenido sin darse cuenta. De un salto, Erasmus estaba dentro de la casa.

—Ya está dentro, y no tiene salvación —dijo Friedrich en voz baja, y siguió su camino calle arriba.

Giulietta nunca había estado más encantadora, llevaba el mismo vestido que en aquella ocasión en el jardín, resplandecía en toda su belleza y juvenil encanto. Erasmus había olvidado cuanto había estado hablando con Friedrich, el más sublime goce, el más elevado éxtasis lo arrastraba más que nunca irresistiblemente, pero tampoco nunca Giulietta le había dejado advertir tan sin reservas su fervoroso amor. Solo parecía verlo a *él,* solo parecía existir para *él.*

En una villa que Giulietta había alquilado para el verano iba a celebrarse una fiesta. Allí fueron. En la reunión se encontraba un joven italiano de fea figura y aún más feas costumbres, que se afanaba en torno a Giulietta y provocó los celos de Erasmus, que se alejó furioso de los otros y empezó a caminar arriba y abajo, solitario, por una avenida lateral del jardín. Giulietta fue a buscarlo:

—¿Qué te pasa? ¿Acaso no eres mío por entero?

Al decir esto, lo enlazó con sus tiernos brazos y estampó un beso en sus labios. Rayos de fuego lo atravesaron, abrazó a la amada con furia de amor y exclamó:

—¡No, no te dejaré, aunque sucumba en la más oprobiosa perdición!

Giulietta sonrió de forma extraña al oír estas palabras, y a él le alcanzó aquella extraña mirada que le producía constantemente un interior estremecimiento. Volvieron con los reunidos. El maleducado joven italiano estaba ahora en el papel de Erasmus: movido por los celos, lanzaba toda clase de ofensivas pullas contra los alemanes y especialmente contra Spikher. Por fin, este no pudo sufrirlo más; se lanzó raudo sobre el italiano.

—Cesad —dijo— en vuestras indignas pullas contra los alemanes y contra mí u os arrojaré a aquel estanque para que aprendáis a nadar.

En ese momento, un puñal brilló en la mano del italiano; Erasmus le cogió furioso por el cuello y lo derribó; una fuerte patada, y el italiano entregó el espíritu entre estertores.

Todo el mundo se lanzó sobre Erasmus, que estaba fuera de sí... Se sintió atrapado, arrastrado fuera. Cuando despertó de su profundo aturdimiento, yacía en un pequeño gabinete a los pies de Giulietta, que, con la cabeza inclinada sobre él, lo sostenía con ambos brazos.

—Oh, malvado, malvado alemán —dijo con infinita suavidad y dulzura—. ¡Qué miedo me has causado! Te he salvado del peligro inmediato, pero ya no estás seguro en Florencia, en Italia. Tienes que irte, tienes que abandonarme, a mí, que tanto te amo.

La idea de la separación desgarró a Erasmus, con lamento y dolor innombrables.

—Déjame quedarme —gritó—, soportaré gustoso la muerte, ¿acaso morir es más que vivir sin ti?

Entonces, fue como si una voz baja y lejana gritara dolorosamente su nombre. ¡Ay! Era la voz de la devota esposa alemana. Erasmus enmudeció, y de forma muy extraña Giulietta preguntó:

—¿Piensas sin duda en tu mujer?... Ah, Erasmus, pronto me olvidarás.

—Ojalá pudiera ser eternamente tuyo y por entero —dijo Erasmus. Estaban justo delante del hermoso y ancho espejo que había en la pared del gabinete y a cuyos dos lados ardían luminosas velas. Giulietta abrazó a Erasmus con más fuerza, con más pasión, mientras susurraba:

—Déjame tu imagen en el espejo, amado mío, ha de ser mía y permanecer conmigo para siempre.

—Giulietta —exclamó asombrado Erasmus—. ¿Qué quieres decir? ¿Mi imagen en el espejo? —se miró en el espejo, que le devolvió la estampa de Giulietta y él en dulce y amoroso abrazo—. ¿Cómo puedes retener mi imagen en el espejo —prosiguió—, cuando va conmigo a todas partes y me mira desde todas las aguas claras, desde cualquier superficie pulida?

—¿Ni siquiera —dijo Giulietta—, ni siquiera ese sueño de ti que brilla en el espejo me concedes, tú que querías ser mío en alma y vida? Ni siquiera tu imagen inconstante ha de quedarse conmigo y caminar conmigo por la pobre vida que, como tú huyes, quedará sin goce y sin amor.

Ardientes lágrimas acudieron a los hermosos ojos oscuros de Giulietta. Entonces Erasmus gritó, loco de mortífero dolor de amor:

—¿Es que he de dejarte?... Si he de irme, que mi imagen en el espejo sea tuya por toda la eternidad. Que ningún poder, que ni el diablo te la arrebate, hasta que me tengas en cuerpo y alma.

Los besos de Giulietta ardieron como fuego en su boca cuando hubo dicho esto; luego, ella le soltó y tendió ansiosa los brazos hacia el espejo. Erasmus vio que su imagen salía de él, independiente de sus movimientos, vio que se deslizaba en los brazos de Giulietta y desaparecía con ella, envuelta en un extraño aroma. Toda clase de feas voces se mofaron y rieron con infernal escarnio y, presa del mortal espasmo del más profundo horror, cayó inconsciente al suelo, pero el miedo terrible, el espanto, lo arrancó a su aturdimiento, y en medio de una densa, espesa tiniebla tanteó hasta la puerta y escaleras abajo. Delante de la casa, alguien se apoderó de él y lo subió a un coche, que salió corriendo de allí.

—Estos están un poco alterados, según parece —dijo en lengua alemana el hombre que se había sentado junto a él—. Estos están un poco alterados, pero todo va a ir a las mil maravillas, con tan solo que lo deje usted en mis manos. Giuliettita ya ha hecho su parte, y le ha recomendado a usted a mí. Es usted un buen muchacho, con una sorprendente inclinación hacia el tipo de bromas que a nosotros, a Giuliettita y a mí, nos complacen. Fue una buena patada alemana en la nuca. Cómo sacó la lengua amoratada ese *amoroso;* tenía un aspecto grotesco, graznaba y gemía y no acababa de levantar el vuelo, ja, ja, ja.

La voz del hombre era tan espantosamente sarcástica, su cháchara tan horrible, que sus palabras se clavaron como puñales en el pecho de Erasmus.

—¡Seáis quien seáis —dijo Erasmus—, callad, callad ante ese acto espantoso, del que me arrepiento!

—¡Arrepentimiento, arrepentimiento! —respondió el hombre—. Entonces, ¿sin duda también os arrepentís de haber conocido a Giulietta y haber conquistado su dulce amor?

—¡Ah, Giulietta, Giulietta! —suspiró Erasmus.

—Bueno —prosiguió el hombre—, sois pueril, deseáis y queréis, pero que todo siga un camino llano. Sin duda es una fatalidad que hayáis tenido

que dejar a Giulietta, pero, si os quedaseis, yo podría sustraeros a los puñales de vuestros perseguidores, y también a nuestra querida Justicia.

La idea de poder quedarse junto a Giulietta se adueñó con fuerza de Erasmus.

—¿Cómo sería posible tal cosa? —preguntó.

—Conozco —prosiguió el hombre— un medio misterioso capaz de cegar a vuestros perseguidores, en pocas palabras, que hará que siempre os aparezcáis a ellos con otro rostro y que nunca os reconozcan. En cuanto sea de día, os miraréis larga y atentamente en cualquier espejo, y con vuestra imagen en el espejo procederé, sin dañarla lo más mínimo, a ciertas operaciones y quedaréis oculto, y podréis vivir con Giulietta sin peligro alguno y con entero gozo y alegría.

—¡Es terrible, es terrible! —gritó Erasmus.

—¿El qué es terrible, querido amigo? —preguntó sarcástico el hombre.

—Ah, es que he... he... —empezó Erasmus.

—¿Habéis dejado —terció rápido el hombre— vuestra imagen a Giulietta? Ja, ja... ¡Bravissimo, querido! Ahora podéis correr por campos y bosques, ciudades y pueblos, hasta encontrar a vuestra esposa con el pequeño Rasmus y ser otra vez padre de familia, aunque sin imagen en el espejo, de lo que vuestra esposa no se dará cuenta porque os tendrá en persona, mientras Giulietta no tiene más que vuestro yo de ensueño reflejado.

—Calla, hombre espantoso —gritó Erasmus. En ese momento se acercó una alegre caravana de gente con antorchas, que arrojaron su luz sobre el coche. Erasmus miró el rostro de su acompañante y reconoció al feo doctor Dapertutto. De un salto, salió del coche y corrió hacia la caravana, porque había reconocido a Friedrich en su lejana y armoniosa voz de bajo. Los amigos retornaban de una cena campestre: rápidamente, Erasmus puso al corriente a Friedrich de todo lo que había ocurrido, ocultando tan solo la pérdida de su imagen en el espejo. Friedrich se adelantó con él a la ciudad, y se hizo con tal prisa todo lo necesario que, cuando amaneció, Erasmus ya se había alejado de Florencia en un veloz corcel.

Spikher anotó algunas cosas que le habían ocurrido en el viaje. La más curiosa fue el incidente que primero le hizo sentir, de forma bien extraña, la pérdida de su imagen en el espejo. Sucedió que, como su cansado caballo necesitaba descanso, se detuvo en una gran ciudad y se sentó sin cuidado alguno a la mesa repleta de gente, sin prestar atención a que frente a él colgaba un bello y luminoso espejo. Un Satán de mirón que se sentaba detrás de su silla se dio cuenta de que en el espejo la silla estaba vacía, sin reflejar nada de la persona que en ella se sentaba. Comunicó su observación al vecino de Erasmus, *este,* al que tenía al lado, y por toda la mesa corrió un murmullo: primero miraban a Erasmus, luego al espejo. Erasmus aún no se había dado cuenta de que todo aquello le concernía cuando un hombre muy serio se levantó de su asiento, lo llevó delante del espejo, miró y, volviéndose hacia los reunidos, exclamó en alta voz:

—¡En verdad no aparece en el espejo!

—¡No aparece en el espejo..., no aparece en el espejo! —gritaron todos en confusión—. *¡Mauvais sujet, homo nefas,*[29] echadlo!

Lleno de ira y vergüenza, Erasmus se refugió en su cuarto, pero apenas había llegado a él cuando recibió una notificación de la policía de que, en el plazo de una hora, debía presentarse a las autoridades con su imagen completa y enteramente similar a él en el espejo o abandonar la ciudad. Salió corriendo, perseguido por la chusma ociosa, por los chicos callejeros, que le gritaban:

—¡Ahí va el que ha vendido su imagen al diablo, ahí va!

Por fin, estuvo en campo abierto. Ahora, allá donde iba pedía que cubrieran rápidamente todos los espejos, pretextando una natural aversión a todo reflejo, y por eso le llamaban burlonamente general Suvarov, que hacía lo mismo.

Su ciudad natal le recibió con alegría, y cuando encontró su casa y a su amada esposa con el pequeño Rasmus, pronto le pareció que la alegre y pacífica vida doméstica podría compensar la pérdida de su imagen. Un día, ocurrió que Spikher, que había olvidado por entero a la hermosa Giulietta, estaba jugando con el pequeño Rasmus; *este* tenía las manitas llenas de hollín, y manchó con ellas el rostro de su padre:

29 En francés, «malvado sujeto». En latín, «hombre funesto».

—¡Papá, papá, te he manchado de negro, mira! —gritó el pequeño, y antes de que Spikher pudiera impedirlo trajo un espejo, que sostuvo ante su padre, mirando él también.

Enseguida, dejó caer llorando el espejo y salió corriendo de su habitación. Poco después entraba su esposa, con el asombro y el miedo en el rostro:

—¿Qué me ha contado Rasmus? —dijo.

—Que no veía mi imagen en el espejo, ¿verdad, querida? —dijo Spikher con forzada sonrisa, y se esforzó en demostrar que sin duda era absurdo creer que se podía perder la imagen del espejo, pero que en conjunto no se perdía mucho, porque toda imagen en el espejo no era sino ilusión, que la contemplación de uno mismo llevaba a la vanidad y, además, que una imagen así dividía el propio Yo en sueño y realidad. Mientras hablaba de este modo, la mujer quitó rápidamente el paño a un espejo cubierto que se encontraba en el salón. Lo miró y cayó al suelo como alcanzada por un rayo. Spikher la levantó, pero apenas la mujer recuperó el sentido le apartó de sí con repugnancia.

—Déjame —gritó—. ¡Déjame, hombre terrible! *Tú* no eres, tú no eres mi marido, no... Eres un espíritu infernal que me quiere privar de la dicha, que me quiere perder... ¡Vete, déjame, tú no tienes poder sobre mí, maldito!

Su voz resonó en la habitación, en la sala, los criados acudieron espantados y Erasmus salió de la casa presa de la ira y la desesperación. Como impulsado por una furiosa locura, corrió por los caminos solitarios del parque que se hallaba junto a la ciudad. La figura de Giulietta se alzó frente a él con angelical belleza, y él exclamó:

—¿Así te vengas, Giulietta, porque te abandoné y en vez de quedarme te dejé tan solo mi imagen en el espejo? Ah, Giulietta, quiero ser tuyo en cuerpo y alma, *ella* me ha rechazado, *ella,* en cuyo altar te sacrifiqué. Giulietta, Giulietta, quiero ser tuyo en cuerpo, alma y vida.

—Muy bien puede usted serlo, mi querido amigo —dijo el *signor* Dapertutto, que de pronto estaba justo a su lado, con su levita escarlata con relucientes botones de acero. Fueron palabras de consuelo para el desdichado Erasmus, y por eso no prestó atención al feo y sarcástico rostro de Dapertutto, se detuvo y preguntó en tono de lamento:

—¡Cómo voy a volver a encontrarla, si la he perdido para siempre!

—En absoluto —respondió Dapertutto—. No está lejos de aquí, y sorprendentemente echa de menos a vuestra valiosa persona, estimado amigo, ya que, como puede ver, una imagen en el espejo no es más que una vil ilusión. Por lo demás, tan pronto sepa que tiene segura a su valiosa persona, es decir, en cuerpo, alma y vida, le devolverá con total gratitud su agradable imagen en el espejo, planchada e intacta.

—Llévame hasta ella... hasta ella —exclamó Erasmus—. ¿Dónde está?

—Falta resolver una pequeñez —terció Dapertutto— antes de que pueda ver a Giulietta y entregarse a ella contra reembolso de su imagen. Ella no puede disponer por entero de su valiosa persona, porque usted está atado por ciertos lazos que primero es preciso desatar... Su querida señora junto a su esperanzado hijito.

—¿Qué significa eso? —se sobresaltó Erasmus.

—Una fácil separación de esos vínculos —prosiguió Dapertutto— se podría conseguir de manera fácil y humana. Ya sabe usted, por su estancia en Florencia, que sé preparar con habilidad maravillosos medicamentos, aquí tengo uno de esos remedios caseros. Con que *ellos,* los que obstaculizan el camino entre usted y su querida Giulietta, tomaran un par de gotas, se desplomarían sin ruido y sin gesto de dolor alguno. Sin duda a eso lo llaman morir, y dicen que la muerte es amarga; pero el sabor de las almendras amargas es agradable, y solo *esa* amargura tiene *esta* muerte que encierra este frasquito. Después de ese alegre desplomarse, su querida familia emanará un agradable aroma a almendras amargas... Cójalo, estimadísimo. —Y tendió a Erasmus una pequeña ampolla.[30]

—Hombre espantoso —gritó este—, ¿he de envenenar acaso a mi esposa e hijo?

—Quién habla de veneno —terció el de rojo—, la ampolla no contiene más que un remedio doméstico de buen sabor. Dispondría de otros medios para procurarle la libertad, pero quisiera que fuera por su propia

30 La ampolla de Dapertutto contenía sin duda agua de lauroceraso rectificada, lo que se conoce como cianuro. El consumo de una muy pequeña cantidad de esa agua (menos de una onza) provoca los efectos descritos. Archivo Hom de experiencias médicas, 1813, mayo a diciembre, página 510. *(N. del a.)*

mano, tan natural, tan humano, esa es mi afición. ¡Cójalo tranquilo, querido amigo!

Erasmus tenía la ampolla en la mano, ni él mismo sabía cómo. Sin pensar, corrió a casa, a su cuarto. Su esposa había pasado toda la noche entre mil temores y torturas, afirmando sin cesar que el que había regresado no era su esposo, sino un espíritu infernal que había adoptado la figura de su marido. En cuanto Spikher entró en la casa, todos se apartaron asustados de él, tan solo el pequeño Rasmus se atrevió a acercarse y preguntar, con curiosidad infantil, por qué no se había traído su imagen en el espejo, que mamá iba a enfadarse muchísimo. Erasmus miró furioso al pequeño, aún tenía en la mano la ampolla de Dapertutto. El pequeño llevaba su paloma favorita en brazos, y así ocurrió que esta acercó el pico a la ampolla y la picoteó; enseguida dejó caer la cabeza, estaba muerta. Erasmus se puso en pie de un salto, horrorizado.

—Traidor —gritó—, ¡quieres seducirme para cometer un acto infernal!

Arrojó por la abierta ventana la ampolla, que se rompió en mil pedazos sobre el pavimento del patio. Un agradable olor a almendras se alzó y se extendió por la habitación. El pequeño Rasmus había huido asustado. Spikher pasó el día entero presa de mil tormentos, hasta la medianoche. Entonces, la imagen de Giulietta se agitó con creciente viveza en su interior. Antaño se había roto en su presencia un collar de esos pequeños arándanos de color rojo que las mujeres llevan como si fueran perlas. Escogiendo entre ellos, ocultó rápidamente uno, porque había estado sobre el cuello de Giulietta, y lo conservaba fielmente. Ahora lo sacó y, mirándolo fijamente, dirigió sus sentidos y pensamientos hacia la amada perdida. Entonces, fue como si de la perla se desprendiera el mágico aroma que lo envolvía cuando estaba cerca de Giulietta.

—Ah, Giulietta, verte tan solo una vez más y luego sucumbir en la perdición y el oprobio...

Apenas había dicho estas palabras, cuando en el pasillo ante la puerta empezó a oírse un suave frufrú. Oyó pasos... Llamaban a la puerta de la habitación. Erasmus se quedó sin aliento, de miedo y esperanza. Abrió. Giulietta entró, en plenitud de belleza y encanto. Loco de amor y de deseo, la estrechó en sus brazos.

—Aquí estoy, amado mío —dijo ella en voz baja y dulce—, ¡mira qué fielmente he guardado tu imagen!

Retiró el paño del espejo, y Erasmus vio con éxtasis su imagen abrazado a Giulietta; sin embargo, independiente de él, no reflejaba ninguno de sus movimientos. Un escalofrío recorrió a Erasmus.

—Giulietta —exclamó—, ¿es que he de volverme loco por amor a ti?... Dame mi imagen y tómame a mí mismo en alma, cuerpo y vida.

—Aún se interpone algo entre nosotros, querido Erasmus —dijo Giulietta—, lo sabes... ¿No te ha dicho Dapertutto...?

—Por Dios, Giulietta —terció Erasmus—, si solo puedo ser tuyo de ese modo, prefiero morir.

—Dapertutto —prosiguió Giulietta— no debe llevarte en modo alguno a cometer tal acción. Sin duda es malo que un voto y una bendición sean capaces de tanto, pero tienes que romper el lazo que te ata, porque de lo contrario nunca serás del todo mío, y hay para esto un medio mejor que el propuesto por Dapertutto.

—¿En qué consiste? —preguntó vehemente Erasmus. Entonces Giulietta pasó el brazo por la nuca de él y, apoyando la cabeza contra su pecho, bisbiseó:

—Escribirás en una hojita tu nombre, Erasmus Spikher, al pie de unas pocas palabras: «Doy a mi buen amigo Dapertutto poder sobre mi esposa y sobre mi hijo, para que lo administre a su voluntad y disuelva el lazo que me une, porque en adelante quiero pertenecer, con mi cuerpo y mi alma inmortal, a Giulietta, a la que he escogido como esposa y a la que para siempre me unirá un voto especial».

Erasmus sintió que un estremecimiento recorría todos sus nervios. Besos de fuego ardían sobre sus labios, tenía en la mano la hojita que Giulietta le había dado. De pronto Dapertutto estaba, gigantesco, detrás de Giulietta, y le alcanzaba una pluma metálica. En ese momento, una venilla de la mano izquierda de Erasmus reventó, y brotó la sangre:

—Moja, moja... Escribe, escribe —graznó el de rojo.

—Escribe, mi único, mi eterno amado —susurró Giulietta. Él ya había mojado la pluma en sangre, se aprestaba a escribir... cuando la puerta se abrió, una blanca figura entró, con los ojos fantasmales y rígidos fijos en Erasmus, y exclamó sorda y dolorosamente:

—Erasmus, Erasmus, ¿qué vas a hacer...? ¡Por el amor del Redentor, renuncia a ese acto espantoso!

Erasmus, reconociendo en la admonitoria figura a su esposa, arrojó hoja y pluma lejos de sí.

Rayos centelleantes salieron de los ojos de Giulietta: su rostro estaba espantosamente contraído, su cuerpo era un ascua ardiente.

—Apártate de mí, criatura infernal, no tendrás parte alguna de mi alma. En nombre del Redentor, aléjate de mí, serpiente... El Infierno arde a tu través.

Así gritó Erasmus, y rechazó con puño fuerte a Giulietta, que seguía manteniéndolo abrazado. Entonces se oyó chillar y aullar en los tonos más agudos, y en la estancia se oyó como el susurro de negras alas de cuervo. Giulietta y Dapertutto desaparecieron entre un humo espeso y apestoso que salió de las paredes, apagando las luces. Por fin, los rayos del amanecer irrumpieron por la ventana, y Erasmus fue enseguida con su esposa. La encontró dulce y mansa. El pequeño Rasmus estaba sentado en su cama; ella tendió la mano al exhausto marido, diciendo:

—Ahora sé cuanto de malo te ocurrió en Italia, y lo lamento de todo corazón. El poder del Enemigo es muy grande, y, como está entregado a todos los vicios posibles, roba y no ha podido resistir el deseo de sustraerte con escarnio tu hermosa imagen, enteramente similar a ti... ¡Mira en aquel espejo, querido y buen esposo!

Spikher lo hizo, temblando de pies a cabeza, con gesto que inspiraba lástima. El espejo siguió liso y claro, sin reflejar a ningún Erasmus Spikher.

—Esta vez —prosiguió la mujer— está bien que tu espejo no devuelva tu imagen, porque tienes un aspecto muy necio, querido Erasmus. Pero tú mismo entenderás que sin reflejo en el espejo eres el hazmerreír de la gente y no puedes ser un padre de familia completo y decente, que inspire respeto a su esposa e hijos. Rasmuschen se ríe de ti y enseguida querrá pintarte un bigote con carbón porque no vas a poder darte cuenta. Así que vete a recorrer un poco el mundo y trata de arrancarle tu imagen al diablo. Cuando la tengas, serás bienvenido. Bésame. —Spikher lo hizo—. Y ahora... ¡Buen viaje! Envía de vez en cuando a Rasmus unos pantaloncitos nuevos; se arrodilla mucho, así que gasta muchos. Si vas a Núremberg, añade un húsar de colores y un dulce de almendra y canela,[31] como buen padre. ¡Que te vaya bien, querido Erasmus!

La mujer se volvió de costado y se durmió. Spikher levantó al pequeño Rasmus y lo apretó contra su corazón, pero gritaba mucho, así que Spikher volvió a dejarlo en el suelo y salió al ancho mundo. En una ocasión se encontró con un cierto Peter Schlemihl, que había vendido su sombra, y ambos pensaron ir en compañía, de manera que Erasmus Spikher arrojara la necesaria sombra y Peter Schlemihl reflejara en cambio la correspondiente imagen en el espejo, pero la cosa quedó en nada.

Fin de la historia de la perdida imagen del espejo.

Posdata del viajero entusiasta

—¿Qué está mirándome desde aquel espejo? ¿Soy realmente yo?... Oh, Julia..., Giulietta..., celestial imagen..., espíritu infernal..., tormento y éxtasis..., ansia y desesperación... Ya ves, ¡mi querido Theodor Amadeus Hoffmann!, que con demasiada frecuencia un extraño poder oscuro se hace visible en mi vida y, estafándome los mejores sueños, pone en mi camino extrañas figuras. Repleto de las manifestaciones de la noche de San Silvestre, estoy por creer que aquel consejero de Justicia realmente era de caramelo, que su té era una exposición de Navidad o Año Nuevo y la dulce Julia, una seductora imagen de Rembrandt o Callot, que estafó al desdichado Erasmus Spikher su hermosa imagen en el espejo. ¡Discúlpamelo!

---

31 Se refiere al típico *Lebkuchen* de Núremberg, un bollo de almendras adornado con variadas especias. Núremberg también era un lugar famoso por su industria juguetera, de ahí la referencia al soldado de plomo.

Mártires del Año Nuevo

Antón Chéjov

Las calles son un cuadro del infierno con marco dorado. A no ser por el festivo semblante de los porteros y de los guardias, pudiera creerse que la ciudad está a punto de ser ocupada por el enemigo. Lujosos trineos y carrozas van y vienen en todas direcciones con fragor y alboroto... Corren por las aceras, con la lengua fuera y los ojos desencajados, funcionarios que van a visitar a los superiores para felicitarles. Y llevan tal velocidad que si su mujer agarrase a algún registrador colegial por el faldón del capote, de fijo que se quedaría entre las manos no solo el faldón, sino hasta el costado del funcionario con hígado y bazo...

De pronto resuena el penetrante silbato de un policía. ¿Qué habrá sucedido? Los *dvorniki,* cuidadores de las casas, abandonan sus posiciones y corren en la dirección donde ha sonado el pito.

—¡Disolveos! ¡Seguid todos vuestro camino! ¡Aquí no tenéis nada que mirar! ¿Es que no habéis visto nunca un muerto? ¡A disolverse!

Sobre la acera, junto a la puerta de una casa, yace un hombre bien vestido, con abrigo de castor y flamantes chanclos de goma. Al lado de su cara, mortalmente pálida y recién afeitada, hay unas gafas rotas. El abrigo se le ha desabotonado, mostrando al grupo de curiosos parte del frac y una cruz

de san Estanislao, de tercera clase. La respiración, lenta y dificultosa, le conmueve el pecho. Tiene los ojos cerrados.

—¡Caballero! —Zarandea el guardia al funcionario caído—. ¡Caballero, aquí se prohíbe estar tumbado! ¡Compréndalo usía!

Pero el caballero, ni una palabra, ni un resuello... Después de cinco o diez minutos tratando de que recobre el sentido, los celadores del orden lo meten en un coche y lo conducen a la Casa de Socorro.

—¡Estupendos pantalones! —comenta un guardia, mientras ayuda al practicante a desnudar al paciente—. Deben de valer por lo menos seis rublos. Pues anda que el chaleco... A juzgar por el pantalón, debe de ser de los pudientes...

Al cabo de hora y media en la Casa de Socorro y después de haber tomado todo un frasco de valeriana, el funcionario vuelve en sí y da a conocer que se trata del consejero titular Guerásim Kuzmich Sinkleteiev.

—¿Qué le duele? —pregúntale el médico.

—Feliz Año Nuevo —farfulla el funcionario, mirando al techo con ojos desvaídos y respirando con dificultad.

—Igualmente... Pero... ¿qué le duele? ¿Por qué se cayó usted? Procure acordarse. ¿Bebió usted algo?

—N... no...

—Entonces, ¿por qué se desmayó?

—De aturdimiento... Es que... anduve de visita...

—Quiere decir que visitó usted a mucha gente...

—No, señor, no mucha... A la vuelta de la misa me desayuné y me fui a casa de Nikolái Mijaílich... Naturalmente, firmé el pliego de felicitaciones... De allí me dirigí a la calle Ofitserskaía, a casa de Kachalkin... También firmé... Recuerdo, por cierto, que estando en el portal había una corriente... De la casa de Kachalkin me encaminé a la barriada de Viborg, al domicilio de Iván Ivánich. Firmé...

—Acaban de traer a otro funcionario —anuncia el guardia de servicio.

—De allí a casa del comerciante Jrimov no hay más que un paso —continúa Sinkleteiev su relato—. Quería felicitarle a él y a su familia... Me ofrecen un trago en honor de la festividad... ¿Cómo iba a negarme? Se hubieran ofendido... Me tomé, pues, unas tres copas y unas rajas de salchichón... Luego puse rumbo a la barriada Peterburgskaia, donde vive Lijodeiev... Magnífica persona...

—¿Y todo ello a pie?

—A pie. Firmé el pliego en el portal de Lijodeiev y me fui a ver a Pelagia Emelianovna... Allí me dieron de almorzar y me agasajaron con café. Creo que los humos del café se me subieron a la cabeza... Dejé a Pelagia Emelianovna y tiré para la casa de Obleujov. Obleujov se llama Vasili. Quiere decirse que es el día de su santo... Si no prueba uno la tarta se enfada el homenajeado...

—Han traído a un militar retirado y a dos funcionarios —anuncia el guardia.

—Me comí un trozo de tarta, me bebí un trago de licor de bayas de serbal y tomé el camino de la Sadóvaia para visitar a Iziumov. Con Iziumov bebí cerveza fría, que me sentó como un mazazo en la garganta. De allí fui a ver a Koshkin, luego a Karl Kárlovich y después a mi tío Piotr Semiónich. Mi sobrina Nastia me convidó a chocolate. Seguidamente pasé a ver a Liapkin. No, mentira, no a Liapkin, sino a Daria Nikodimovna, y ya entonces fui a casa de Liapkin. Naturalmente, en todas partes me sentí muy bien... Después visité a Ivánov, a Kurdiukov, a Shiller, al coronel Poroshkov... Y también me encontré muy a gusto. El comerciante Dunkin se empeñó en hacerme beber coñac y comer salchichas con repollo... Me tomaría unas tres copas y un par de salchichas... Tampoco me sentí mal... Y solo posteriormente, al salir de casa de Rizhov, noté en la cabeza... un relampagueo... Me fallaban las fuerzas... No sé por qué...

—Estaría cansado... Repose un poquito, y le mandaremos a su casa...

—No puedo, no —se lamenta Sinkleteiev—. Todavía debo visitar a mi cuñado, Kuzmá Vavilich..., al ujier del municipio, a Natalia Yegórovna... Aún me faltan muchos...

—Pues no debe usted ir.

—¡Qué dice! ¿Cómo no voy a felicitarles el Año Nuevo? Es indispensable. Si no voy a ver a Natalia Yegórovna, me hará la vida imposible... Déjeme marchar, doctor, no me lo impida...

Sinkleteiev se levanta y busca la ropa.

—Váyase a casa si lo desea —dice el doctor—; pero en visitas no debe ni pensar...

—No tiene importancia... Con la ayuda de Dios... —suspira Sinkleteiev—. Iré despacito...

Se viste lentamente, se arrebuja en el abrigo y sale tambaleándose.

—¡Han traído a cinco funcionarios más! —anuncia el guardia—. ¿Dónde ordena usted que los tendamos?

Lo que los Reyes traían

Emilia Pardo Bazán

El gran establecimiento de juguetería ostentaba por muestra una placa donde de noche, en caracteres luminosos, leíase: «Los Reyes Magos».

Desde que se acercaba la Navidad, los niños que transitaban por la populosa calle siempre querían detenerse ante el escaparate de Los Reyes Magos. En tal época lo presidían los propios Reyes, campeando en el sitio más visible y arrancando al público, y no solo al infantil, exclamaciones de admiración. No era para menos.

Bien modeladas las caras y cabezas, tenían esa expresión de realidad que hace a los muñecos parecer personas. Sus cabelleras y sus barbas eran de pelo natural; sus ojos, de vidrio, en lo cual seguían una tradición de la vieja imaginaría española. Y tan acabadamente estaban hechos esos ojos que se notaban el brillo húmedo y la mirada fascinadora de las pupilas humanas. Positivamente, los Reyes miraban a los niños pegados al escaparate, y, al juego de las luces eléctricas, hasta diríase que les sonreían.

Estaban los Reyes fastuosa y orientalmente vestidos, con brocados de oro y plata, bordados de imitación de perlas y piedras preciosas, y detrás de los tres figurones, tres dromedarios erguían sus jorobas, sostén de una canasta llena de juguetes llamativos: arlequines, mamarrachillos guiñolescos, pierrots pálidos, muñecas pelirrubias, bebés llorantes y con su biberón al lado, perrillos cuyas lanas eran auténticas y enfermeritas con sus tocas donde sangraba la roja cruz.

Para completar la lista de anacronismos, también asomaban por los bordes de la canasta las gomas de un automóvil y las aletas de un aeroplano. Y los Reyes, tranquilos, repletos de paternal bondad, riendo el negrito con todos sus dientes, más blancos que piñones, presidían tal exposición, la de las canastas y la del escaparate, donde todas las variedades del arte de divertir a la infancia se agolpaban, colocadas hábilmente para tentar el deseo y el capricho de los chiquitines.

Reproducidas en tamaños apropiados, todas las cosas útiles o gratas se desbordaban del escaparate tentador. Era una seducción de la vida, con necesidades, goces, conflictos, adelantos y luchas.

Desde la cocina con todos sus enseres, y el mobiliario con todos sus accesorios, y el teatro con todas sus bambalinas, y el cinematógrafo en miniatura con sus sorpresas, hasta el campo de batalla, reducido a proporciones menudas pero con trágicos episodios, los muertecitos de plomo, tumbados al borde de la trinchera de cartón, y los combatientes, enzarzados, disputándose una colina, de cartón igualmente, no había cosa que no se encontrase allí. Y dentro de la tienda, una procesión interminable de mamás, niñeras, *misses,* abuelos, babosos y padrinos rebosando complacencia llevaban de la mano a las criaturas, transportadas de loco júbilo, alzando las piernecitas como si estuviesen electrizadas, o quietas de puro entusiasmo, cortado el aliento ante tales maravillas, y queriendo llevárselas todas juntas, aunque no les cupiesen en los brazos, sonaban chillidos, y exclamaciones apasionadas, y graves voces moderadoras, y la mercancía despachábase al vuelo, y no tenían los dependientes manos para envolver y atar tanto paquete, que la impaciencia de la clientela menuda no consentía que le fuesen enviados a casa, sino que ansiaba cargar con ellos allí mismo, en el anhelo de la toma de posesión.

Entre la muchedumbre, Niní y su padre trataban de avanzar, abriéndose paso. Les era difícil, y la niña suspiraba, protestaba:

—Papá, no nos dejan ver... Papá, que se quite, ¡ea!

Era Niní morenilla, con ojos verdes y pelo castaño rojizo; el vivo retrato de su mamá, que pasó en el mundo cuatro o cinco días después que la niña nació. Y aquel suceso hundió al esposo en una melancolía que duró años, los primeros de la infancia de Niní. El único consuelo para él era la chica, aquel encanto, de la cual decían los médicos que tenía «demasiada imaginación» y que era preciso cuidarla con vigilancia exquisita. Y el padre a cuidarla se había consagrado, como a flor de estufa, que gracias a eso puede criar sus delicadas hojas y su frágil flor.

Los amorosos dedos paternales mullían el asiento para Niní, medían su comida, rodeaban su cuerpo con telas que la daban abrigo suave y hasta dosificaban los perfumes del baño. Era una preocupación continua y un arrobamiento permanente, según iba marcándose más la semejanza con la esposa que había perdido, al desaparecer las formas redondeaditas de bebé y espigar los seis años en prolongaciones de líneas y transformación de bucles en trenzas. Gestos, movimientos de cabeza o de manos, inflexiones de voz traían al padre tales recuerdos que las lágrimas se le agolpaban. Y, por supuesto, no había caso de que se le negase a Niní nada de lo que excitaba su antojo. Gusto indicado, gusto cumplido. Tanto era así que a los seis años y medio estaba Niní gastada y saciada en materia de juguetería, y no sabía su papá a qué santo encomendarse para regalarle algo nuevo y que le fuese grato.

—De eso ya tengo —era la respuesta displicente de la chiquilla.

Recorrían, registrando y curioseando las galerías del extenso *hall* de la tienda. Y a todo fruncía la nena el gestecillo, y hacía el mohín con la boca, donde faltaba un diente de leche.

—Ya tengo... Ya me diste el día de tu santo...

Se descorazonaba el padre. ¿Qué le compraría, vamos a ver? Y, al mismo tiempo, otros pensamientos importunos bullían en su magín. Desde hacía algún tiempo, su hermana venía proponiéndole una boda. ¡Sí, una boda, a él, el viudo desconsolado e inconsolable! Una boda, claro es, de conveniencia, de reflexión; una persona seria, que «diese sombra» a Niní, que la amparase cuando tuviese que presentarse en sociedad, que, entre tanto, dirigiría su educación, que regiría certeramente la casa... Con todo eso, la idea era de plomo para el viudo, que se había prometido no sustituir a *aquella*... Comprendía la razón de los argumentos de su hermana, y era lo que más le dolía. En efecto, era sensato, hasta por interés de la pequeña... Y con todo eso, su corazón se encogía pensando en cambio tal... Mientras él cavilaba, la niña miraba alrededor, desdeñosa. De pronto, lanzó un grito:

—¡Ay, papá! Eso sí que me gusta. ¡Anda! ¡Anda!

La mano tendida señalaba hacia el escaparate, y mostraba en él las tres figuras de los Reyes, que presidían, afables y graves dos de ellos, el tercero, expansivo y riente, el conjunto de la juguetería...

—Quiero eso... ¡Quiero los Reyes! ¡Anda!

Y les enviaba un beso volado, tiernísimo.

El padre se quedó perplejo, no sabiendo si embromar a Niní por el capricho, o si regañarla y no hacerle caso por primera vez. Comprendía la dificultad de complacerla. Los bellos figurones representaban para el establecimiento no solo el mejor reclamo, sino una especie de blasón, un orgullo artístico, una singularidad que diferenciaba de las demás a la tienda. Era como querer que le vendiesen la tienda misma, y no parecía verosímil que se prestase el dueño. Pero el antojo de Niní, en vez de calmarse, se agudizaba. «¡Quiero los Reyes!», repetía, con gestos llanteros, con verdadera aflicción en la voz. Un temblor la sacudía, y se acentuaba su parecido con la madre, pero en los días de la enfermedad, en las horas de decadencia y sufrimiento. Cruzó por la mente del padre esa idea que tantas debilidades inspira: la niña podía enfermar, hasta podía, ¡quién sabe!... No, ni pensarlo. Ante eso, ¿qué valía lo demás? Y parlamentó con el dueño del establecimiento. En voz baja, en el rincón del escritorio, propuso la compra. Hubo resistencia, y se subieron a la parra, asombrados de tan extravagante petición. No se vendían; no estaban allí para eso...

—Pagaré lo que usted quiera... Y, además, le quedaré agradecido.

¡Saqueo escandaloso! ¡Bellaco embuste! Mil duros cada muñeco y, aun así, aseguraba el dueño que perdía. Los figurones le habían costado mucho más... ¡Como que los había modelado Benlliure! «¿Lo oye usted, don Mariano?». Y lo afirmaba intrépido, seguro de que los muñecos no lo desmentirían.

Loca de gozo, Niní vio que trasladaban a su automóvil a los Reyes. No se hartaba de mirarlos, de besarlos, de pasar las manecitas por los suntuosos ropajes, recamados de pedrería. Los temores del padre renacieron: también aquella excitación podía ser peligrosa.

La noche de aquel día, Niní tardó en coger el sueño. Daba vueltas y vueltas en su camita. A las graves campanadas de las doce, le pareció que los Reyes adquirían movimiento, que andaban, que se acercaban, en un círculo de claridad, afectuosos, solemnes. Y el más viejo, inclinándose a su oído, murmuró:

—¿Sabes lo que te traemos? Te traemos una mamá nueva...

La niña, temblando, metió la cabeza debajo de la sábana y con hipo acongojado se la oyó sollozar:

—¡No, eso no! ¡Mamá nueva, no!